De Mate
van Geloof

"Want krachtens de genade, die mij geschonken is,
zeg ik een ieder onder u:
koestert geen gedachten, hoger dan u voegen,
maar gedachten tot bedachtzaamheid,
naar de mate van het geloof, dat God elkeen in het
bijzonder heeft toebedeeld."

(Romeinen 12:3)

De Mate van Geloof

DR. JAEROCK LEE

PREFATIE

Wensende dat een ieder van jullie het geloof bezit van de volledige mate van de geest en geniet van de eeuwige en hemelse glorie in het Nieuwe Jeruzalem, waar de troon van God is!

Samen met de onlangs gepubliseerde *De Boodschap van Het Kruis*, is *De Mate van Geloof* de meest fundamentele en belangrijkste gids voor een goed Christelijk leven. Ik geef alle dank en glorie aan God, de Vader, die dit waardevolle werk heeft gezegend om het uit te geven en de geestelijke wereld aan ontelbare mensen te openbaren.

Vandaag de dag, zijn er vele mensen die zeggen te geloven maar niet zeker zijn van hun redding. Ze kennen niet een mate van geloof en welk een groot geloof ze zouden moeten hebben om redding te ontvangen. Mensen zeggen tegen elkaar, "Deze man heeft groot geloof," of "Het geloof van die man is klein." En toch, is het niet gemakkelijk hoeveel van je geloof God eigenlijk aanvaardt of hoe groot de mate van je geloof is of gegroeid is. God wil niet dat we vleselijk geloof hebben, maar geestelijk geloof dat gepaard gaat met daden. Mensen zeggen dat ze vleselijk geloof hebben als ze enkel het woord van God horen en leren en het dan van buiten leren en het opbergen als kennis. We kunnen geen geestelijk geloof hebben vanuit onze eigen wil; het is enkel aan ons gegeven door God.

Daarom spoort Romeinen 12:3 ons aan, *"Want krachtens de genade, die mij geschonken is, zeg ik een ieder onder u: koestert geen gedachten, hoger dan u voegen, maar gedachten tot bedachtzaamheid, naar de mate van het geloof, dat God elkeen in het bijzonder heeft toebedeeld."* Dit schriftgedeelte zegt ons dat ieder individueel zijn of haar eigen geestelijk geloof heeft gekregen van God, en Zijn antwoorden en zegeningen variëren overeenkomstig de mate van het geloof van ieder persoon.

1 Johannes 2:12 en de daaropvolgende verzen geven de groei van het geloof van elke persoon weer als het geloof van zuigelingen/peuters, kinderen, jongelingen en vaders. 1 Korintiërs 15:41 zegt, *"De glans der zon is anders dan die der maan en der sterren, want de ene ster verschilt van de andere in glans."* Het schriftgedeelte herinnert ons eraan dat ieders individuele hemelse verblijfplaats en glorie verschillend zijn, overeenkomstig de mate van zijn of haar geloof. Het is belangrijk om redding te ontvangen en naar de hemel te gaan, maar het weten welke verblijfplaats we zullen binnentreden in de hemel en welke soort kronen en beloningen we zullen ontvangen is nog belangrijker.

De God van liefde wil dat Zijn kinderen opstaan in de volle mate van geloof, vooruit ziende om het Nieuwe Jeruzalem binnen te treden, waar Zijn troon is, er naar verlangt om daar voor eeuwig samen met hen te leven.

In overeenkomst met het hart van God en de onderwijzingen van het Woord, licht *De Mate van Geloof* vijf niveaus van geloof toe en het koninkrijk der hemelen, en helpt de lezer om het niveau van zijn of haar eigen leven te meten. De mate van geloof en de verblijfplaatsen in het hemelse koninkrijk mogen dan in meer dan vijf niveaus gescheiden zijn, maar in dit werk zijn de vijf niveaus met zorg uitgewerkt om de lezer het gemakkelijker te laten begrijpen. Ik hoop dat je krachtiger mag oprukken naar de hemel door de mate van jou geloof te vergelijken met dat van de voorvaders van geloof in de Bijbel.

Jaren geleden, heb ik gebeden om openbaringen te ontvangen over enkele versen in de Bijbel die moeilijk te begrijpen waren. Toen, op éen dag, begon God mij uit te leggen dat het Koninkrijk van God verdeeld is, en dat er hemelse verblijfplaatsen gegeven zijn aan ieder kind van Hem, varieërend overeenkomstig de mate van zijn of haar geloof.

Naderhand, preekte ik over de hemelse plaatsen en de mate van geloof, en bewerkte boodschappen om dit werk uit te kunnen geven. Ik geef mijn dank aan Geumsun Vin, de directeur en vele getrouwe werkers van de uitgeverij. Ik geef ook dank aan het vertaalkantoor.

Dat iedere lezer van *De Mate van Geloof* de volle mate van

geloof mag verwerven, het geloof van de gehele geest, en mag genieten van de eeuwige glorie in het Nieuwe Jeruzalem, waar de troon van God is, dat bid ik in de naam van onze Here Jezus Christus!

Vanuit mijn gebedshuis,

Jaerock Lee

INLEIDING

Wensende dat dit werk een onschatbare begeleiding zal zijn om ieders individueel geloof te meten en ontelbare mensen mag leiden naar dat mate van geloof waar God welgevallen in heeft...

De Mate van Geloof bekijkt de vijf niveaus van geloof van de mate van geloof van geestelijke zuigelingen/peuters, die Jezus Christus net hebben aangenomen en de Heilige Geest ontvangen hebben, tot de mate van geloof van vaders, die God kennen, de Ene die van den beginne is. Door dit werk, kan iedereen de mate van zijn eigen geloof inschatten.

Hoofdstuk 1, "Wat is geloof?" definieërt en weidt uit over het soort van geloof wat God behaagt en welke antwoorden en zegeningen het geloof volgen wat aanvaardbaar is voor God. De Bijbel classificeert geloof in twee soorten: "vleselijk geloof" of "geloof als kennis" en "geestelijk geloof." Dit hoofdstuk vertelt ons hoe geestelijk geloof te bezitten en een gezegend christelijk leven te leiden in Christus.

Grotendeels gebasseerd op 1 Johannes 2:12-14, beschrijft het tweede hoofdstuk, "De groei van geestelijk geloof," het proces van de groei van geestelijk geloof door het te vergelijken met de groei van een menselijk wezen, zijnde van een zuigeling/peuter, kinderen, jongelingen, en tot vaders. Met andere woorden, nadat iemand Jezus Christus heeft aangenomen, groeit hij geestelijk op in zijn geloof: het geloof van een baby tot het geloof van een volwassene.

In hoofdstuk 3, "De mate van ieders individuele geloof," de mate van geloof van ieder individueel, wordt uitgelegd met de gelijkenis van het werk dat geloof van stroo, hooi, hout, kostbare gesteenten, zilver en goud achterlaten na de beproeving van vuur. God wil dat we het geloof verkrijgen van goud, wiens werk nooit opbrand in wat voor vurig beproeving maar ook.

Hoofdstuk 4, "Geloof om redding te ontvangen," licht de laatste of laagste mate van geloof toe – de eerste van de vijf niveaus van geloof. Met dit soort van geloof, ontvangt iemand schandelijke redding. Deze mate van geloof wordt ook genoemd als "het geloof van zuigelingen/peuters" of "geloof van hooi." Door gedetaileerde voorbeelden, spoort dit hoofdstuk ons aan om snel volwassen te worden in geloof.

Hoofdstuk 5, "Geloof om te proberen te leven door het Woord," vertelt ons dat ons gezegd is om op het tweede niveau van geloof te zijn, wanneer we proberen het woord te gehoorzamen maar het niet kunnen, en het is het moeilijkste voor ons om ons geloof vast te houden in de Here in deze fase. Dit hoofdstuk onderwijst ons ook, hoe ons geloof te ontwikkelen naar het derde niveau van geloof.

Hoofdstuk 6, "Geloof om te leven door het Woord," bekijkt het korte proces waar geloof in begint op het eerste niveau, zich ontwikkelt naar het tweede niveau, verder beweegt naar het beginstadium van het derde niveau, en opwast tot de rots van geloof van welke je meer dan 60% bereikt hebt van het derde niveau van geloof. Dit hoofdstuk licht ook de verschillen toe tussen het beginstadium van het derde niveau en de rots van geloof, waarom we ons niet bezwaard moeten voelen als we stevig op de rots van geloof staan, en de belangrijkheid om te strijden tegen de zonden tot op het punt van ons bloed vergieten.

Hoofdstuk 7, "Geloof om God lief te hebben tot de uiterste graad," legt de verschillende soorten verschillen uit tussen mensen op het derde niveau van geloof en mensen op het vierde niveau van geloof in termen van God liefhebben, en bestudeerd soorten van zegeningen die komen op hen die God lief hebben tot de uiterste graad.

Hoofdstuk 8, "Geloof om God te behagen," wat het vijfde niveau van geloof is. Dit hoofdstuk verteld ons dat om het vijfde niveau van geloof te verwerven, we niet alleen onszelf volledig moeten offeren zoals Enoch, Elia, Abraham, of Mozes, maar ook om getrouw te zijn in alles wat Gods huis betreft, door al onze God gegeven plichten uit te voeren. Bovendien, moeten we volmaakt zijn tot het punt van zelfs het opgeven van ons leven voor de Here en het geloof van Christus te bezitten, het geloof van de volledige geest. Tenslotte, licht dit hoofdstuk de soorten van zegeningen toe die we kunnen verwachten om ervan te genieten, wanneer wij God behagen op het vijfde niveau van geloof.

Het volgende hoofdstuk, "Tekenen volgen degene die geloof hebben," vertelt ons dat als we volmaakt geloof verwerven, ons geloof gepaard zal gaan met wonderbarelijke tekenen. Bovendien, gebaseerd op Jezus' belofte in Marcus 16:17-18, bestudeerd nauwkeurig, één voor één deze tekenen. In dit hoofdstuk, legt de auteur ook de nadruk erop dat een prediker, een krachtige boodschap zou moeten brengen, die gepaard gaat met wonderlijke tekenen, en getuigt van de levende God met deze wonderen om sterk geloof te geven aan ontelbare mensen, in een eeuw waarin de wereld gevuld is met zonde en goddeloosheid.

Tenslotte, hoofdstuk 10, "Verschillende hemelse verblijfplaatsen en kronen," verklaart dat er een paar verblijfplaatsen zijn in het koninkrijk der hemelen, en dat iedereen een betere verblijfplaats kan binnengaan door geloof, en dat de glorie en beloningen, aanzienlijk verschillend zijn van een koninkrijk der hemelen en een ander koninkrijk. In 't bijzondere, om de lezers te helpen om voorwaarts te rennen naar de betere verblijfplaats, met de hoop voor de hemel en geloof, dit hoofdstuk eindigt met een korte omschrijving van de schoonheid en verwondering van het Nieuwe Jeruzalem waar de troon van God gezeteld is.

Als we begrijpen dat er merkbare verschillen zijn in de hemelse verblijfplaatsen en beloningen overeenkomstig de mate van ieders individuele geloof, zal iemands houding in het leven in Christus ongetwijfeld en door en door veranderd worden.

Ik hoop dat iedere lezer van *De Mate van Geloof* dat soort

van geloof zal bezitten dat God behaagt, alles ontvangt wat hij vraagt, en Hem bovenmate verheerlijkt.

Geumsun Vin
Directeur van het redactionele kantoor

INHOUDSOPGAVE

Hoofdstuk 1

{ Wat is geloof? } • 1

1. De definitie van geloof dat God aanvaard
2. De kracht van geloof kent geen beperkingen
3. Vleselijk geloof en geestelijk geloof
4. Om geestelijk geloof te bezitten

Hoofdstuk 2

{ De groei van geestelijk geloof } • 29

1. Geloof van zuigelingen/peuters
2. Geloof van kinderen
3. Geloof van jongelingen
4. Geloof van vaders

Hoofdstuk 3

{ De mate van ieders individuele geloof } • 47

Hoofdstuk 4

{ Geloof om redding te ontvangen } • 63

Hoofdstuk 1

WAT IS GELOOF?

*"Het geloof nu is de zekerheid der dingen, die men
hoopt, En het bewijs der dingen, die men niet ziet.
Want door dit (geloof) is aan de ouden een getuigenis
gegeven. Door geloof verstaan wij, Dat de wereld
door het Woord Gods tot stand gebracht is,
Zodat het zichtbare niet ontstaan is Uit het
waarneembare."*

(Hebreeën 11:1-3)

Vele keren in de Bijbel, vinden we terug dat wat we niet kunnen hopen voor feitelijk, plaats vond en wat onmogelijk is door de kracht van mensen, volbracht werd door de kracht van God.

Mozes leidde de Israëlieten door de Rode Zee, door het te scheiden in twee muren van water, en ze doortrokken het alsof ze op het droge land aan het wandelen waren. Jozua vernietigde de stad Jericho door er dertien keer om heen te wandelen. Door Elia's gebed, kwam er regen, na drie en een half jaar van droogte. Petrus maakte dat een lamme man, van geboorte, op stond en wandelde, terwijl Paulus een jongeling opwekte die van de derde verdieping naar beneden viel op de grond en stierf. Jezus wandelde over het water, stilde de onstuimige golven en de wind, liet blinden zien, en wekte een man op die voor vier dagen begraven lag in een graf.

De kracht van geloof is onmeetbaar en alles is ermee mogelijk. Net zoals Jezus ons zegt in Marcus 9:23 *"'Als Gij kunt'? Alle dingen zijn mogelijk voor wie gelooft,"* Je bent in staat om alles te ontvangen wat je maar vraagt, als je geloof hebt wat aanvaardbaar is voor God.

Wat voor een geloof, dan, aanvaard God en hoe kan je het bezitten?

1. De definitie van geloof dat God aanvaard

Vele mensen, vandaag de dag, beweren dat ze geloven in de almachtige God, maar ontvangen niet Zijn antwoord op hun gebeden, omdat ze geen echt geloof hebben. Hebreeën 11:6 zegt, *"Maar zonder geloof is het onmogelijk [Hem] welgevallig te zijn. Want wie tot God komt, moet geloven, dat Hij bestaat en een beloner is voor wie Hem ernstig zoeken."* God vertelt ons nadrukkelijk dat we Hem behagen met echt geloof.

Niets is onmogelijk als je volmaakt geloof hebt. Geloof is het fundament van een goed christelijk leven en de sleutel tot Gods antwoorden en zegeningen. En toch, zijn er zovele mensen die niet van Zijn zegeningen genieten of redding ontvangen omdat ze geen echt geloof kennen of bezitten.

Het geloof nu is de zekerheid der dingen, die men hoopt, en het bewijs der dingen die men niet ziet

Wat, dan, is het geloof dat God aanvaard? *The Webster's New World College Dictionary* definieert "geloof" als "onvoorwaardelijk geloof dat geen bewijs of teken vereist" of "onvoorwaardelijk geloof in God, religieuze leerstellingen, etc." Geloof is in het Grieks pistis, wat betekent "om standvastig te zijn of getrouw." Het staat beschreven in Hebreeën 11:1 als volgt: *"Het geloof nu, is de zekerheid der dingen, die men hoopt, en het bewijs der dingen die men niet ziet."*

"De zekerheid der dingen, die men hoopt" verwijst naar wat

wij hopen dat het te voorschijn komt als een realiteit, omdat we zeker zijn, dat het al een realiteit is. Bijvoorbeeld waar verlangt een ziek persoon die aan hevige pijnen lijdt het meest naar? Natuurlijk, is zijn verlangen om genezen te zijn van zijn ziekte en een goede gezondheid te krijgen, en hij zou genoeg geloof moeten hebben om zeker te zijn van zijn herstel. Met andere woorden, een goede gezondheid wordt realiteit voor hem als hij volmaakt geloof heeft.

Het volgende, "Het bewijs der dingen die men niet ziet" verwijst naar de elementen en zaken waarvan we met geestelijk geloof, zeker in de realiteit waar niet alles zichtbaar is met ons blootte oog.

Daarom, stelt geloof je in staat om te geloven dat God alles geschapen heeft uit niets. De voorvaders van het geloof ontvingen "de zekerheid der dingen, waarop ze hoopten" als een realiteit met geloof, en "het bewijs der dingen, die ze niet gezien hadden" als tastbare voorwerpen en gebeurtenissen. Op deze wijze, ervoeren ze Gods kracht, die iets schept vanuit niets.

De wijze waarop onze voorvaders van geloof handelden, degene die geloven dat God alles schept vanuit niets, zijn in staat om te geloven dat Hij alle dingen van de hemelen en aarde geschapen heeft door Zijn woord, in de beginne. Het is waar, dat niemand getuige was van Zijn schepping van de hemelen en de aarde met zijn eigen ogen, omdat het plaats vond voordat de mens geschapen werd. En toch, mensen met geloof, twijfelen nooit of God alle dingen geschapen heeft vanuit niets, omdat ze geloven.

Daarom, herinnert Hebreeën 11:3 ons, *"Door het geloof verstaan wij, dat de wereld door het woord Gods tot stand gebracht is, zodat het zichtbare niet ontstaan is uit het waarneembare."* Toen God zei, *"Er zij licht."* Was er licht (Genesis 1:3). Toen God zei, *"Dat de aarde jong groen voortbrenge, zaadgevend gewas, vruchtbomen, die naar hun aard vrucht dragen, welke zaad bevatten, op de aarde."* Alles was zo, zoals God het bevool (Genesis 1:11).

Alle dingen van het universum gezien met onze blootte ogen, waren niet gemaakt vanuit enige soort zichtbaar materiaal. Toch, denken vele mensen dat alle dingen gemaakt zijn van zichtbare dingen, maar geloven niet dat God ze schiep vanuit niets. Deze mensen hebben nooit geleerd, gezien, of gehoord dat iets gemaakt kon worden vanuit het niets.

Daden van gehoorzaamheid zijn het bewijs van geloof

Voor jou om te geloven in wat niet mogelijk is en het tot een realiteit maken, moet je het bewijs van geloof hebben welke God goedkeurt. Met andere woorden, je moet het bewijs van het gehoorzamen van Gods woord tonen, door je vertrouwen in Zijn woord. Hebreeën 11:4-7 vermeld de voorvaders van geloof die rechtvaardig verklaard waren door hun geloof, omdat ze duidelijk bewijs van hun geloof hadden en demonstreerden: Abel werd aanbevolen als een rechtvaardig man door God een bloedoffer te offeren, wat aanvaardbaar was voor God; Enoch werd aanbevolen als iemand die Hem behaagde door geheel geheiligd te worden; en Noach werd de erfgenaam van de gerechtigheid door de ark van redding te bouwen in geloof.

Laat ons het verhaal van Kaïn en Abel bestuderen in Genesis 4:1-15 zodat we echt geloof kunnen begrijpen dat aanvaardbaar is voor God. Kaïn en Abel waren de zonen aan wie Adam en Eva geboorte gaven nadat ze uit de Hof van Eden verdreven waren, vanwege hun ongehoorzaamheid aan Gods gebod, *"Van de boom der kennis van goed en kwaad zult gij niet eten"* (Genesis 2:16-17).

Adam en Eva hadden berouw over hun ongehoorzaamheid, omdat ze nu de pijn ervoeren van het werken in het zweet des aanschijns en de grote pijn in het baren van kinderen op de vervloekte aarde. Adam en Eva leerden ijverig hun kinderen de belangrijkheid van gehoorzaamheid. Ze moeten zeker Kaïn en Abel geleerd hebben dat ze moeten leven door het woord van God, en de nadruk erop gelegd hebben om nooit ongehoorzaam te zijn aan Zijn geboden.

Bovendien, moeten de ouders hun kinderen verteld hebben dat ze eigenlijk een dier moesten nemen als een offer en God een offer van bloed geven voor de vergeving van hun zonden. Dus Kaïn en Abel wisten dat ze God een offer van bloed moesten geven voor de vergeving van hun zonden.

Toen er een lange tijd voorbij was, verraadde Kaïn God zoals zijn moeder Eva, die ongehoorzaam was aan het Woord van God. Hij was een boer en gaf zijn offer met graan van de grond, zoals het voor hem uitkwam. Hoe dan ook, Abel was een herder en offerde een eerstgeborene van zijn kudde en de vette gedeeltes ervan, zoals God hem geboden had door zijn ouders. God aanvaardde het offer van Abel, maar niet dat van Kaïn die ongehoorzaam was aan Zijn gebod. Als resultaat, werd Abel aanbevolen als een rechtvaardig man (Hebreeën 11:4). Dit verhaal van Kaïn en Abel leert ons dat God je vertrouwt en goedkeurt naar de mate van je vertrouwen in Zijn woord en het gehoorzaamt; de zaken van Mozes en Enoch getuigen ook van dit feit.

Het bewijs van geloof zijn daden van gehoorzaamheid. Daarom moet je je herinneren dat God je goedkeurt en verzekerd, wanneer je Hem het bewijs van je geloof toont, door Zijn woord, ten allen tijde te gehoorzamen met daden, en probeert Hem te gehoorzamen onder alle omstandigheden.

Geloof brengt antwoorden en zegeningen

Op die manier, zou je de weg van Gods woord moeten volgen, zodat je kan beginnen van "wat je hoopt" door geloof en zo bereikt "de zekerheid der dingen, die je hoopt." Als je niet de weg van God volgt, net zoals Kaïn die afdwaalde, om de reden dat de weg te zwaar en moeilijk voor je is om te dragen, kan je Gods antwoorden en zegeningen niet ontvangen, overeenkomstig de wet van de geestelijke wereld.

Hebreeën 11:8-19 vertelt ons tot in detail over Abraham, die zijn daden van gehoorzaamheid aan het Woord van God gehoorzaamde als het bewijs van zijn geloof. Hij verliet zijn eigen land met geloof zoals God bevolen had. Zelfs toen God hem zei om een offer te brengen met zijn enige geliefde zoon Isaak, die God gegeven had op de leeftijd van 100, gehoorzaamde Abraham onmiddellijk, omdat hij dacht dat God in staat was om zijn zoon van de dood op te wekken. Hem werden grote zegeningen en antwoorden gegeven van God, omdat zijn geloof goedgekeurd was door zijn daden van gehoorzaamheid:

Toen riep de engel des Heren ten tweede male van de hemel tot Abraham en zeide: "Ik zweer bij Mijzelf, luidt het woord des Heren: omdat gij dit gedaan hebt, zal Ik u rijkelijk zegenen, en uw nageslacht zeer talrijk maken, als de sterren des hemels en als het zand aan de oever der zee, en uw nagelsacht zal de poort zijner vijanden in bezit nemen. En met uw nageslacht zullen alle volken der aarde gezegend worden, omdat gij naar Mijn stem gehoord hebt" (Genesis 22:15-18).

Bovendien, vinden we in Genesis 24:1 dat *"Abraham nu was oud en hoogbejaard, en de Here had Abraham in alles gezegend."* Jakobus 2:23 herinnert ons ook, *"En het schriftwoord werd vervuld, dat zegt: Abraham geloofde God en het werd hem tot gerechtigheid gerekend en hij werd een vriend van God genoemd."*

Bovendien, was Abraham rijkelijk gezegend in alles, omdat hij God had vertrouwd, die alle dingen van het leven en de dood, zegen en vloek bestuurt, en wijdde alle dingen toe aan Hem. Op dezelfde wijze, zal jij in staat zijn om te genieten van Gods zegeningen, op al jou wegen, en antwoordt ontvangen op wat je ook maar vraagt, als je de juiste definitie van geloof begrijpt en het bewijs van jou geloof laat zien met daden van totale gehoorzaamheid, zoals Abraham vele keren gedaan heeft.

2. De kracht van geloof kent geen beperkingen

Je kan gemeenschap hebben met God door geloof, omdat geloof is zoals de eerste poort van de geestelijke wereld, in de vier-dimentionale wereld. Enkel als je door de eerste poort gaat, zullen je geestelijke oren opengaan, zodat je het Woord van God kan horen, en je geestelijke ogen gaan open zodat je de geestelijke wereld kan zien.

Als een resultaat, zal je leven door het woord van God, alles ontvangen wat je vraagt met geloof, en vreugdevol leven met de hoop voor het koninkrijk van de hemel. Bovendien, wanneer je hart gevuld is met vreugde en dankzegging en wanneer hoop voor de hemel overstroomt in je leven, zal je God liefhebben boven alles en Hem behagen.

Dan, zal de wereld niet langer waardig voor jou en je geloof zijn, omdat je niet alleen een getuige zult worden van de Here met kracht gegeven aan jou door de Heilige Geest, maar je zal ook getrouw zijn tot op het punt van de dood en God liefhebben met je leven, zoals de Apostel Paulus.

De wereld is de kracht van het geloof niet waard(ig)

In de beschrijving van de kracht van geloof, illustreert Hebreeën 11:32-38 het geloof van de voorvaders,

En wat moet ik nog verder aanvoeren? Immers, de tijd zou mij ontbreken, als ik ging verhalen van Gideon, Barak, Simson, Jefta, David en Samuël en de profeten, die door het geloof de koninkrijken onderworpen, gerechtigheid geoefend, de vervulling der belofte verkregen hebben, muilen van leeuwen dichtgesnoerd, de kracht van het vuur gedoofd hebben. Zij zijn aan scherpe zwaarden ontkomen, in zwakheid hebben zij kracht ontvangen, zij zijn in de oorlog sterk geworden en hebben vijandige legers doen afdeinzen. Vrouwen hebben haar doden uit de opstanding terug ontvangen, anderen hebben zich laten folteren en van geen bevrijding willen weten, opdat zij aan een betere opstanding deel mochten hebben. Anderen weder hebben hoon, geselslagen verduurd, daarenboven nog boeien en gevangenschap. Zij zijn gestenigd, op zware proef gesteld, doormidden gezaagd, met het zwaard vermoord; zij hebben rondgezworven in schapevachten en geitevellen, onder ontbering, verdrukking en mishandeling – de wereld was hunner niet waardig – zij hebben rondgedoold door woestijnen, en gebergten, in spelonken en de holen der aarde.

Mensen wiens geloof van welke de wereld niet waardig is, kunnen niet alleen hun aardse eer en rijkdom op geven, maar ook hun leven. Zoals 1 Johannes 4:18 zegt, *"Er is in de liefde geen vrees, maar de volmaakte liefde drijft de vrees uit; want de vrees houdt verband met straf en wie vreest, is niet volmaakt in de liefde."* Vrees zal je verlaten overeenkomstig de mate van je liefde.

Wat onmogelijk is door menselijke kracht, wordt mogelijk door Gods kracht. Een van Zijn profeten, Elia, getuigde van de levende God, door vuur van de hemel neer te halen. Elisa redde zijn land door te ontdekken, door de inspiratie van de Heilige Geest, waar het kamp van de vijand gelegen was. Daniël overleefde in het hol met hongerige leeuwen.

In het Nieuwe Testament, waren er vele mensen die hun eigen leven opgaven voor het evangelie van de Heer. Jakobus, een van de twaalf discipelen van Jezus, onze Heer, werd een van de eerste martelaren onder hen, toen hij gedood werd met een zwaard. Petrus, de hoofddiscipel van Jezus Christus, werd ondersteboven gekruisigd. In zijn grote liefde voor de Here, was de Apostel Paulus vreugdevol en dankbaar aan God, zelfs in een gevangeniscel, ondanks dat hij bijna dood was en vele keren geslagen was. Hij werd, tenslotte, onthoofd en werd een grote martelaar voor de Here.

Bovendien, werden ontelbare christenen verslonden door leeuwen in het Coloseum in Rome of moesten leven in de Catacomben zonder ooit maar zonlicht te zien, tot hun dood, vanwege de hevige vervolgingen in het Romeinse Rijk. De Apostel Paulus hield zich vast aan zijn geloof onder alle omstandigheden en overwon de wereld met groot geloof. Hij kon dus belijden, *"Wie zal ons scheiden van de liefde van Christus? Verdrukking of benauwdheid, of vervolging of honger, of naaktheid, of gevaar, of het zwaard?"* (Romeinen 8:35)

Geloof geeft antwoorden op vele problemen

Er was een voorval, waarin Jezus het geloof zag van een lamme en zijn vrienden, zeggende tot hem in Marcus 2, "Kind, uw zonden worden vergeven," en de lamme werd onmiddellijk, ter plaatse, genezen. Toen de mensen hoorden dat Jezus te Kaparnaüm was, verzamelden zich velen en er was geen plaats meer, zelfs niet buiten de deur. De lamme, gedragen door zijn vier vrienden, konden niet tot bij Jezus komen vanwege de menigte, dus zijn vrienden maakten een gat in het dak boven Jezus en nadat ze er doorheen waren, lieten ze de matras waar hun lamme vriend op lag zakken. Jezus bekeek hun acties als het bewijs van geloof en vergaf de lamme zijn zonden, zeggende, *"Kind, uw zonden worden vergeven"* (v.5).

Hoe dan ook, sommige wetgeleerden die daar zaten, waren skeptisch en dachten bij zichzelf, *"Wat spreekt deze aldus? Hij lastert God! Wie kan zonden vergeven dan God alleen?"* (v. 7) Jezus zei tot hen:

> *En Jezus doorzag terstond in zijn geest, dat zij aldus in zichzelf overlegden, en Hij zeide tot hen: waarom overlegt gij deze dingen in uw harten? Wat is gemakkelijker, tot de verlamde zeggen: Uw zonden worden vergeven, of te zeggen, Sta op en neem uw matras op en wandel?* (Marus 2:8-9)

Toen bevool Hij de verlamde, *"Tot u zeg Ik, sta op, neem uw matras op en ga naar uw huis"* (v. 11). De man, die verlamd was, stond op, nam zijn matras op, en wandelde het huis uit, terwijl alle mensen in en rond het huis keken. Ze waren verbaasd en prezen God, zeggende, *"Zo iets hebben wij nog nooit gezien!"* (v. 12)

Dit verhaal vertelt ons dat alle problemen in ons leven opgelost kunnen worden als we vergeven zijn van onze zonden door geloof. Dat komt omdat ongeveer 2000 jaar geleden, Jezus, onze Redder, de weg van redding opende door ons te verlossen van alle problemen in het leven zoals zonden, dood, armoede, ziekten, en de rest (Voor meer over dit, refereer ik naar *De Boodschap van Het Kruis*).

Je kan alles ontvangen wat je maar vraagt, als je van je zonden vergeven bent, van niet te leven naar Gods woord. Hij belooft je in 1 Johannes 3:21-22, *"Geliefden, als ons hart ons niet veroordeeld, hebben wij vrijmoedigheid tegenover God, en ontvangen wij van Hem al wat wij bidden, daar wij zijn geboden bewaren en doen wat wat welgevallig is voor zijn aangezicht."* Op die wijze, mensen die geen muur van zonden tegen God hebben, kunnen Hem vrijmoedig vragen en ontvangen alles wat ze vragen.

Daarom, legt Jezus de nadruk in Matteüs 6 dat je niet bezorgd moet zijn over wat je zal dragen, of wat je zal eten, en waar je zal wonen, maar in plaats daarvan, zoek eerst het koninkrijk van God en Zijn gerechtigheid:

Daarom zeg Ik u: weest niet bezorgd over uw leven, wat gij zult eten (of drinken), of over uw lichaam, waarmede gij het zult kleden. Is het leven niet meer dan het voedsel en het lichaam meer dan de kleding? Ziet naar de vogelen des hemels: zij zaaien niet en maaien niet en brengen niet bijeen in schuren, en toch voedt uw hemelse Vader die; gaat gij ze niet verre te boven? Wie van u kan door bezorgd te zijn één el aan zijn lengte toevoegen? En wat zult gij bezorgd zijn over kleding? Let op de leliën des velds, hoe zij groeien: zij arbeiden niet en spinnen niet; en Ik zeg u, dat zelfs Salomo in al zijn heerlijkheid niet bekleed was als een van deze. Indien nu God het gras des velds, dat er heden is en morgen in de oven geworpen wordt, zo bekleed, zal Hij u niet veel meer kleden, kleingelovigen? Maakt udan niet bezorgd, zeggende: 'Wat zullen wij eten, of wat zullen wij drinken, of waarmede zullen wij ons kleden?' Want naar al deze dingen gaat het zoeken der heidenen uit. Want uw hemelse Vader weet, dat gij dit alles behoeft. Maar zoekt eerst Zijn koninkrijk en Zijn gerechtigheid en dit alles zal u bovendien geschonken worden" (Matteüs 6:25-33).

Als je werkelijk in het woord van God gelooft, zal je eerst Zijn koninkrijk en Zijn gerechtigheid zoeken. Gods beloftes zijn betrouwbaar, zoals verzekerde cheques, en Hij schenkt je alles wat je nodig hebt, overeenkomstig Zijn belofte, zodat je niet alleen redding en eeuwig leven bezit, maar ook voorspoedig kan zijn in alles wat je doet in dit leven.

Geloof beheerst zelfs natuurlijke verschijnselen

In Matteüs 8:23-27, kunnen we leren over de kracht van geloof, die je beschermt van iedere gevaarlijke weersomstandigheid en klimaat, en stelt je in staat om ze te beheersen. Alles in inderdaad mogelijk met geloof.

En toen Hij in het schip ging, volgden zijn discipelen Hem. En zie, er kwam een grote onstuimigheid op de zee, zodat de golven over het schip sloegen; maar Hij sliep. En zij kwamen en maakten Hem wakker en zeiden: "Here, help ons, wij vergaan!" En Hij zeide tot hen: "Waarom zijt gij bevreesd, kleingelovigen?" Toen stond Hij op en bestrafte de winden en de zee, en het werd volkomen stil. En de mensen verwonderden zich en zeiden: "Wat voor iemand is deze, dat ook de winden en de zee Hem gehoorzaam zijn?"

Dit verhaal vertelt ons dat we niet bevreesd moeten zijn voor enige wilde storm of golven, maar we kunnen zo'n natuurlijke verschijnselen alleen beheersen, als we geloof hebben. Als we de machtige kracht van geloof ervaren, die het weer en het klimaat kan beheersen, moeten we de volle zekerheid van geloof bereiken zoals dat van Jezus, door welke alle dingen mogelijk zijn. Daarom herinnert Hebreeën 10:22 ons, *"Laten we toetreden met een waarachtig hart, in volle verzekerdheid des geloofs, met een hart, in volle verzekerdheid des geloofs, met een hart, dat door besprenging gezuiverd is van besef van kwaad, en met een lichaam, dat gewassen is met zuiver water."*
De Bijbel vertelt ons, dat we antwoorden kunnen ontvangen op alles wat we vragen en grotere dingen doen dan Jezus deed, als we het doen met de volle zekerheid van geloof.

"Voorwaar, voorwaar, Ik zeg u, wie in mij gelooft, de werken, die Ik doe, zal hij ook doen, en grotere nog dan deze, want Ik ga tot de Vader; en wat gij ook vraagt in

Mijn naam, Ik zal het doen, opdat de Vader in de zoon verheerlijkt worde" (Johannes 14:12-13).

Dus, moet je begrijpen dat de kracht van geloof zeer groot is en het soort van geloof verwerven die God vraagt en in welke Hij behagen heeft. Alleen dan, zal je niet alleen antwoorden ontvangen op alles wat je vraagt, maar zal je ook grotere dingen doen, dan Jezus deed.

3. Vleselijk geloof en geestelijk geloof

Toen Jezus tot de hoofdman zei, die met geloof tot Hem kwam, *"Ga heen, u geschiedde naar uw geloof,"* was de dienstknecht van de hoofdman onmiddellijk genezen (Matteüs 8:13). Op deze wijze, wordt waar geloof vanzelfsprekend gevolgd door antwoorden van God. Waarom dan, zijn er zovele mensen niet in staat om antwoorden te ontvangen op hun gebeden, ook al beweren ze te geloven in de Heer?

Daarom is er geestelijk geloof door welke we gemeenschap kunnen hebben met God en Zijn antwoorden ontvangen, en vleselijk geloof door welke je geen enkel antwoord kan ontvangen, omdat het niets te maken heeft met Hem. Laat ons dan de verschillen bestuderen tussen de twee soorten geloof.

Vleselijk geloof is geloof als kennis

"Vleselijk geloof" verwijst naar het soort van geloof, waardoor je iets gelooft, omdat je het kan zien met je ogen en het is in overeenstemming met je eigen kennis of gezond verstand. Dit soort van geloof wordt vaak "geloof als kennis" genoemd, of "geloof aanvaardbaar voor het verstand."

Bijvoorbeeld, degene die niet alleen een fabricageproces gezien hebben van een houten bureau, maar er ook over gehoord hebben, zullen ongetwijfeld geloven, ook wanneer anderen zeggen, "Een bureau is van hout gemaakt." Iedereen kan dit soort geloof bezitten, omdat hij gelooft dat iets gemaakt is uit iets. Dat wil zeggen, mensen denken altijd dat er zichtbare dingen nodig zijn, om iets anders te maken.

Mensen voeren gegevens in en bewaren kennis in het geheugensysteem van hun hersenen, vanaf het moment dat ze geboren zijn. Ze herinneren wat ze zien, wat ze horen en wat ze leren van hun ouders, broers, zussen, buren, of op school, en gebruiken de kennis die opgeslagen is in de hersenen, wanneer ze het nodig hebben.

Onder de opgeslagen kennis, zijn er vele onwaarheden, die tegen het woord van God zijn. Zijn woord is de waarheid die nooit verandert, maar het meeste van jou kennis is leugen, die verandert met het voorbij gaan van de tijd. En toch, beschouwen mensen de leugen als waarheid, omdat ze niet de juiste waarheid kennen. Bijvoorbeeld, mensen achten de evolutieleer als waarheid, omdat ze dat geleerd hebben op school. Dus, ze geloven niet dat iets gemaakt kan worden uit niets.

Vleselijk geloof is dood geloof zonder daden

Ten eerste, mensen met een vleselijk geloof kunnen niet aanvaarden dat God iets geschapen heeft vanuit niets, ook al gaan ze naar de kerk en luisteren ze naar het Woord van God, omdat de kennis die ze verkregen hebben vanaf de geboorte tegenstrijdig is met Zijn woord. Ze geloven niet de wonderen die in de Bijbel zijn opgeschreven. Ze geloven het woord van God wanneer ze vol zijn met de Heilige Geest en genade, maar beginnen te twijfelen wanneer ze die genade verliezen. Ze beginnen zelfs te denken dat de antwoorden die ze van God ontvangen hebben, toevallig verkregen waren.

Derhalve, hebben mensen met vleselijk geloof strijd in hun harten, en belijden niet vanuit de grond van hun hart, hoewel ze met hun lippen beweren te geloven. Ze hebben noch gemeenschap met God, noch zijn ze geliefd door Hem, omdat ze niet leven door Zijn Woord.

Hier is een voorbeeld. Over 't geheel genomen, is het recht om wraak te nemen op iemands vijanden, maar de Bijbel leert ons dat we onze vijanden lief moeten hebben en onze linker wang moeten geven aan iemand die op onze rechter wang slaat. Een mens met vleselijk geloof moet terugslaan om zich tevreden te voelen, wanneer iemand hem slaat. Als hij zijn hele leven op die manier heeft geleefd, is het voor hem veel gemakkelijker om anderen te haten, afgunstig of jaloers te zijn. Het is voor hem ook moeilijk om te leven naar het Woord van God en hij kan niet leven in dankbaarheid en vreugde, omdat het niet overeenstemt met zijn denken.

Net zoals we zien in Jakobus 2:26 *"Want gelijk het lichaam zonder geest dood is, zo is ook het geloof zonder werken dood,"* vleselijk geloof is dood geloof zonder werken. Mensen met vleselijk geloof kunnen noch redding noch Gods antwoorden ontvangen. Over dit vertelt Jezus ons het volgende,

"Niet een ieder, die tot Mij zegt: Here, Here, zal het koninkrijk der hemelen binnengaan, maar wie doet de wil Mijns Vaders, die in de hemelen is" (Matteüs 7:21).

God aanvaardt geestelijk geloof

Geestelijk geloof is gegeven wanneer je gelooft, ook al kan je niets zien met je blootte ogen of iets komt niet overeen met je eigen kennis of gedachten. Het is geloven dat God iets geschapen heeft uit niets.

Mensen met geestelijk geloof, geloven zonder enige twijfel dat God de hemelen en de aarde geschapen heeft door Zijn Woord, en Hij de mens gevormd heeft uit het stof van de aarde. Geestelijk geloof is niet iets wat je kan hebben, omdat je het wil; het is alleen gegeven door God. Mensen die geestelijk geloof bezitten, geloven ongetwijfeld in de wonderen, opgeschreven in de Bijbel, dus is het niet moeilijk voor hen om te leven door het woord van God en ontvangen zij antwoorden van God op alles wat ze vragen in geloof.

God aanvaardt geestelijk geloof wat gepaard gaat met daden en daar door kan je gered worden, naar de hemel gaan en antwoorden ontvangen op je gebeden.

Geestelijk geloof is "levend geloof" wat gepaard gaat met daden

Wanneer je geestelijk geloof hebt, aanvaardt God je en waarborgt je leven met Zijn antwoorden en zegeningen. Bijvoorbeeld, stel je voor dat er twee boeren zijn, die werken op het land van hun meester. In dezelfde omstandigheden, oogst één vijf zakken met rijst en de andere drie zakken. In welke van de twee boeren zal de meester het meeste behagen hebben? Natuurlijk, is de boer met vijf zakken rijst meer begunstigt en is welgevalliger bij de meester.

De twee boeren oogsten op verschillende wijze op hetzelfde land, overeenkomstig hun mogelijkheden. De boer die vijf zakken rijst oogstte, moet regelmatig en ijverig het onkruid verwijderd hebben en de oogst besproeid hebben, in veel zweet. Integendeel, kon de andere boer niet meer dan drie zakken rijst oogsten, omdat hij lui was en zijn werk tot die mate verwaarloosd heeft.

God oordeelt ieder persoon overeenkomstig zijn of haar vrucht. Enkel wanneer je je geloof toont met daden, zal Hij het als geestelijk geloof beschouwen en je zegenen.

In de nacht dat Jezus gevangen genomen werd, zei één van Zijn discipelen, Petrus, tot Hem, *"Al zouden allen aanstoot aan U nemen, ik nooit!"* (Matteüs 26:33) Hoe dan ook, Jezus antwoordde, *"Voorwaar, Ik zeg u, in deze nacht, eer de haan kraait, zult gij Mij driemaal verloochenen"* (v. 34). Petrus beleed met zijn hele hart, maar Jezus wist dat Petrus Hem zou verraden, wanneer zijn leven bedreigd werd.

Petrus had de Heilige Geest nog niet ontvangen en verloochende Jezus drie keer, toen zijn leven in gevaar kwam, nadat Jezus gevangen genomen was. Hoe dan ook, Petrus was volledig veranderd nadat hij de Heilige Geest ontvangen had. Zijn geloof als kennis veranderde in geestelijk geloof, en hij werd een apostel met kracht om vrijmoedig het evangelie te verkondigen. Hij ging de weg van gerechtigheid totdat hij onderste boven gekruisigd werd.

Dus, als je geestelijk geloof hebt, ben je in staat om God te vertrouwen en te gehoorzamen, in iedere situatie. Om geestelijk geloof te bezitten, moet je streven naar volledige gehoorzaamheid aan het woord van God en een onveranderlijk hart verwerven. Door levend geestelijk geloof, gepaard gaande met daden, kan je redding ontvangen en een eeuwig leven, veranderd worden in een mens van volmaakte waarheid, en genieten van de wonderlijke zegeningen in geest en in lichaam.

Hoe dan ook, met dood vleselijk geloof zonder daden, kan je noch redding noch antwoorden van God ontvangen, hoe hard je ook probeert je best te doen en hoe lang je ook al naar de kerk gaat.

4. Om geestelijk geloof te bezitten

Hoe kan je je vleselijk geloof veranderen in geestelijk geloof en "wat je hoopt" een realiteit maken en "wat niet gezien is" het zichbare bewijs? Wat moet je doen om geloof te bezitten?

Vleselijke gedachten en theoriën verwerpen

Veel van je kennis die je verkregen hebt sinds je geboorte verhindert je voor het verkrijgen van geestelijk geloof, omdat het tegen het woord van God is. Bijvoorbeeld, een theorie, zoals die van de evolutie ontkent Gods schepping van het universum. Als resultaat, kunnen aanhangers van de evolutieleer niet geloven dat God iets geschapen heeft vanuit niets. Hoe kunnen zij dan geloven *"In den beginne schiep God de hemel en de aarde"* (Genesis 1:1)?

Dus, om geestelijk geloof te bezitten, moet je elke gedachte en alle theorieën vernietigd hebben die tegen het woord van God zijn, je kan het Woord van God, geschreven in de Bijbel niet geloven, je kan echter begeren het te geloven.

Bovendien, maakt het niet uit hoe ijverig je naar de kerk gaat en aanbiddingssamenkomsten bijwoont, je kan geen geestelijk geloof hebben. Daarom zijn zovele mensen ver weg van de weg van redding, ontvangen niet Gods antwoorden op hun gebeden, ook al gaan ze regelmatig naar de kerk.

De apostel Paulus had enkel vleselijk geloof voordat hij de Here Jezus ontmoette in een visioen op weg naar de stad Damascus. Hij had Jezus niet erkent als de Redder van alle mensen, maar in plaats daarvan had hij vele christenen gevangen genomen en vervolgd.

Daarom moet je alle gedachten en theorieën verwijderen die tegen het Woord van God zijn, om je vleselijke geloof te veranderen in geestelijk geloof. Door de apostel Paulus, herinnert God ons aan het volgende:

Want de wapenen van onze veldtocht zijn niet vleselijk, maar krachtig voor God tot het slechten van bolwerken, zodat wij de redeneringen en elke schans, die opgeworpen wordt tegen de kennis van God, slechten, elk bedenksel als krijgsgevangene brengen onder de gehoorzaamheid aan Christus, en gereed staan, zodra uw gehoorzaamheid volkomen is, alle ongehoorzaamheid te straffen (2 Korintiërs 10:4-6).

Paulus kon een grote prediker van het evangelie worden, enkel nadat hij geestelijk geloof bezat door elke gedachte, theorie en argument dat tegen God was, te vernietigen. Hij nam de leiding in het evangeliseren onder de heidenen en werd de hoeksteen van de wereldzending. Tenslotte, was Paulus in staat om zo'n vrijmoedige belijdenis te maken, als:

Maar alles wat mij winst was, heb ik om Christus' wil schade geacht. Voorzeker, ik acht zelfs alles schade, omdat de kennis van Christus Jezus, mijn Here, dat alles te boven gaat. Om Zijnentwil heb ik dit alles prijsgegeven en houd het voor vuilnis, opdat ik Christus moge winnen, en in Hem moge blijken niet een eigen gerechtigheid, uit de wet te bezitten, maar de gerechtigheid door het geloof in Christus, welke uit God is op de grond van het geloof (Filippenzen 3:7-9).

Vurig het woord van God leren

Romeinen 10:17 leert ons, *"Zo is dan het geloof uit het horen, en het horen door het woord van Christus."* Je moet luisteren naar het woord van God en het leren; als je Gods woord niet kent, kan je er niet door leven. Als je niet handelt naar Gods woord, maar het enkel bewaard hebt als kennis, kan Hij je geen geestelijk geloof geven, omdat je misschien hoogmoedig wordt vanwege je kennis.

Stel je voor dat er een meisje is die hoopt om een vermaarde pianiste te worden. Om 't even hoevele keren ze haar tekstboeken leest en theorieën leert, ze kan geen grote pianiste worden zonder te oefenen. Hetzelfde geldt hiervoor, tenzij je het woord van God gehoorzaamt, heeft het geen enkel nut, hoe hard je ook je best doet om het te lezen, horen en leren. Je kan enkel geestelijk geloof hebben, wanneer je handelt naar Gods woord.

Het woord van God gehoorzamen

Daarom moet je geloven in de levende God en Zijn woord onderhouden in alle omstandigheden. Als je Zijn woord gelooft, zonder enige twijfel nadat je ernaar geluisterd hebt, zal je het gaan gehoorzamen. Als een resultaat, kan je de zekerheid in je hart hebben, omdat Gods woord in werkelijkheid volbracht is. Daarna, zal je streven om nog meer naar het woord van God te leven.

Door dit proces te herhalen, kan je geloof ontvangen dat je in staat stelt om het woord volledig te gehoorzamen en zal Zijn genade en kracht op je komen. Je zal gevuld zijn met de Heilige Geest en alles zal goed met je gaan.

In de tijd van de Exodus, waren er tenminste zeshonderdduizend Israëlitische mannen 20 jaar of ouder. Tenslotte, hoe dan ook, konden slechts twee van hen – Jozua en Kaleb – het Beloofde Land van Kanaän binnengaan. Buiten deze twee, vertrouwde niemand de belofte van God in hun hart en gehoorzaamde Hem.

In Numeri 14:11, zei de Here tot Mozes, *"Hoelang zal dit volk Mij versmaden, en hoelang zullen zij Mij niet vertrouwen bij al de tekenen die Ik in zijn midden gedaan heb?"*

Ze kenden God goed en, omdat ze getuige waren van Zijn kracht, die de Tien plagen over Egypte bracht en de Rode Zee in tweeën scheidde, dachten ze ook, dat ze in Hem geloofden. Ze ervoeren Gods leiding en tegenwoordigheid met een vuurkolom 's nachts en een wolkolom overdag, en aten iedere dag manna die van boven kwam.

Toch, toen God hen bevool om het land Kanaän binnen te gaan, gehoorzaamden ze Hem niet, omdat ze bang waren van de Kanaänieten. In plaats daarvan, klaagden ze en stonden op tegen Mozes en Aäron. Dat kwam omdat ze geen geestelijk geloof hadden om God te gehoorzamen, ondanks het vele zien en horen van de wonderlijke werken van Gods kracht, hadden ze vleselijk geloof.

Om geestelijk geloof te bezitten, zou je God moeten geloven en Zijn woord altijd gehoorzamen. Als je Hem werkelijk liefhebt, zal je Hem gehoorzamen, en Hij zal je gebeden beantwoorden en je tenslotte tot het eeuwige leven leiden.

Romeinen 10:9-10 herinnert ons aan, *"Want indien gij met uw mond belijdt, dat Jezus Heer is, en met uw hart gelooft, dat God Hem uit de doden heeft opgewekt, zult gij behouden worden; want met het hart gelooft men tot gerechtigheid en met de mond belijdt men tot behoudenis."*

"Met uw hart geloven" verwijst niet naar geloof als kennis, maar naar geestelijk geloof, waardoor je iets gelooft zonder enige twijfel in je hart. Degene die het Woord van God geloven in hun hart, gehoorzamen het, worden rechtvaardig, en worden geleidelijk aan gelijk aan de Here. Hun belijdenis, "Ik geloof in de Here," is echt en ze ontvangen redding.

Dat je geestelijk geloof mag bezitten, wat gepaard gaat met daden, om Gods woord te gehoorzamen, in de naam van Here, zegen ik je! Dan, kan je Hem behagen en genieten van een leven vol van zijn kracht, waardoor alle dingen mogelijk zijn.

Hoofdstuk 2

DE GROEI VAN GEESTELIJK GELOOF

DE MATE VAN GELOOF

1

Geloof van zuigelingen/peuters

2

Geloof van kinderen

3

Geloof van jongelingen

4

Geloof van vaders

～

"Ik schrijf u, kinderkens, Want de zonden zijn u vergeven om Zijns naams wil. Ik schrijf u, vaders, want gij kent Hem, die van den beginne is. Ik heb u geschreven, jongelingen, Want gij hebt de boze overwonnen. Ik heb u geschreven, kinderen, Want gij kent de Vader. Ik heb u geschreven, vaders, Want gij kent Hem, die van den beginne is. Ik heb u geschreven, jongelingen, Want gij zijt sterk en het woord Gods blijft in u, en gij hebt de boze overwonnen."

(1 Johannes 2:12-14)

～

Je kan van het recht en de zegeningen genieten als een kind van God, als je geestelijk geloof hebt. Je zal niet alleen redding ontvangen en naar de hemel gaan, maar ook antwoord ontvangen op alles wat je vraagt. Bovendien, als je Gode welgevallig geloof hebt, door zijn Woord te gehoorzamen, zijn alle dingen mogelijk met je geloof.

Daarom vertelt Jezus ons in Marcus 16:17-18, *"Als tekenen zullen deze dingen de gelovigen volgen: in Mijn naam zullen zij boze geesten uitdrijven, in nieuwe tongen zullen zij spreken, slangen zullen zij opnemen, en zelfs indien zij iets dodelijks drinken zal het hun geen schade doen; op zieken zullen zij de handen leggen en zij zullen genezen worden."*

Een klein mosterdzaadje groeit op om een grote boom te worden

Jezus vertelde Zijn discipelen dat ze een klein geloof hadden, toen Hij zag dat ze niet in staat waren om demonen uit te drijven, en voegde er aan toe dat alles mogelijk is, zelfs met een geloof dat zo klein is als een mosterdzaadje. Hij zegt in Mattëus 17:20, *"Vanwege uw klein geloof. Want, voorwaar, Ik zeg u, indien gij een geloof hebt als een mosterdzaad, zult gij tot deze berg zeggen: verplaats u vanhier daarheen en hij zal zich verplaatsen en niets zal u onmogelijk zijn."*

Een mosterdzaad is zo klein als een punt die je met een balpen op een stuk papier plaatst. En toch, met een geloof zo klein, kan je een berg verplaatsen van een plaats naar een andere en zijn alle dingen voor je mogelijk.

Heb jij geloof dat zo klein is als een mosterdzaad? Verplaatst een berg zich van de ene plaats naar een andere op jou bevel? Zijn alle dingen mogelijk voor jou? Omdat het onmogelijk voor je is om te grijpen wat dit schriftgedeelte betekent, zonder de geestelijke betekenis er volledig van te begrijpen, laten we het eens dieper doorvorsen met een gelijkenis van een mosterdzaad die Jezus gaf:

Het koninkrijk der hemelen is gelijk aan een mosterdzaadje, dat iemand nam en in zijn akker zaaide. Het is wel het kleinste van alle zaden, maar als het volgroeid is, is het groter dan de tuingewassen en het wordt een boom, zodat de vogelen des hemels in zijn takken kunnen nestelen (Matteüs 13:31-32).

Een mosterdzaad is kleiner dan enig ander zaad, maar wanneer het volgroeid is en een grote boom wordt, komen er vele vogels en nestelen zich in zijn takken. Jezus gebruikt de gelijkenis van een mosterdzaad om ons te onderwijzen dat we een berg van hier kunnen verplaatsen naar daar, en dat alle dingen mogelijk zijn, als je kleine geloof volwassen wordt. Jezus' discipelen zouden groot geloof gehad moeten hebben door welke alles mogelijk is, omdat ze met Hem geweest waren gedurende een lange tijd en uit de eerste hand de vele wonderlijke werken van God gezien hadden. Hoe dan ook, omdat ze geen groot geloof hadden, berispte Jezus hen.

De volledige mate van geloof

Eens je de Heilige Geest ontvangt en geestelijk geloof verwerft, zou je geloof zich moeten ontwikkelen tot de volledige mate dat alle dingen mogelijk maakt. God wil dat je antwoordt ontvangt op alles wat je vraagt, door je geloof te laten toenemen.

Efeziërs 4:13-15 herinnert ons, *"Totdat wij allen de eenheid des geloofs en der volle kennis van de Zoon Gods bereikt hebben, de mannelijke rijpheid, de maat van de wasdom der volheid van Christus. Dan zijn wij niet meer onmondig, op en neder, heen en weder geslingerd onder invloed van allerlei wind van leer, door het valse spel der mensen, in hun sluwheid, die tot dwaling verleidt, maar dan groeien wij, ons aan de waarheid houdende, in liefde in elk opzicht naar Hem toe, die het hoofd is, Christus."*

Het is vanzelfsprekend dat wanneer een baby geboren wordt, zijn geboorte geregistreerd wordt bij de overheid, en hij opgroeit om een kind te zijn en dan een jongeling. Op een geschikt moment, trouwt hij, geeft geboorte aan kinderen en wordt een vader.

Op dezelfde wijze, als jij een kind van God wordt door Jezus Christus en je naam opgenomen wordt in het Boek des Levens, in het koninkrijk der hemelen, je geloof behoort iedere dag te groeien tot het het geloof van kinderen, jongelingen en dan van vaders bereikt.

Daarom leert 1 Korintiërs 3:2-3 ons, *"Melk heb ik u gegeven, geen vast voedsel, want dat kondt gij nog niet verdragen. Ja, dat kunt gij ook nu nog niet, want gij zijt nog vleselijk, en leeft gij niet als onveranderde mensen?"*

Net als een pasgeboren baby, melk moet drinken om te leven, moet een geestelijke baby melk drinken om op te groeien. Hoe dan, kan een geestelijke baby zich ontwikkelen om een vader te worden?

1. Geloof van zuigelingen/peuters

1 Johannes 2:12 zegt, *"Ik schrijf u kinderkens, want de zonden zijn u vergeven om Zijns naams wil."* Dit vers zegt ons dat iemand die God niet kende, vergeven zal worden van zijn zonden, wanneer hij Jezus Christus aanneemt, en het recht ontvangt om een kind van God te worden door de Heilige Geest, die in zijn hart komt verblijven (Johannes 1:12).

Er is niets dan de naam van Jezus Christus, waardoor je vergeven kan worden en redding kan ontvangen. Hoe dan ook, wereldse mensen beschouwen christendom als een soort van religie die goed is voor het mentale welzijn en stelt een verwijtende vraag, "Waarom zeg je dat we alleen gered kunnen worden door Jezus Christus?"

Waarom, is Jezus dan onze enige Redder? Mensen kunnen niet gered worden door een andere naam, dan Jezus Christus, en kunnen alleen maar vergeven worden van hun zonden door het bloed van Jezus, die stierf aan het kruis.

Handelingen 4:12 zegt, *"En de behoudenis is in niemand anders, want er is geen andere naam aan de mensen gegeven, waardoor wij behouden moeten worden"* en. Handelingen

10:43 zegt, *"Van Hem getuigen alle profeten, dat een ieder, die in Hem gelooft, vergeving van zonden ontvangt door zijn naam."* Dus, is het de voorzienigheid en de wil van God dat mensen gered zijn door Jezus Christus.

Door de geschiedenis van de mensheid, waren er de zo genaamde "grote" of "grootmoedige" mannen zoals Socrates, Conficius, Boeddha, en dergelijke. Vanuit Gods perspectief, hoe dan ook, waren ze allen niet meer dan schepsels en zondaren, omdat alle mensen geboren zijn met de oorspronkelijke zonde, geërfd van Adam, die de zonde van ongehoorzaamheid pleegde en hun vaders.

En toch, had Jezus de geestelijke kracht en toepasselijke bevoegdheden om de Redder van de mensheid te zijn: Hij had geen oorspronkelijke zonde, omdat Hij verwekt was door de Heilige Geest. En Hij heeft ook zelf geen zonde gedaan, tijdens Zijn leven. Op deze wijze, had Hij de kracht om de mensheid te redden, omdat Hij onberispelijk was en de grote liefde had om zelfs Zijn eigen leven te offeren, voor zondaren.

Daarom, als je gelooft dat Jezus Christus de enige ware weg naar redding is en Hem aanneemt als je Redder, zal je vergeving ontvangen voor al je zonden, de Heilige Geest ontvangen als een geschenk van God en verzegeld zijn als Zijn kind.

Geloof van een misdadiger aan de ene zijde van Jezus

Toen Jezus aan het kruis hing om de zonde weg te nemen van de mensheid, bekeerde een van de twee misdadigers, aan de ene zijde van Jezus, zich van zijn zonden en aanvaardde Hem als zijn Redder, net voor hij stierf. Als resultaat, werd hij verzegeld als een kind van God en ging het Paradijs binnen. Allen die wedergeboren zijn, door Jezus Christus aan te nemen, God noemt hen, "Mijn kleine kinderen!"

Sommige mensen zullen misschien debatteren, "Een misdadiger heeft Jezus als zijn Redder aangenomen, voor hij stierf. Ik ga zoveel van de wereld genieten als ik wil en Jezus Christus aannemen vlak voor ik sterf. Ik ga toch naar de hemel!" Zo'n gedachte, is hoe dan ook, een absolute leugen.

Hoe was de misdadiger in staat om Jezus aan te nemen, die belachelijk gemaakt werd door goddeloze mensen en stierf aan een kruis? De misdadiger had al nagedacht dat Jezus misschien de Messias kon zijn, toen hij luisterde naar Zijn boodschappen. Hij beleed zijn geloof in Jezus en aanvaarde Hem als zijn Redder, terwijl hij naast Hem aan het kruis hing. Op deze wijze ontving hij redding en verkreeg het recht om het Paradijs binnen te treden.

Op gelijke wijze, verkrijgt iedereen het recht om een kind van God te worden, als hij Jezus aanneemt als zijn Redder en de Heilige Geest ontvangt. Daarom noemt God hem, "Mijn kleine kind." Bijvoorbeeld, als een baby geboren wordt, wordt zijn geboorte geregistreerd, en wordt hij een burger van het land waar hij geboren is. Op gelijke wijze, kan je het hemelse burgerschap verkrijgen en erkent worden als een kind van God, als je naam opgetekent staat in het Boek des Levens.

Dus, het geloof van zuigelingen/peuters verwijst naar het geloof van mensen die net Jezus Christus hebben aangenomen, vergeven zijn van hun zonden en kinderen van God worden terwijl hun namen opgenomen zijn in het Boek des Levens, in de hemel.

2. Geloof van kinderen

Mensen die wedergeboren worden als kinderen van God, door Jezus Christus aan te nemen, en geestelijk leven verwerven, ontwikkelen in hun geloof en verwerven het geloof van kinderen. Wanneer een baby geboren wordt en gespeend wordt door zijn moeder, kan hij zijn ouders herkennen en bepaalde zaken, omgevingen en mensen onderscheiden.

En toch, weten kinderen weinig en moeten onder de bescherming van hun ouders zijn. Als ze gevraagd worden of ze weten wie hun ouders zijn, zullen ze waarschijnlijk ”Ja,” zeggen. Hoe dan ook, als je zou vragen naar hun ouders geboorteplaats of de familie's stamboom, zullen ze niet in staat zijn om te antwoorden. Dus, kinderen kennen hun ouders niet tot in detail, ook al zeggen ze, ”Ik ken mijn mama en papa.”

Wanneer de ouders speelgoed kopen voor hun kind, kan het kind vertellen of het speelgoed een auto is of een pop, maar weet het niet hoe de speelgoed auto gemaakt is of hoe de pop aangekocht is. Op gelijke wijze, weten kinderen enkele delen van dingen die ze kunnen zien met hun ogen, maar begrijpen de details niet van de dingen die ze niet kunnen zien.

Geestelijk, hebben kinderen het geloof van beginnelingen om God de Vader te kennen; ze genieten van de genade in geloof nadat ze Jezus Christus hebben aangenomen en ontvangen de Heilige Geest. 1 Johannes 2:13 zegt, *"Ik heb u geschreven, kinderen, want gij kent de Vader."* Hier wijst, ”gij kent de Vader” aan dat mensen met het geloof van kinderen, Jezus Christus hebben aangenomen en het woord van God geleerd hebben door naar de kerk te gaan.

Net zoals een baby eerst weinig weet, maar zijn vader en moeder kan herkennen als hij opgroeit, begrijpen nieuwe gelovigen geleidelijk aan de wil en het hart van God, de Vader, als ze naar de kerk gaan en luisteren naar Zijn Woord. En toch, zijn ze nog niet in staat om het woord te gehoorzamen omdat ze nog niet voldoende geloof hebben.

Daarom is het geloof van kinderen, geloof van mensen die de waarheid kennen door er naar geluisterd te hebben, maar het woord dan weer wel, dan weer niet gehoorzamen. Dit niveau van geloof is nog niet perfect.

Wie noemt God "Vader"?

Als iemand Jezus Christus niet aanneemt, maar belijdt, "Ik ken God," dan liegt hij. En toch zijn daar die mensen die zeggen, "Ik ga niet naar de kerk, maar ik ken God." Dat zijn degene die de Bijbel een of twee keer gelezen hebben, voorheen naar de kerk gingen, of hier of daar over God gehoord hebben. Hoe dan ook, kennen ze werkelijk God, de Schepper?

Als ze in feite God kennen, behoren ze te begrijpen waarom Jezus de Ene en Enige Zoon van God is, waarom God Hem naar deze wereld zond, en waarom God de boom van kennis van goed en kwaad in de Hof van Eden geplaatst heeft. Ze moeten ook weten over het bestaan van de hemel en de hel, en hoe ze gered kunnen worden en de hemel binnen gaan.

Bovendien, als ze werkelijk deze feiten begrijpen, zou er niemand weigeren om naar de kerk te gaan en te leven door het woord van God. Toch, gaan ze niet naar de kerk of noemen God "Vader," omdat ze noch God geloven noch Hem kennen.

Evenzo, kunnen sommige wereldse mensen die niet in God geloven, zeggen dat ze Hem kennen, maar dat is niet waar. Ze kunnen God niet erkennen of Hem ”Vader” noemen, omdat ze Jezus Christus niet kennen en niet leven in Zijn woord (Johannes 8:19).

Mensen noemen God op verschillende wijze

Gelovigen noemen God verschillend overeenkomstig de mate van hun geloof. Niemand noemt Hem ”God, de Vader” voordat hij Jezus Christus heeft aangenomen als zijn Redder. Het is duidelijk dat hij Hem niet ”Vader” noemt omdat hij nog niet wedergeboren is.

Hoe noemen nieuw gelovigen God? Ze zijn een beetje verlegen en noemen Hem eenvoudig ”God.” Ze kunnen Hem niet ”God, mijn Vader” noemen, maar voelen zich in plaats daarvan opgelaten of onbekend, omdat ze Hem nog niet gediend hebben als hun Vader.

Hoe dan ook, de naam waarmee gelovigen God noemen veranderd als hun geloof groeit tot de mate van kinderen. Zij noemen Hem, ”Vader” wanneer ze het geloof hebben van kinderen, net zoals kinderen vrolijk hun vaders ”papa” noemen. Natuurlijk, is het niet verkeerd om Hem eenvoudig ”God” of ”God, de Vader” te noemen. Ze zullen komen op het punt dat ze Hem ”Vader God” noemen in plaats van ”God, de Vader” naarmate hun geloof toeneemt. Bovendien, noemen ze Hem enkel ”Vader” wanneer ze tot God bidden.

Wat denk je klinkt lieflijker en meer intiem voor God: iemand die Hem ”God” noemt, of iemand die Hem ”Vader” noemt? Hoeveel behagen zou God erin hebben als iemand Hem "mijn Vader" noemt vanuit de grond van zijn hart!

Spreuken 8:17 zegt ons, *"Ik heb lief, wie mij liefhebben, wie mij ijverig zoeken, zullen mij vinden."* Hoe meer je God liefhebt, hoe meer Hij jou lief zal hebben. Hoe meer je Hem zoekt, hoe gemakkelijker je Zijn antwoorden kan ontvangen.

In feite, zal je in de hemel leven voor eeuwig, God "Vader" noemen als Zijn kind. Het is alleen passend voor je om een intieme en echte relatie te hebben met God, ook in dit leven. Daarom moet je je plicht als een kind van God uitdragen en het bewijs tonen dat je Hem liefhebt door Zijn geboden volledig te gehoorzamen.

3. Geloof van jongelingen

Net zoals een kind opgroeit om een sterke en meer inzichtvolle adolescent te zijn, ontwikkelt het geloof van kinderen zich en wordt het geloof van jongelingen. Dat wil zeggen, na een fase van geestelijke kinderjaren in geloof, door gebed en het woord van God, groeit het niveau van geloof van de mensen op tot dat van geestelijke jongelingen, die kunnen vertellen wat de wil van God, de Vader is en wat zonden zijn.

Jongelingen zijn sterk en moedig

Er zijn maar enkele kinderen die de wet van een land goed kennen. Ze horen onder de bescherming van hun ouders te zijn, en zelfs als ze een misdaad plegen, zijn de ouders daar verantwoordelijk voor, omdat ze hun kinderen niet goed hebben opgevoed. Kinderen weten niet precies wat zonde is, wat gerechtigheid is, en wat het hart van de ouders is, omdat ze nog steeds in een leerproces zijn.

Hoe dan met tieners? Ze zijn sterk, lichtgeraakt, en zondigen gemakkelijk. Ze zijn enthousiast om te zien, te leren en alles te ervaren en hebben de neiging om anderen te imiteren. Ze lijken nieuwsgierig in alle aspecten, koppig, en vol zelfvertrouwen dat er niets is wat ze niet kunnen doen.

Op dezelfde wijze, zoeken geestelijke jongelingen niet de aardse dingen, maar hebben in plaats daarvan hoop voor de hemel met de volheid van de Heilige Geest en verslaan zonden door het woord van God, omdat ze een sterk geloof hebben. Ze leiden overwinnende levens onder iedere omstandigheid, overwinnen de wereld, en de duivel met onverzettelijke moed, omdat het woord in hen verblijft.

De duivel overwinnen en over hem heersen

Hoe dan, overwinnen jongelingen met sterk en moedig geloof de zondevolle wereld en de duivel? Degene die Jezus Christus hebben aangenomen verkrijgen het recht om kinderen van God te worden en in de waarheid verslaan ze overwinnelijk de boze. De Duivel, ondanks dat hij sterk is, durft niets te doen tegen de kinderen van God. Dus vinden we in 1 Johannes 2:13, *"Ik schrijf u, jongelingen, want gij hebt de boze overwonnen."*
Je kan de duivel overwinnen door te verblijven in de waarheid, omdat het woord van God in je zou moeten blijven. Net zoals mensen de wet niet kunnen nakomen, als ze die niet

kennen, kan je niet door Gods woord leven, als je het niet kent.

Daarom moet je Zijn woord in je hart bewaren en er door leven, door alle zonden te verwerpen. Op die manier, kunnen mensen met het geloof van jongelingen de wereld overwinnen met het woord van God. Daarom staat er in 1 Johannes 2:14 *"Ik heb u geschreven, jonglingen, want gij zijt sterk in en het woord Gods blijft in u en gij hebt de boze overwonnen."*

4. Geloof van vaders

Wanneer jongelingen met een sterke en onverzettelijke geest opgroeien en volwassen worden, zullen ze in staat zijn om elke situatie in te schatten en te begrijpen, en na vele ervaringen, wijsheid verkrijgen om verstandig genoeg te zijn om zichzelf te vernederen wanneer dat nodig is. Mensen met het geloof van vaders kennen de oorsprong van God tot in detail en begrijpen Zijn voorzienigheid, omdat ze een diepgaand geestelijk geloof hebben.

Wie kent de oorsprong van God?

Vaders zijn verschillend van jongelingen in vele aspecten. Jongelingen zijn onvolwassen, omdat ze onvoldoende ervaringen hebben, ook al hebben ze vele dingen geleerd. Derhalve zijn er vele situaties en gebeurtenissen die jonge mensen niet begrijpen, terwijl vaders toch vele beginselen grijpen, omdat ze een verscheidenheid van aspecten in het leven ervaren hebben.

Vaders begrijpen ook waarom ouders, kinderen willen

hebben, hoe pijnlijk het baren en hoe lastig het opvoeden van kinderen ook is. Ze weten over hun gezin: waar hun ouders vandaan komen, hoe ze elkaar ontmoet en getrouwd zijn, en dergelijke.

Er is een Koreaanse uitdrukking, die zegt, "Alleen als je geboorte geeft aan je eigen kinderen, kan je het hart van je ouders begrijpen." Over zo'n volwassen christenen zegt 1 Johannes 2:13, *"Ik heb u geschreven, vaders, want gij kent Hem, die van den beginne is."*

Bovendien, degene die het geloof van vaders hebben, worden voorbeelden voor velen en omarmen allerlei soorten van mensen, omdat ze nederig zijn en in staat zijn om standvastig te staan in de waarheid, zonder ervan af te wijken.

Als we het geloof van vaders zouden vergelijken met het oogstseizoen, kan het geloof van jongelingen vergeleken worden met onrijp fruit. Mensen met het geloof van jongelingen kunnen vergeleken worden met onrijp fruit, omdat ze geneigd zijn zich vast te houden aan hun eigen denken en theorie.

Hoe dan ook, de wijze waarop Jezus een voorbeeld toonde door Zijn discipels voeten te wassen, dragen geestelijke vaders, in tegenstelling tot de jongelingen, rijpe vruchten van daden en geven God de glorie met die vruchten van daden.

Om het hart van Jezus Christus te hebben

God wil dat Zijn kinderen het hart van God verwerven, die van den beginne is, en van Jezus Christus, die zichzelf vernederde en gehoorzaam was tot op het punt van de dood (Filippenzen 2:5-8). Om deze reden, staat God moeilijkheden toe aan Zijn kinderen, en door deze moeilijkheden wordt hun geloof volwassen en verkrijgen ze volharding en hoop. Op deze wijze, neemt hun geloof toe tot het niveau van vaders.

In Lucas 17, onderwijst Jezus Zijn discipelen met een gelijkenis van een dienstknecht. Een dienstknecht heeft de hele dag op het veld gewerkt en komt thuis tegen de schemering, maar er was niemand die zei tegen hem, "Goed gewerkt! Rust en heb een maaltijd." In plaats daarvan moet de dienaar het eten voor zijn meester klaar maken en op hem wachten; alleen daarna kon de dienaar zijn eigen eten opeten. Bovendien, zei niemand tot hem, "Dank je wel voor je harde werk," ook al had hij alles gedaan wat zijn heer had bevolen. De dienstknecht zegt enkel, "ik ben een onnutte dienstknecht; ik heb slechts gedaan, wat ik moest doen."

Op gelijke wijze, behoor je een nederig en gehoorzaam mens te zijn, die zegt, "Ik ben een onnutte slaaf; ik heb enkel mijn plicht gedaan," zelfs nadat je alles gedaan hebt wat God van je heeft gevraagd om te doen. Mensen met geloof van vaders kennen de diepte en hoogte van het hart van God, die van den beginne is, en hebben ook het hart van Jezus Christus, die Zich vernederd heeft en Zichzelf tot niets heeft gemaakt en gehoorzaam werd tot op het punt van de dood. Dus, God erkent en beveelt zulke mensen hoog aan, en ze zullen in de hemel stralen als de zon.

Net zoals een klein mosterdzaadje groeit en een grote boom wordt, waarin de vogelen zich nestelen, groeit geestelijk geloof van de mate van een zuigeling/peuter naar dat van kinderen, jongelingen en vaders. Hoe wonderlijk gezegend ben je wanneer je de Ene kent die van den beginne is, genoeg geloof hebt om Zijn hoogte en diepte te begrijpen, en in staat bent om naar vele andere dwalende zielen om te kijken, zoals Jezus dat deed!

Ik bid, dat je het hart van de Here mag hebben, overvloedig in vrijgevigheid en liefde, bezittende het geloof van vaders, overvloedig vruchtdragende, en schijnende als de zon in de hemel, voor eeuwig, in de naam van onze Here!

DE MATE VAN IEDERS INDIVIDUELE GELOOF

*"Want krachtens de genade, die mij geschonken
is, zeg ik een ieder onder u: koestert geen
gedachten, hoger dan u voegen, maar gedachten
tot bedachtzaamheid, naar de mate van het geloof,
dat God elkeen in het bijzonder heeft toebedeeld."*

(Romeinen 12:3)

God staat u toe om te oogsten wat je gezaaid hebt en beloond je overeenkomstig datgene wat je gedaan hebt, omdat Hij rechtvaardig is. In Matteüs 7:7-8 vertelt Jezus ons, *"Bidt en u zal gegeven worden; zoekt en gij zult vinden; klopt en u zal opengedaan worden."*

Je ontvangt zegeningen en antwoorden op je gebeden, niet door vleselijk geloof, maar door geestelijk geloof. Je kan vleselijk geloof verwerven terwijl je luistert naar het Woord van God en het leert. Geestelijk geloof, echter, wordt niet vrijelijk gegeven; je kan het alleen maar ontvangen wanneer God het aan je geeft.

Dus, spoort Romeinen 12:3 ons aan, *"maar gedachten tot bedachtzaamheid, naar de mate van het geloof, dat God elkeen in het bijzonder heeft toebedeeld."* Ieders individuele geestelijke geloof, gegeven door God is verschillend van elkaar. Ook, kunnen we vinden in 1 Korintiërs 15:41 *"De glans der zon is anders dan die der maan en der sterren, want de ene ster verschilt van de andere in glans,"* hemelse verblijfplaatsen en glorie beloond aan ieder individueel is verschillend overeenkomstig zijn mate van geloof.

1. De mate van geloof gegeven door God

"Mate" is een gewicht, volume, hoeveelheid of maat van een

voorwerp. God meet het geloof van ieder individu en antwoord de persoon overeenkomstig de mate van zijn of haar geloof.

Meestal, kunnen mensen met groot geloof alleen maar antwoorden ontvangen als ze het echt verlangen in hun hart, terwijl sommige anderen alleen maar antwoord ontvangen als ze gedurende één dag vurig bidden met vasten, en weer anderen met een klein geloof ontvangen antwoord wanneer ze bidden voor maanden of jaren. Als je geestelijk geloof kon "verdienen," als je het wilt, dan zou iedereen de zegeningen en antwoorden ontvangen die hij wil. De wereld zou een hele verwarrende en wanordelijke plaats worden om in te leven.

Veronderstel dat er een mens is die niet leeft door het woord van God. Als die man vraagt, "God, laat mij alstublieft het hoofd worden van de voornaamst samenwerkende zaak in dit land! Of Ik haat die man. Straf hem alstublieft," en zijn gebed en verlangen werden beantwoord, hoe zou de wereld er dan uitzien?

Geestelijk geloof en gehoorzaamheid

Hoe kan je geestelijk geloof bezitten? God geeft niet het geestelijke geloof aan iedereen, maar alleen aan hen die bekwaam zijn door Zijn Woord te gehoorzamen. Derhalve, kan je geestelijk geloof ontvangen naar de mate dat je de leugen zoals haat, twisten, naijver, overspel, en de andere dingen in je weg doet en zelfs je vijanden liefhebt.

In de Bijbel, bevool Jezus sommigen aan, zeggende, "Je geloof is groot!" maar vermaande anderen, zeggende, "Je hebt een klein geloof!"

Bijvoorbeeld in Matteüs 15:21-28, kwam er een Kanese

vrouw tot Jezus en vraagt Hem om haar dochter die bezeten is te genezen. Ze riep het uit, *"Heb medelijden met mij, Here, Zoon van David, mijn dochter is deerlijk bezeten"* (v. 22).

Jezus wilde echter haar geloof testen, en antwoordde, *"Ik ben slechts gezonden tot de verloren schapen van het huis Israëls"* (v. 24). De vrouw knielde voor Jezus. *"Heer, help mij!"* zei ze (v. 25). Jezus weigerde opnieuw, zeggende, *"Het is niet goed het brood der kinderen te nemen en het de honden voor te werpen"* (v. 26). Hij zei dit, omdat de Joden in Zijn tijd, de heidenen als honden beschouwden en de vrouw was een heiden, uit het gebied, genaamd Tyrus.

In deze situatie, zouden de meeste mensen zich schamen, ontmoedigd of beledigd gevoeld hebben, en zouden makkelijk opgegeven hebben om te proberen antwoorden te ontvangen. En toch, was de vrouw niet teleurgesteld en aanvaardde Jezus' woord met een nederige houding. Ze vernederde zichzelf als een klein en laag ding, zoals een hond, en smeekte onverzettelijk om Zijn genade: *"Zeker, Heer, ook de honden eten immers van de kruimels, die van de tafel van hun meesters vallen"* (v. 27). Op dit punt had Jezus behagen in haar geloof en antwoordde, O, *"vrouw, groot is uw geloof, u geschiedde gelijk gij wenst!"* En haar dochter was genezen van dat ogenblik af (v. 28).

We zien ook dat Jezus Zijn discipelen vermaant vanwege hun kleine geloof, in Matteüs 17:14-20. Een man bracht zijn zoon, die aan maanziekte leed, naar Jezus' discipelen, maar zij waren niet in staat om het kind te genezen. Naderhand, bracht de man zijn zoon naar Jezus, en Hij wierp de demonen onmiddellijk uit de jongen en genas hem. Nadat Jezus het kind genezen had, kwamen Zijn discipelen tot Hem en vroegen, *"Waarom hebben wij hem niet kunnen uitdrijven?"* (v. 19) Hij antwoordde, *"Vanwege uw klein geloof"* (v. 20).

Bovendien, berispte Jezus Petrus in Matteüs 14:22-33. Op een nacht, waren Zijn discipelen op een boot, in het midden van hevige hoge golven, en Jezus benaderde hen door op het water te wandelen. Ze waren bevreesd, toen ze Hem eerst op de zee zagen wandelen, en riepen uit in angst *"Het is een spook!"* (v. 26) Jezus zei onmiddellijk tot hen, *"Houdt moed, Ik ben het; weest niet bevreesd!"* (v. 27)

Petrus werd moedig en antwoordde, *"Here, als Gij het zijt, beveel mij dan tot U te komen over het water"* (v. 28). Toen zei Jezus, *"Kom!"* Zoals Petrus wilde horen. Petrus stapte uit de boot, wandelde over het water, en ging naar Jezus. Toen hij echter de wind zag, werd Petrus bang en begon te zinken, en riep uit, *"Here, red mij!"* (v. 30) Jezus strekte onmiddellijk Zijn hand uit en greep Petrus en berispte Zijn discipel: *"Kleingelovige, waarom zijt gij gaan twijfelen?"* (v. 31)

Petrus werd berispt vanwege zijn klein geloof op dat moment, maar nadat hij de Heilige Geest ontvangen had en de kracht van God, verrichtte hij vele wonderen in de naam van de Here, en met groot geloof werd hij ondersteboven gekruisigd voor de Here.

2. Verschillende mate van één ieders geloof

Er zijn vele gelijkenissen in de Bijbel die de mate van geloof uitleggen. 1 Johannes 2 legt de mate van geloof uit vergeleken met de groei van een mens, en Ezechiël 47:3-5 legt de mate van geloof uit door het te vergelijken met de diepte van water:

Nadat de man uitgegaan was naar het oosten met een meetsnoer in zijn hand, mat hij duizend el en deed mij door het water gaan; het water reikte tot aan de enkels. Hij mat weer duizend el en deed mij door het water gaan; het water reikte tot aan de knieën. Hij mat weer duizend el en deed mij erdoor gaan; het water reikte tot aan de heupen. Hij mat nog eens duizend el; nu was het een beek geworden, die ik niet doorwaden kon, want het water was zo hoog, dat men erin zwemmen kon, een beek die men niet kon doorwaden.

Het boek Ezechiël is één van de Vijf Grote Boeken van Profetieën in het Oude Testament. God liet de profeet Ezechiël profetieën optekenen toen het Zuidelijke koninkrijk van Juda vernietigd was door Babylon, en vele Joden waren weggevoerd als gevangenen van de oorlog. Vanaf Ezechiël 40 wordt de tempel beschreven die Ezechiël in een visioen zag.

In Ezechiël 47, schrijft de profeet over een visioen waarin hij water zag komen vanonder de de drempel van de tempel, oostwaarts. Het water kwam naar beneden van het zuiden van de tempel, ten zuiden van het altaar. Toen, vloeide het water door de noordpoort, en stroomde uit het heiligdom naar buiten, naar de buitenste poort, die op het oosten uitzag.

"Water" symboliseert hier geestelijk, het woord van God (Johannes 4:14), en het feit dat het water door en rond de binnenzijde van het heiligdom komt, en dan naar de buitenzijde van het heiligdom stroomt, geeft aan dat het woord van God niet alleen gepreekt wordt in het heiligdom, maar ook naar de wereld.

Wat bedoeld Ezechiël met "Een man mat duizend el," uitgegaan naar het oosten met een meetsnoer in zijn hand? Dit verwijst naar hoe de Here het geloof van ieder individu meet en hem nauwkeurig oordeelt overeenkomstig de mate van ieders individueel geloof op de dag van het Oordeel.

"De man met het meetsnoer in zijn hand" verwijst naar de dienstknecht van de Here, en om "een meetsnoer te hebben," betekent dat de Here ieders individuele geloof juist meet, zonder een fout te maken. Dus, de verandering van de diepte van water, betekent figuurlijk de verschillende niveaus van de mate van geloof.

Overeenkomstig de diepte van het water

"Het water wat tot de enkels reikt" wijst op het geloof van geestelijke zuigelingen/peuters, de mate van geloof die je nauwelijks in staat stelt om redding te ontvangen. Wanneer de mate van geloof vergeleken wordt met de lengte van een mens, is dit niveau net zo hoog als de hoogte van zijn enkels. Het volgende, "het water dat tot de knie reikt" verwijst naar het geloof van de kinderen, en het "water dat tot de heupen reikt" staat voor het geloof van de jongelingen. Tenslotte, verwijst "het water wat diep genoeg is om in te zwemmen" naar het geloof van de vaders.

Op deze wijze, zal ieders indivduele geloof gemeten worden op de dag van het Oordeel en de hemelse verblijfplaats van ieder persoon zal vastgesteld worden door de Here, naar de mate dat hij leeft overeenkomstig het woord van God in zijn leven.

"Om duizend el te meten" verwijst naar Gods grote hart, Zijn nauwkeurigheid, zonder de geringste fout, en de diepte van Zijn hart, die rekening houdt met alles. God meet ieders individuele geloof niet vanuit één perspectief, maar van alle engelen. God doorzoekt al onze daden en de kern van onze harten, zo nauwkeurig, dat niemand zich vals beschuldigd zal voelen.

Dus, doorzoekt God alles met Zijn fel brandende ogen, en laat ieder individu oogsten wat hij gezaaid heeft en beloond hem overeenkomstig wat hij gedaan heeft. Daarom zegt Romeinen 12:3 het volgde: *"Want krachtens de genade, die mij geschonken is, zeg ik een ieder onder u: koestert geen gedachten, hoger dan uw voegen, maar gedachten tot bedachtzaamheid, naar de mate van het geloof, dat God elkeen in het bijzonder heeft toebedeeld."*

Denk wijselijk overeenkomstig de mate van je geloof

Wandelen in enkel-diep water is en voelt heel anders aan dan wandelen in heup-diep water. Wanneer je in enkel-diep water bent, kan je denken om erin te lopen of wandelen, omdat je er niet in kan zwemmen. Hoe dan ook, wanneer je in heup-diep water bent, zal je zwemmen verkiezen boven wandelen.

Gelijk degene met het geloof van kinderen anders denken

dan degene met het geloof van vaders, net zo is de gedachten van een mens anders in de verschillende dieptes van water. Dus het is enkel passend dat je wijselijk denkt in overeenstemming met de mate van je geloof.

Abraham ontving Izaak, als de zoon van belofte, nadat God zijn geloof erkende. Op een dag, bevool God Abraham om zijn enige zoon Izaak te offeren als een brandoffer. Wat dacht Abraham over het bevel van God? Hij dacht nooit in angst, "Waarom beveelt God mij om Izaak te offeren als een brandoffer, ondanks het feit dat Hij Izaak gaf als een zoon van belofte? Breekt Hij nu Zijn belofte?"

Hebreeën 11 herinnert ons dat Abraham wijselijk dacht over het gebod van God: "Hij liegt nooit, dus, Hij zal mijn zoon opwekken uit de dood." Abraham dacht niet hoger over zichzelf dan hij was, maar dacht eerder over zichzelf in overeenstemming met de mate van geloof, die God hem gegeven had.

Abraham klaagde noch morde, maar gehoorzaamde God met een nederig hart. Als gevolg, was hij goedgekeurd en meer geliefd door God, en werd hij de voorvader van het geloof.

Je moet begrijpen dat het door een hevige en zware beproeving is dat van Abraham gezegd werd dat hij geestelijk geloof had en dat leidde naar de weg van zegeningen. Je kan Gods liefde en zegeningen ontvangen, wanneer je door de hevige beproevingen heen gaat, door wijselijk over jezelf te denken in overeenstemming met de mate van je eigen geloof.

3. De mate van geloof getest door het vuur

1 Korintiërs 3:12-15 zegt ons dat God ieders individuele geloof toetst met vuur en het werk meet wat overblijft:

Is er iemand, die op dit fundament bouwt met goud, zilver, kostbaar gesteente, hout, hooi, of stro, ieders werk zal aan het licht komen. Want de dag zal het doen blijken, omdat hij met vuur verschijnt, en hoedanig ieders werk is, dat zal het vuur uitmaken. Indien het werk, dat hij erop gebouwd heeft, standhoudt, zal hij loon ontvangen, maar indien iemands werk verbrandt, zal hij schade lijden, doch hij zelf zal gered worden, maar als door vuur heen.

"Het fundament" verwijst hier naar Jezus Christus, en het "werk" verwijst naar datgene wat gedaan is met het hele hart. Als iemand in Jezus Christus gelooft, zal zijn werk openbaar worden voor wat het is "want de dag zal het doen blijken."

Wanneer wordt het werk getoond?

Ten eerste, ieders individuele werk zal getoond worden wanneer zijn plicht over is. Als zijn plicht jaarlijks gegeven is, zal zijn werk geopenbaard worden op het einde van elk jaar.

Ten tweede, toetst God het werk van ieder individu, wanneer de beproeving van vuur over hem komt. Sommige mensen zijn in vrede zonder te veranderen, terwijl ze door hevige beproevingen en moeilijkheden gaan als vuur, terwijl anderen niet in staat zijn om stand te houden.

Tenslotte, toetst God ieders individuele werk op de dag van het Oordeel, dat zal komen na de Tweede Wederkomst van Jezus Christus. Hij zal de heiligheid en getrouwheid van ieder persoon meten en een hemelse verblijfplaats aanwijzen en overeenkomstig belonen.

Het werk wat overblijft na de vuurproef

Opnieuw herinnert 1 Korintiërs 3:12-13 ons aan, *"Is er iemand, die op dit fundament bouwt met goud, zilver, kostbaar gesteente, hout, hooi, of stro, ieders werk zal aan het licht komen. Want de dag zal het doen blijken, omdat hij met vuur verschijnt, en hoedanig ieders werk is, dat zal het vuur uitmaken."*

Als God ieders werk individueel toetst met vuur, zal de kwaliteit van ieders individuele werk te voorschijn komen als zijnde het geloof van goud, zilver, kostbare gesteenten, hout, hooi of stro. Na Gods toets, zullen de mensen met het geloof van goud, zilver, kostbare geteenten, hout of hooi geleid worden tot redding, maar mensen met het geloof van stro kunnen niet gered worden want ze zijn niet meer dan dood in de geest.

Bovendien, mensen met het geloof van goud, zilver of kostbare gesteenten, kunnen hevige beproevingen overwinnen, net zoals goud, zilver of kostbare gesteenten niet verbranden door vuur, maar voor mensen met het geloof van hout en hooi is het niet gemakkelijk om zo'n hevige en vurige beproevingen te overwinnen.

Kenmerken van goud, zilver en kostbare gesteenten

Goud is een smeedbaar, handelbaar, geel, en metaalachtige stof en wordt vooral gebruikt in muntstukken, juwelen, accessoires, of kunstvaardigheden. Het is gedurende lange tijd, beschouwt als het kostbaarste juweel. Zijn mooie helderheid veranderd niet, zelfs niet na een lange tijd, omdat er geen chemische reactie is tussen goud en andere stoffen.

Derhalve, is goud geacht als het meest kostbare juweel omdat het onveranderlijk is, buitengewoon nuttig voor verschillende doelen, en flexibel genoeg is om in alle vormen gemaakt te worden.

Zilver wordt op velerlei gebied gebruikt voor munten en accessoires en industriele doeleinden, omdat het de tweede beste smeedbare en handelbare, en warmte ook redelijk goed geleid. Zilver is lichter dan goud, en is midder mooi en helder dan goud.

Kostbare gesteenten zoals diamanten, saffier, of smaragd stralen wonderlijk kleuren en helderheid uit, maar kunnen niet voor verschillende doeleinden gebruikt worden. Ze verliezen ook hun waarde en worden waardeloos als ze gebroken of gekrast zijn.

Daarom meet God ieders geloof individueel als het geloof van goud, zilver, kostbare gesteenten, hout, hooi of stro overeenkomstig het overblijvende werk met vurige beproevingen, en wordt het geloof van goud het meest kostbare van alle geacht.

Verwerf het geloof van goud

Aan de ene kant, wankelen mensen met geloof als goud niet,

ook al gaan ze door vurige beproevingen. Het geloof van zilver is niet zo sterk als dat van goud, maar is voortrefferlijker dan dat van de kostbare gesteenten, die breekbaar zijn in het vuur. Aan de andere kant, mensen met het geloof van hout, of hooi, wiens werk verbrand is door Gods vuurproeven, kunnen nauwelijks redding ontvangen, zonder enige beloning. God beloont iedereen overeenkomstig dat wat hij gedaan heeft, omdat Hij recht en rechtvaardig is. Dus, Hij aanvaard mensen die een onveranderlijk geloof hebben, zoals goud wat niet veranderd, en beloond hen in de hemel als ook op deze aarde.

De apostel Paulus, die zichzelf toewijdde als een apostel voor de heidenen, preekte het evangelie met een onveranderlijk hart en liep de wedloop van het geloof ten einde, ook al ging hij door ontelbare beproevingen en moeilijkheden, vanaf de eerste keer dat hij de Here ontmoette.

Handelingen 16:25 vertelt ons het volgende: *"Maar omstreeks middernacht baden Paulus en Silas en zongen Gods lof, en de gevangenen luisterden naar hen."* Vanwege het brengen van het evangelie, waren Paulus en Silas op een wrede manier gegeseld en gevangen gezet met hun voeten gebonden aan een blok, maar ze zongen lofliederen voor God in gebed, zonder te klagen.

Op deze wijze, verloochende Paulus nooit de Here tot zijn dood, noch uitte hij maar één klagend woord. Hij was altijd verheugd en dankbaar met een hart gevuld met hoop voor de hemel, en hij was getrouw in het werk van de Here tot het punt van het opgeven van zijn eigen leven.

Als je het geloof van goud hebt zoals de apostel Paulus, zal je ook verblijven in een glorieuze plaats, stralend als de zon in de hemel, en Gods grote liefde ontvangen omdat je werk niet verbrand kan worden tot as.

Het geloof van hout en hooi

Mensen met het geloof van zilver, volbrengen hun plichten, zoals ze die behoren te doen, ook al is hun geloof minder als het geloof van goud. Hoe ziet het geloof van kostbare gesteenten er dan uit?

Mensen met het geloof van kostbare gesteente belijden, "Ik zal getrouw zijn aan de Here! Ik zal het evangelie preken met mijn hele hart," nadat ze genezen zijn van hun ziektes of gevuld zijn met de Heilige Geest. Wanneer hun gebeden beantwoord zijn, zeggen ze, "Van nu af aan, zal ik alleen voor de Here leven." Ze lijken van de buitenkant gezien het geloof te bezitten van goud, maar struikelen of dwalen af in vurige beproevingen, omdat ze niet het geloof van goud hebben. Het lijkt alsof ze groot geloof hebben, wanneer ze gevuld zijn met de Heilige Geest, maar keren weg van de weg van geloof en tenslotte zijn hun harten gebroken in stukken alsof ze nooit geloof hebben gehad.

Met andere woorden, het geloof van kostbare gesteenten lijkt enkel voor een ogenblik mooi. En toch blijft het werk van het geloof van kostbare gesteenten stand houden na vurige beproevingen, net zoals de vorm van juwelen of kostbare gesteenten bewaard blijft in het vuur.

Het werk van het geloof van hout en hooi, is echter helemaal verbrandt na vurige beproevingen tot niets. Opnieuw zegt 1 Korintiërs 3:14-15 ons, *"Indien het werk, dat hij erop gebouwd heeft, standhoudt, zal hij loon ontvangen, maar indien iemands werk verbrandt, zal hij schade lijden, doch hij zelf zal gered worden, maar als door vuur heen."*

Het is waar dat mensen met het geloof van goud, zilver of kostbare gesteenten gered zijn en beloond worden in de hemel omdat het werk van hun geloof stand houdt na de vuurproef van God. Hoe dan ook, het werk van degene met het geloof van hout of hooi wordt verbrandt tot as na de vuurproef, en zulke individuen zijn ternauwernood gered, maar kunnen geen beloningen ontvangen in de hemel.

God aanvaardt je geloof vreugdevol en beloont je overvloedig wanneer je Hem ernstig zoekt. Hebreeën 11:6 zegt ons: *"maar zonder geloof is het onmogelijk (Hem) welgevallig te zijn. Want wie tot God komt, moet geloven, dat Hij bestaat en een beloner is voor wie Hem ernstig zoeken."*

Hij meet het geloof van ieder individu door de vuurproef. God geeft ook zegeningen op de aarde en beloont in de hemel een ieder met een onveranderlijk geloof als goud.

Daarom moet je begrijpen dat er verschillende antwoorden en zegeningen van God zijn, alsook verschillende verblijfplaatsen en kronen zijn in de hemel, overeenkomstig de mate van ieders individuele geloof.

Ik bid, dat je mag streven naar het verwerven van geloof van goud, wat God behaagt, zodat je mag genieten van Zijn zegeningen op al je wegen op deze aarde en mag verblijven in een glorieuze plaats, stralend als de zon in de hemel, in de naam van onze Here!

Hoofdstuk 4

GELOOF OM REDDING TE ONTVANGEN

DE MATE VAN GELOOF

*"En Petrus antwoordde hun: "Bekeert u en een
ieder van u late zich dopen op de naam van Jezus
Christus, tot vergeving van uw zonden, en gij zult
de gave des heiligen Geestes ontvangen. Want
voor u is de belofte en voor uw kinderen en voor
allen, die verre zijn, zovelen als de Here, onze
God, ertoe roepen zal."*

(Handelingen 2:38-39)

In het vorige hoofdstuk, heb ik aangegeven dat God geestelijk geloof aanvaard wat gepaard gaat met daden, dat ieder individu een verschillende mate van geestelijk geloof heeft, en dat het zich ontwikkelt overeenkomstig de gehoorzaamheid aan het woord van God, van ieder persoon.

De mate van geloof zal onderverdeeld zijn in vijf niveaus – het geloof van goud, zilver, kostbare gesteenten, hout en hooi. Net zoals je een trap, stap voor stap beklimt, ontwikkelt je geloof zich, van hooi naar goud, als je luistert naar Gods woord en het gehoorzaamt.

Want je kan de hemel alleen bezitten door geloof, om het hemelse koninkrijk krachtig vast te grijpen, moet je geloof stap voor stap toenemen. Bovendien, net zoals je het geloof van goud verwerft, zal je het verloren beeld van God herstellen, geliefd en goedgekeurd zijn door Hem, en tenslotte het Nieuwe Jeruzalem bereiken waarin de troon van God gezeteld is. Bovendien, als je het geloof van goud hebt, heeft God welbehagen in je, wandelt met je, verhoort je hartsverlangens, en zegent je om wonderbaarlijke tekenen te verrichtten.

Daarom, hoop ik dat je je geloof gaat meten en gaat streven om een volmaakter geloof te bezitten.

1. Het eerste niveau van geloof

Voordat we Jezus Christus ontvingen, waren we kinderen van de duivel en moesten in de hel vallen, omdat we leefden in zonde. Dat kunnen we lezen in 1 Johannes 3:8 *"wie de zonde doet is uit de duivel, want de duivel zondigt van den beginne. Hiertoe is de Zoon van God geopenbaard, opdat Hij de werken des duivels verbreken zou."*

Hoe goed en onberispelijk je ook mag lijken, je zal jezelf vinden, levend in de duisternis, omdat de slechtheid verborgen in jou, openbaar zal worden, wanneer het licht van Gods volmaakte waarheid op je schijnt.

Eens dacht ik van mezelf dat ik een goed en statig persoon was, dat ik kon leven zonder de wet. Toen ik de Here echter aannam en mezelf bekeek in de spiegel van het woord der waarheid, zag ik welk een slecht mens ik geweest was. De manier waarop ik handelde, wat ik zei of hoorde, en wat ik dacht was tegen Zijn Woord.

God bevool Job aan in Job 1:8, zeggende, *"Toen zeide de HERE tot de satan: Hebt gij ook acht geslagen op mijn knecht Job? Want niemand op aarde is als hij, zó vroom en oprecht, godvrezend en wijkende van het kwaad."* En toch, dezelfde Job, die als een onberispelijk en oprecht man werd beschouwd, uitte jammerklachten, klaagde of kreunde, toen hij leed onder vurige beproevingen.

Hij beleed, *"Nu wordt mijn klacht toch tot opstandigheid, hoewel mijn hand mijn zuchten nog bedwingt."* (Job 23:2), en *"Zo waar God leeft, die mij mijn recht onthoudt, en de Almachtige, die mijn ziel met bitterheid heeft vervuld"* (Job

27:2).

Job toonde zijn eigen slechtheid en boosheid in een levensbedreigende beproeving, ook al was hij aanbevolen als een "onberispelijk en rechtvaardig man." Wie, dan kan beweren dat hij zonder zonde is in de ogen van God, die Zelf het licht is, zonder enige duister in Zich?

In Gods ogen, zijn alle overblijfsels van zonde zoals haat of naijver alsook de zondevolle daden zoals slaan, twisten of stelen geoordeeld als zonde. Dit verteld God ons nauwkeurig in 1 Johannes 1:8 *"Indien wij zeggen, dat wij geen zonde hebben, misleiden wij onszelf en de waarheid is in ons niet."*

Jezus Christus aannemen

De God van liefde zond Zijn Ene en Enige Zoon Jezus naar de aarde om ons te verlossen van zonde. Jezus werd voor ons gekruisigd en vergoot Zijn kostbare bloed, dat vlekkeloos en onberispelijk was. Hij werd gestrafd voor onze zonden. Maar op de derde dag echter, na het verbreken van de macht van de dood, stond Hij op uit de dood. Veertig dagen na Zijn opstanding, ging Jezus naar de hemel voor de ogen van Zijn discipelen, belovende dat Hij terug zou komen en ons naar de hemel zou brengen (Handelingen 1).

Nu, zal je de Heilige Geest ontvangen als een geschenk en verzegeld worden als een kind van God, wanneer je de weg van redding gelooft en Jezus Christus aanneemt als je Redder in je hart. Dan, ontvang je ook het recht om een kind van God te worden, zoals beloofd in Johannes 1:12 *"Doch allen, die Hem aangenomen hebben, hun heeft Hij macht gegeven om kinderen Gods te worden, hun, die in zijn naam geloven."*

Het recht om een kind van God te worden

Veronderstel dat er een baby wordt geboren. Zijn ouders maken zijn geboorte bekend in een stadhuis of gemeentehuis en registreren zijn naam als hun zoon. Op gelijke wijze, wanneer je wedergeboren wordt als een kind van God, wordt je naam geregistreerd in het Boek des Levens in de hemel en ontvang je het hemel burgerschap.

Dus, wanneer je op het eerste niveau van geloof bent, wordt je een kind van God door Jezus Christus aan te nemen en wordt je vergeven van je zonden (1 Johannes 2:12), en noem je God "Vader" (Galaten 4:6). Ook ben je vreugdevol over het feit dat je de Heilige Geest ontvangen hebt, ondanks dat je Gods woord van waarheid niet kent, en door de omgeving te zien, kan je het bestaan van God voelen.

Dus, het eerste niveau van geloof wordt "geloof om redding te ontvangen" genoemd of "geloof om de Heilige Geest te ontvangen," en is gelijk aan het geloof van zuigelingen/peuters of hooi zoals eerder beschreven is.

2. Heb u de Heilige Geest ontvangen?

In Handelingen 19:1-2, ontmoette Paulus, een apostel voor de heidenen, die zichzelf toewijdde om het evangelie te verkondigen, enkele discipelen in Efeze en vroeg hen, *"Hebt gij de heilige Geest ontvangen, toen gij tot het geloof kwaamt?"*

Doch zij zeiden tot hem: *"Wij hebben zelfs niet gehoord, dat er een heilige Geest is."* Ze hadden de doop van water tot vergeving ontvangen die Johannes de Doper gaf, maar niet de doop in de Heilige Geest als een geschenk van God.

Zoals God beloofd had in Joël 2:28 en Handelingen 2:17 dat Hij Zijn Geest zou uit storten op alle mensen in de laatste dagen, werd de belofte vervuld, en de mensen die de Geest van God ontvingen, de Heilige Geest, richtten de kerk op. Zoals de discipelen in Efezië, zijn er echter vele mensen die beweren in God te geloven, maar leven zonder te weten wie de Heilige Geest en wat Zijn doop is.

Als je het recht ontvangt als Gods kind door Jezus Christus aan te nemen, geeft Hij jou de Heilige Geest als een geschenk om dat recht te waarborgen. Daarom, als je de Heilige Geest niet kent, kan je niet Gods kind genoemd of geacht worden. 2 Korintiërs 1:21-22 zegt, *"Hij nu, die ons met u bevestigt in de Gezalfde en ons heeft gezalfd, is God, die ook zijn zegel op ons gedrukt en de Geest tot onderpand in onze harten gegeven heeft."*

De Heilige Geest ontvangen

Handelingen 2:38-39 legt tot in detail uit hoe we de Heilige Geest kunnen ontvangen: *"Bekeert u en een ieder van u late zich dopen op de naam van Jezus Christus, tot vergeving van uw zonden, en gij zult de gave des Heiligen Geestes ontvangen. Want voor u is de belofte en voor uw kinderen en voor allen, die verre zijn, zovelen als de Here, onze God, ertoe roepen zal."*

Iedereen is vergeven van zijn zonden en ontvangt de gave van de Heilige Geest, als hij zijn zonden belijdt, zich nederig bekeert, en gelooft dat Jezus zijn Redder is.

Bijvoorbeeld in Handelingen 10, is er een heidense man, genaamd Cornelius uit Caesarea. Op een dag bezocht de apostel Petrus zijn huis en verkondigde het evangelie van Jezus Christus aan hem en zijn gehele huisgezin. Terwijl Petrus aan het preken was, kwam de Heilige Geest over hen en ze begonnen in tongen te spreken.

Mensen die de Heilige Geest ontvangen, door Jezus Christus aan te nemen als hun Redder, zijn op het eerste niveau van geloof. En toch, zijn ze ternauwernood gered, omdat ze nog niet hun zonden hebben verwijderd, door er tegen te strijden, hun door God gegeven plicht niet hebben vervuld, of glorie hebben gegeven aan de Vader.

De misdadiger, die aan een kruis hing aan de ene zijde van Jezus, aanvaardde Hem als zijn persoonlijke Redder, en de mate van zijn geloof was ook het eerste niveau van geloof.

3. Het geloof van de misdadiger die zich bekeerde

Lucas 23 vertelt ons dat er twee misdadigers gehangen werden aan hun kruisen, aan beide zijden van Jezus. Terwijl een van hen Jezus lasterde, bestrafte de andere misdadiger hem en aanvaardde Jezus als de Redder, door zich te bekeren van zijn zonden. Hij zei, *"Jezus, gedenk mijner, wanneer Gij in Uw koninkrijk komt, "* En Jezus antwoordde hem, *"Voorwaar, Ik zeg u, heden zult gij met Mij in het Paradijs zijn"* (v. 42-43).

Het "Paradijs" wat Jezus beloofde aan de misdadiger is aan de buitenwijken van de hemel. Daar, zullen de mensen van het eerste niveau van geloof binnen gaan en voor eeuwig verblijven. De geredde zielen in het Paradijs ontvangen geen enkele beloning. Deze geredde misdadiger beleed zijn zonden, volgende zijn goed geweten en werd vergeven door Jezus Christus aan te nemen als zijn Redder.

Hij deed echter niets voor de Here, tijdens zijn leven op de aarde. Daarom ontving hij de belofte van het Paradijs, waar geen beloningen zijn. Als mensen niet hun geloof laten groeien wat zo klein is als een mosterdzaad, zelfs na het ontvangen van de Heilige Geest, door Jezus Christus aan te nemen, zullen ze ternauwernood gered zijn en eeuwig leven in het Paradijs, zonder beloning.

Je moet echter niet denken, dat alleen de nieuw gelovigen of de beginners van geloof, op het eerste niveau van geloof zijn. Zelfs als je een christelijk leven geleid hebt voor een lange tijd en dient als een oudste of diaken, zal je een schandelijk redding ontvangen als je werk in de vuurproef, verbrand tot as.

Daarom moet je bidden en streven om te leven door het woord van God, nadat je de Heilige Geest ontvangen hebt. Als je niet leeft door het woord, maar in plaats daarvan voortdurend zondigt, zal je naam uit het Boek des Levens, in de hemel, gewist worden en zal je de hemel niet binnentreden.

4. Dooft de Heilige Geest niet

Er zijn sommige mensen die eens getrouw waren, maar

geleidelijk aan, door verschillende redenen, lauw geworden zijn in hun geloof en ternauwernood redding ontvangen.

Een man, die een oudste was in mijn kerk, diende getrouw op vele vlakken in de kerk, dus leek zijn geloof groot aan de buitenkant. Hij werd op een dag echter heel ernstig ziek. Hij kon zelfs niet spreken en kwam om gebed van mij te ontvangen.

In plaats van te bidden voor zijn genezing, begon ik te bidden voor zijn redding. Op dat moment was zijn ziel zo aan het lijden vanwege de angst, om de strijd tussen de engelen, die hem naar de hemel probeerden te brengen en de boze geesten die hem probeerden naar de hel te brengen. Als hij genoeg geloof had gehad om gered te zijn, zouden de boze geesten niet gekomen zijn om hem te nemen. Onmiddellijk bad ik om de boze geesten weg te drijven, en bad God om deze man te ontvangen. Net na mijn gebed, ontving hij troost en begon te huilen. Hij bekeerde zich net voordat hij stierf en was ternauwernood gered.

Dezelfde man was een keer gezond geworden na het ontvangen van mijn gebed en zelfs zijn vrouw kwam terug tot leven vanuit het begin van de dood, door mijn gebed. Door naar het woord des levens te luisteren, werd zijn gezin, die vele problemen had, een gelukkig gezin. Sinds die tijd, werd hij volwassen tot een getrouwe werker van God door zijn pogingen en was getrouw in al zijn verplichtingen.

Wanneer de kerk, echter door beproevingen ging, probeerde hij niet te verdedigen of te beschermen, maar stond toe dat zijn gedachten beheerst werden door satan. De woorden die uit zijn mond kwamen, bouwden een grote muur van zonden tussen hem en God. Uiteindelijk, kon hij niet langer onder Gods bescherming zijn en werd hij getroffen door een ernstige ziekte.

Als een werker van God, zou hij niet gezien of geluisterd mogen hebben naar iets wat tegen de waarheid en Gods wil is, maar in plaats daarvan, wilde hij naar deze dingen luisteren en verspreidde ze. God kon niet alleen zijn aangezicht afkeren van de man, omdat hij zich weggekeerd had van de grote genade van God, die hem genezen had van een ernstige ziekte. Zijn beloningen brokkelden af en hij kon zelf geen kracht meer winnen om te bidden. Zijn geloof ging achter uit en tenslotte bereikte hij het punt waar hij zelfs niet meer zeker was van zijn redding.

Gelukkig, omdat God zijn diensten in het verleden aan de kerk, herinnerde, kon de man een schaamtevolle redding ontvangen, nadat God hem de genade had gegeven om zich te bekeren van wat hij gedaan had.

Daarom moet je beseffen dat voor God, de houding van de diepten van je hart naar Hem, en handelen overeenkomstig Zijn wil, belangrijker zijn dan de jaren van je geloof. Als je geregelt naar de kerk gaat, maar een muur van zonde opbouwt door ongehoorzaamheid aan het woord van God, zal de Heilige Geest in je verdwijnen, zal je je geloof verliezen, dat zo klein is als een mosterdzaad (1 Tessalonisenzen 5:19), en zal je geen redding ontvangen.

In Hebreeën 10:38 zegt God, *"En Mijn rechtvaardige zal uit geloof leven; maar als hij nalatig wordt, dan heeft Mijn ziel in hem geen welbehagen."* Hoe ellendig zal je zijn als je voor vele jaren bent opgegroeid in je geloof, alleen maar om terug te keren naar de wereld! Je moet wakker blijven te allen tijde, om niet misleid te worden of achteruitgang van je geloof te ervaren.

5. Was Adam gered?

Vele mensen vragen zich af, wat er gebeurde met Adam en Eva nadat ze van de vrucht van de boom van kennis van goed en kwaad gegeten hadden. Konden ze gered worden nadat ze vervloekt waren en uit de Hof van Eden verdreven waren vanwege hun ongehoorzaamheid?

Laat ons het proces doorvorsen gedurende welke de eerste mens, Adam, het gebod van God niet gehoorzaamde. Nadat God de hemelen en aarde geschapen had, vormde Hij de mens van het stof der aarde, naar Zijn beeld en Zijn gelijkenis. Toen Hij de levensadam in de mens blies, werd de mens een levend wezen. Toen, plantte Hij de Hof van Eden in het oosten van Eden, gescheiden van de aarde en leidde hem ernaar toe.

In de Hof van Eden, waar alles mooier en overvloediger was dan op enige plaats op aarde, had Adam geen gebrek en genoot van de zegeningen van het eeuwige leven en het recht om alles te beheren. Bovendien, zegende God de eerste mens Adam, om in de beste omgeving te leven zonder enige nood.

Er was echter één ding wat God verboden had. Hij zei, *"Maar van de boom der kennis van goed en kwaad zult gij niet eten, want ten dage, dat gij daarvan eet, zult gij voorzeker sterven"* (Genesis 2:17). Dit toont het teken van Gods absolute soevereiniteit en toont dat Hij een bevel opricht tussen Hem en de mensheid.

Na een lange periode, veronachtzaamden Adam en Eva het

gebod van God en aten van de vrucht van de boom, door de verleiding van de slang. Ze zondigden en hun geesten stierven als een resultaat van hun zonden, en ze werden uiteindelijk vleselijk en zondig.

Ze moesten uit de Hof van Eden verdreven worden, en op de aarde leven te midden van allerlei lijden zoals ziektes, tranen, zorgen, pijn, en stierven toen hun levensadem eindigde, zoals God gezegd had, *"Je zal voorzeker sterven."*

Ontvingen Adam en Eva redding en gingen naar de hemel? Ze waren ongehoorzaam aan het gebod van God en veroorzaakten dat alle dingen vervloekt werden en al hun nakomelingen leven in lijden. En toch, de God van liefde opende een weg tot redding, ook voor hen. Hun harten blijven reiner en zachter naar God, ook nadat ze gezondigd hadden, in volkomen tegenstelling tot de mensen van vandaag, wiens harten in allerlei zonde en boosheid blijven, in deze goddeloze wereld.

Als gevolg van hun zonde, moest Adam zware arbeid verrichtten in het zweet zijns aanschijns, totaal anders dan in de Hof van Eden, en Eva moest grotere pijn lijden in het baren van kinderen, dan toen ze in de Hof van Eden was. Beiden waren ook getuige dat een van hun zonen de andere vermoordde.

Door dit lijden en ervaringen, begonnen Adam en Eva te beseffen hoe kostbaar hun zegeningen waren geweest en de overvloed die ze hadden in de Hof van Eden. Ze misten hun tijd dat ze geleefd hadden in de liefde en bescherming van God. Ze merkten op in hun harten dat alles wat ze in de Hof van Eden hadden genoten, de zegeningen en liefde van God waren, en bekeerden zich volledig van hun ongehoorzaamheid aan het gebod van God.

Hoe kon een God van liefde, die zelfs een moordenaar vergeeft, wanneer hij zich bekeert vanuit het diepst van zijn hart, niet hun berouw ontvangen? Ze waren echt geschapen door de handen van God zelf en gekoesterd in de genade en zorg van God voor een lange tijd. Hoe kon God hen wegsturen naar de hel?

God aanvaardde de bekering van Adam en Eva en leidde hen naar de weg van redding door Zijn liefde. Natuurlijk, waren ze ternauwernood gered en bereikten het Paradijs. Dat is omdat ze de liefde van God in steek hadden gelaten, ondanks dat Hij echt van hen hield. Hun ongehoorzaamheid was niet een alledaagse zaak, terwijl het grote pijn bracht in het hart van God en dood en pijn bracht aan ontelbare generaties, die hen opvolgden.

Veronderstel dat er een baby is, die niet groeit, ook al gaat er een hele periode overheen. Als de baby goed opgroeit, zullen de moeder en vader tevreden zijn. En toch als de baby heel goed eet, maar niet groeit, zal de angst en de zorgen van de ouders, van dag tot dag toenemen.

Op gelijke wijze, eens als je de Heilige Geest ontvangen hebt en het geloof bezit wat zo klein is als een mosterdzaad, moet je ernaar streven om je geloven te ontwikkelen door te leren en het woord van God te gehoorzamen. Alleen dan zal je in staat zijn om te ontvangen alles wat je vraagt in de naam van de Here, God de glorie geven, en vooruitgaan naar het hemelse koninkrijk.

Ik bid, dat je niet tevreden zal zijn met het feit dat je gered bent en de Heilige Geest hebt ontvangen, maar ernaar streeft om op te stijgen naar een hogere mate van geloof en het recht en de zegeningen te genieten als geliefde kinderen van God in de naam van onze Here!

Hoofdstuk 5

GELOOF OM TE PROBEREN TE LEVEN DOOR HET WOORD

DE MATE VAN GELOOF

"Zo vind ik dan deze regel: als ik het goede wens te doen, is het kwade bij mij aanwezig; want naar de inwendige mens verlustig ik mij in de wet Gods, maar in mijn leden zie ik een andere wet, die strijd voert tegen de wet van mijn verstand en mij tot krijgsgevangene maakt van de wet der zonde, die in mijn leden is. Ik, ellendig mens! Wie zal mij verlossen uit het lichaam dezes doods? Gode zij dank door Jezus Christus, onze Here! Derhalve ben ik zelf met mijn verstand dienstbaar aan de wet Gods, maar met mijn vlees aan de wet der zonde."

(Romeinen 7:21-25)

Als je je leven overgeeft aan Christus en de Heilige Geest ontvangt, wordt je vurig en ijverig in je leven, in geloof en bent gevuld met de vreugde van redding Je streeft ernaar om het Woord van God te gehoorzamen, als je God en de hemel leert kennen. De Heilige Geest helpt je de waarheid te begrijpen en de weg van waarheid te volgen. Als je Gods woord ongehoorzaam bent, voel je je ellendig, omdat de Heilige Geest in je kreunt en uiteindelijk kom je tot het besef wat zonde is.

Op deze wijze, ook al heb je eerst het geloof dat je in staat stelt om ternauwernood gered te zijn, streef je ernaar om te leven door Gods woord, terwijl je geloof zich ontwikkelt. Laat ons tot in detail onderzoeken hoe je een leven in geloof leidt op dit niveau.

1. Het tweede niveau van geloof

Als je gered bent door in Jezus Christus te geloven en op het eerste niveau van geloof bent, doe je misschien zonden zonder het te weten, omdat je enkel een beperkte kennis van het Woord van God hebt. Het is net zoals een baby, die zich niet schaamt ook al is hij naakt.

En toch, wanneer je luistert naar het woord van God en geestelijk voelt dat er leven is in het Woord, zal je enthousiast luisteren naar het woord en tot God bidden. Als je getrouwe werkers ziet in de gemeente, verlang je er ook naar om een getrouw leven in Christus te leven.

Dus geleidelijk, ga je weg van de wereldse manieren van leven, ga je naar de gemeente en streef je ernaar om naar het Woord van God te luisteren. Eens genoot je ervan om om te gaan met werelds vrienden, maar nu wil je de geestelijke onderwijzingen en samenkomsten volgen, omdat je hart de Geest zoekt.

Op het tweede niveau van geloof, leer je hoe je een goed christelijk leven moet leven als een kind van God, door de boodschap van de prediker, en de getuigenissen van andere broeders en zusters in Christus.

Je leert vanzelfsprekend hoe te leven als Christen. Je houdt de dag des Heren als heilig en brengt de gehele tiende naar het huis van God. Je leert dat je je altijd moet verheugen, voortdurend moet bidden en dank moet geven ten allen tijde. Je leert om van je buren te houden als van je eigen lichaam, en dat je zelfs je vijanden lief moet hebben. Er wordt jou ook verteld dat je niet alleen alle soorten van kwaad weg moet doen zoals haat, naijver, oordelen, of lasteren, maar ook het hart van God moet volgen. Op dit moment, verandert je denken om te leven naar het Woord.

2. Het moeilijkste stadium van het leven in geloof

Op deze manier, doe je iedere poging om het woord te gehoorzamen, omdat je de waarheid kent. Tegelijkertijd, hoe dan ook, voel je je zwaarmoedig, omdat het niet altijd gemakkelijk is om te leven door het Woord. Je daden lijken in conflict te zijn met je wil.

In vele gevallen, kan je niet door het woord leven, omdat er nog niet voldoende geestelijke kracht aan jou gegeven is om Gods woord te volgen. Sommige mensen kreunen en betreuren misschien, zeggende, "Ik wenste dat ik de gemeente nooit had gekend."

Laat mij dit aan jou verduidelijken met een voorbeeld. Je wil de dag des Heren iedere zondag heiligen, maar misschien faal je soms om deze heilig te houden vanwege een sociale gebeurtenis of afspraken. Soms ga je naar de zondag ochtendienst, maar mist de zondag avonddienst. Soms ga je naar je vrienden of een bruiloft van familie, zonder de zondag samenkomst bij te wonen.

Je weet ook dat je de gehele tiende behoort te offeren aan God, maar soms gehoorzaam je dat gebod niet. Andere keren, vind je jezelf terug met haat naar iemand anders toe, ondanks dat je probeert om niet te haten. Begeerte is opgewekt door het zien van een aantrekkelijk lid van het andere geslacht, omdat dat beginsel van zonde en kwaad nog in je hart is (Matteüs 5:28).

Op gelijke wijze, als je op het tweede niveau van geloof bent, probeer je je best te doen om het Woord van God te gehoorzamen, ondanks dat de kracht om volledig te gehoorzamen nog niet aan je gegeven is. Toch, doe je iedere pogingen om de zonde te verwerpen, zoals anderen oordelen, naijver, jaloezie, en dergelijke, alles wat tegen het Woord is.

Niet altijd het woord gehoorzamen

In Romeinen 7:21-23, bespreekt de apostel Paulus tot in

detail waarom het tweede niveau van geloof het moeilijkste stadium van het leven in geloof is:

Zo vind ik dan deze regel: als ik het goede wens te doen, is het kwade bij mij aanwezig; want naar de inwendige mens verlustig ik mij in de wet Gods, maar in mijn leden zie ik een andere wet, die strijd voert tegen de wet van mijn verstand en mij tot krijgsvangene maakt vam de wet der zonde, die in mijn leden is.

Er zijn sommige christenen die zich angstig voelen omdat ze het woord kennen maar nog niet de geboden van God gehoorzamen. Het is de plicht van de geestelijke leiders om hen met wijsheid te leiden naar de weg van waarheid.

Laat ons zeggen dat er een man is die niet kan stoppen met roken of drinken. Als je hem bestraft, zeggende, "Als je blijft roken of drinken, zal God boos op je worden," zal hij misschien aarzelen om naar de gemeente te komen en uiteindelijk God verlaten. Je had hem beter kunnen bemoedigen, zeggende, "Je kan gemakkelijk stoppen met roken of drinken, omdat God je zal helpen. Als je geloof groeit, zal het gemakkelijk zijn om ermee op te houden. Dus, blijf alstublieft verder bidden met geloof in God." In dit geval zou je hem niet tot God moeten leiden met een gevoel van schuld of angst voor straf. In plaats daarvan moet je hem leiden om tot God te komen met vreugde en dankzegging, met een gevoel en zekerheid van de God van liefde.

Nog een ander voorbeeld, veronderstel dat er een man is die enkel de zondag ochtenddiensten bijwoont, maar in de namiddag zijn winkel opent. Wat zou je tegen hem zeggen? Je had hem beter kunnen leiden en vriendelijk berispen, zeggende, "God heeft er welbehagen in wanneer je de Dag des Here geheel onderhoud. Als je de dag des Heren heiligt en bidt om Zijn zegeningen, zal je zeker zien dat God je overvloediger zegent dan dat je kan verdienen door je winkel te openen op de Dag des Heren."

Niettemin, betekent het niet dat het goed is voor de groei van iemands geloof om onverandert te blijven, zonder groei. Net zoals we dat zien bij de ontwikkeling van een kind die zonder juiste en tijdige groei, ziek wordt, mindervalide, of sterft, zo'n geloof van een persoon verzwakt na een tijdje en hij zal ver weg van de weg van redding zijn. Hoe ellendig zal het zijn als hij niet gered is!

Jezus zegt ons in Openbaringen 3:15-16, *"Ik weet uw werken, dat gij noch koud zijt, noch heet. Waart gij maar koud of heet! Zo dan, omdat gij lauw zijt en noch heet, noch koud, zal Ik u uit Mijn mond spuwen."* God bestraft en informeert ons dat we niet gered kunnen worden met een lauw geloof. Als je geloof koud is, is God in staat om je tot bekering en redding te leiden, door beproevingen toe te staan. En toch, als je nog lauw geloof hebt, is het niet gemakkelijk voor je om jezelf te vinden en je te bekeren van je zonden.

3. Geloof van de Israëlieten gedurende de Exodus

Wanneer je faalt om te leven door het Woord van God, ben je geneigd om te klagen of te mopperen over je moeilijkheden, in plaats van ze te overwinnen met geloof en vreugde. Niettemin, tolereert en bemoedigd de God van liefde jou voortdurend om te leven en te blijven in de waarheid.

Laat ons een voorbeeld geven. De Israëlieten waren tot slaaf gemaakt voor ongeveer 400 jaren, in Egypte. Ze verlieten het onder het leiderschap van Mozes en zagen Gods krachtige werken vele keren vertoont, terwijl ze voortgingen naar het land Kanaän.

Ze waren getuigde van de Tien Plagen die over Egypte kwamen; het water van de Rode Zee dat zich in tweeën verdeelde; en het bittere water van Mara dat veranderde in zoet, drinkbaar water. Ze aten ook manna en kwakkels die uit de hemel kwamen, terwijl ze door de Woestijn van Sin gingen. Ze getuigden van de werken van Gods wonderbarelijk kracht op zulke wijze.

En toch klaagden en morden ze liever dan te bidden met geloof, iedere keer wanneer ze door moeilijkheden gingen. Niettemin, God overvloedig in liefde had de genade om met hen te zijn en leidde hen dag en nacht totdat ze aankwamen in het Beloofde Land.

Een klagend en boos volk

Waarom bleven de Israëlieten mopperen en morren elke keer als ze een beproeving of moeilijkheid tegenkwamen? Het was niet vanwege de situatie zelf, maar vanwege hun geloof. Als ze echt geloof hadden gehad, zouden ze genoten hebben van Kanaän, het Beloofde Land, in hun harten, ook al waren ze in werkelijkheid in de wildernis.

Met andere woorden, als ze geloofd hadden dat God hen zeker naar het land Kanaän zou leiden, zouden ze het bereikt hebben door allerlei soorten moeilijkheden te overwinnen, zonder angstig te zijn of pijn te voelen, ongeacht wat voor moeilijkheid ze tegenkwamen in de wildernis.

Afhankelijk van het soort van geloof en houding die mensen hebben, kunnen hun reacties verschillend zijn, in dezelfde situaties of omgevingen. Sommigen voelen zich angstig in moeilijkheden; anderen aanvaarden ze als een gevoel van plicht; en weer anderen vinden de wil van God, temidden van die moeilijkheden en gehoorzamen het met vreugde en dankzegging.

Hoe kan je een leven in Christus leven vol van dank, zonder te klagen? Laat mij uitweiden over dit met een voorbeeld. Veronderstel dat je in Seoul woont en in grote financiële moeilijkheden bent.

Op een dag komt er iemand naar je toe en zegt, "Er ligt een stuk diamand, de grote van een voetbal, begraven in een strand in Pusan, ongeveer 428 km ten Zuidoosten van Seoul. Het is van jou, als je het kan vinden. Je mag wandelen of rennen naar de kust, maar het is niet toegestaan om te rijden, een bus, een trein of een vliegtuig te nemen om daar te komen."

Hoe zou je reageren? Je zal nooit zeggen, "Ok. De diamand is nu van mij, omdat hij het gaf, dus ik zal het volgend jaar wel halen" of "Ik ga daar volgende maand wel heen, omdat ik het nu te druk heb." Je zal zeker haastig zijn om te beginnen te rennen, vanaf het moment dat je het nieuws van hem hoort.

Wanneer mensen hetzelfde nieuws horen, zullen de meeste van hen naar Pusan rennen en de kortere binnenweg nemen om deze waardevolle diamand zo snel mogelijk te hebben. Niemand zal opgeven onderweg naar Pusan, ondanks de pijn in zijn voeten of uitputting. In plaats daarvan, zal je sprinten om daar te komen om te kostbare diamand te hebben, met dank en blijdschap, zonder te klagen over de pijn in je voeten.

Op dezelfde wijze, als je echte hoop hebt voor het eeuwige en mooie hemelse koninkrijk en onveranderlijk geloof, zal je de wedloop van geloof uitlopen zonder te klagen over enige omstandigheid, totdat je de hemel bereikt.

Gehoorzame mensen

Als je het Woord van God gehoorzaamt, zal je je niet angstig of zwaarmoedig voelen in je christelijke leven, maar plezier en vreugde hebben. Als je je ongemakkelijk voelt in je geloofsleven, getuigt dat van je ongehoorzaamheid aan het Woord van God en afdwalen tegen Zijn wil.

Hier is een gelijkenis. Vroeger, werden paarden gebruikt om wagens te trekken. Paarden werden vaak geslagen, ondanks dat ze werkten voor hun meester. Als ze hun meester gehoorzaamden, hoefden ze niet geslagen te worden, maar als ze hun eigen gang gingen, zonder de meester te gehoorzamen, konden ze niet ontkomen aan hevige slagen.

Zo gaat het ook met de mensen die het Woord van God ongehoorzaam zijn. Zulke mensen hebben hun eigen wegen en laten de Meester zuchten. Van tijd tot tijd worden ze geslagen. In tegenstelling tot mensen die het Woord van God gehoorzamen, zeggende, "God, zeg het me. Ik zal enkel U volgen," leiden een vredevol en gemakkelijk leven.

Bijvoorbeeld, God beveelt ons, "Steel niet." Wanneer je dat gebod gehoorzaamt, voel je je vredig. En toch, wanneer je het niet gehoorzaamt, voel je je ongemakkelijk omdat je het verlangen hebt om te stelen. Het is heel natuurlijk dat een kind van God alles weg doet wat God gebied om weg te doen. Als hij dat niet doet, wordt hij angstig in zijn hart.

Dat is de reden waarom Jezus in Matteüs 7:13-14 zegt, *"Gaat in door de enge poort, want wijd is de poort en breed de weg, die tot het verderf leidt, en velen zijn er, die daardoor ingaan; want eng is de poort, en smal de weg, die ten leven leidt, en weinigen zijn er, die hem vinden."*

Beginners van het geloof vinden het moeilijk en hard, zoals het proberen binnen te gaan door de smalle poort, om het Woord van God te gehoorzamen. En toch, geleidelijk aan beseffen ze dat het de echte en gelukkige weg naar de hemel is.

4. Tenzij u gelooft en gehoorzaamt

Je hebt waarschijnelijk vele keren het volgende vers gehoord in 1 Tessalonissenzen 5: *"Verblijdt u ten allen tijde, bidt zonder ophouden, dankt onder alles, want dat is de wil Gods in Christus Jezus ten opzichte van u"* (v. 16-18).

Verlies jij je blijdschap als er iets droevigs gebeurd? Kijk jij dreigend wanneer iemand je moeilijkheden bezorgd? Wordt je angstig en bezorgd wanneer je in financiële moeilijkheden bent of door iemand vervolgd wordt?

Sommigen vinden het misschien schijnheilig om vreugdevol en dankbaar te zijn, zelfs in moeilijke tijden. Ze vragen zich misschien af, "Waarom zou ik dankbaar zijn, als er niets is om dankbaar voor te zijn?" Ze weten ook dat ze geduldig moeten zijn, maar ze raken van streek of opvliegend, als ze oog in oog komen te staan met ondragelijke situaties.

Ze plegen overspel in het hart, terwijl ze naar een aantrekkelijke vrouw kijken omdat ze de lust nog niet hebben weggedaan uit hun hart. Deze dingen bewijzen dat zulke mensen hun zonden nog niet verworpen hebben, door er tegen te strijden en het Woord niet gehoorzamen.

Je hoort de stem van de Heilige Geest niet

Als je een groot deel van het woord van God kent, maar het niet gehoorzaamt, kan je de stem van de Heilige Geest niet horen, noch door Hem geleid worden, omdat je een muur van zonde gebouwd hebt tussen God en jou. Hoe dan ook, zelfs een beginner in het geloof, kan Zijn stem horen en door Hem geleid worden, wanneer hij het woord van God blijft gehoorzamen. Net zoals een klein kind, zich nergens zorgen over moet maken, wanneer hij zijn ouders gehoorzaamt, God zelf is verheugd in jou en leid jou wanneer je blijft gehoorzamen aan Hem, zelfs met een klein geloof.

Hier volgt een voorbeeld. Ouders zorgen voor hun kleine kinderen op ieder gebied. Wanneer hij opgroeit om alleen te lopen en zelf te eten, moeten ze niet meer zoveel op hem letten. Ze moeten hem niet langer behandelen als een zuigeling, wanneer hij de leeftijd bereikt om naar de lagere school te gaan. En toch voelen de ouders pijn en angst wanneer het kind niet zijn schoenen juist aan heeft of bepaalde dingen niet zelf kan zoals hij dat zou moeten kunnen.

Op dezelfde wijze, als je lang genoeg een christelijke leven geleid hebt om een leider of een werker te worden in jou gemeente, behoor je het Woord van God te gehoorzamen. Als je naar Zijn woord luistert maar een christelijk leven blijft leven wat gelijk is aan dat van een klein kind, en muren van zonde blijft bouwen tegen God, zullen Zijn beproeving over je komen.

In zo'n geval, zal je niet in staat zijn om antwoorden van God te ontvangen, ook al bid je tot Hem. Je kan geen goede vruchten dragen in je leven en Gods bescherming ontvangen. Je zal niet voorspoedig zijn, maar in plaats daarvan moeilijkheden tegenkomen. Je moet dan een pijnlijk en afgemat leven leven gevuld met angst en zorgen.

Je ontvangt noch Gods antwoorden noch Zijn bescherming

Wanneer je op het tweede niveau van geloof bent, weet je goed wat zonde is en dat je het kwade en de leugen in je moet verwijderen. Als je ze niet verwijderd hebt, maar nog steeds in je denken hebt, hoe kan je dan, zonder schaamte komen voor de Heilige God, die zelf het licht is? Je vijand, Satan en de duivel benaderen je en zorgen ervoor dat je aan God twijfelt en verleiden je tenslotte om terug te keren naar de wereld.

Er was een oudste in mijn gemeente, die probeerde om vrucht te dragen in velerlei zaken, zichzelf vragende, "Wat zal ik doen voor mijn herder?"

En toch, was hij niet succesvol, omdat hij lichamelijk getrouw was, maar zijn hart niet besneden had, wat het belangrijkste is.

Hij maakte God ten schande, door niet het rechte pad te volgen, vanwege zijn vleselijke gedachten en zijn hart zocht dikwijl zijn eigen welzijn. Hij maakte ook oneerbiedige opmerkingen, werd boos op ander mensen, en was onghoorzaam aan Gods woord op vele gebieden.

Bovendien, als zijn financiële en persoonlijke problemen hadden voortgeduurd, zou hij het geloof niet vastgehouden hebben, maar tot een akkoord gekomen zijn met de ongerechtigheid. Tenslotte, vanwege de mate van zijn achteruitgang van zijn geloof, gingen al de beloningen die hij verdiend had tot op dat punt verloren, en God riep zijn ziel op het juiste moment.

Daarom moet je beseffen dat het belangrijkste ding niet lichamelijke getrouwheid en kerktitels zijn, maar het verwijderen van je zonden terwijl je leeft door het Woord van God.

5. Onvolwassen en volwassen Christenen

Als je op het eerste niveau van geloof bent, voel je je niet bezorgd of hoor je de Heilige Geest zuchten, ook al je gezondigd hebt. Dat komt omdat je nog niet de waarheid van de leugen kan onderscheiden, en niet beseft dat je zonden doet, zelfs wanneer je ze eigenlijk doet. God berispt je niet zo streng wanneer je zondigt, omdat je de waarheid van de leugen niet kan onderscheiden mede door het gebrek aan kennis van het woord van God.

Het is net zoals een kleine baby niet berispt wordt wanneer hij een beker met water omvergooit of fijn porselein breekt, wanneer hij over de vloer kruipt. In plaats daarvan, plaatsen de ouders of andere familieleden de schuld op zichzelf en niet op de baby, maar op hun eigen onvoorzichtigheid.

Hoe dan ook, wanneer je het tweede niveau van geloof binnengaat, zal je het zuchten van de Heilige Geest binnen in je horen, en je benauwd beginnen te voelen wanneer je zondigt. En toch kan je nog niet ieder woord van God begrijpen, omdat je een klein kind bent in de Geest, en het is niet gemakkelijk om het woord uit je zelf te gehoorzamen. Daarom worden de mensen van het eerste en tweede niveau van geloof, "christenen gevoed met melk" genoemd.

Christenen gevoed met melk

De Apostel Paulus schrijft in 1 Korintiërs 3:1-3 het volgende

En ik, broeders, kon niet tot u spreken als tot geestelijke mensen, maar slechts als tot vleselijke, nog onmondigen in Christus. Malk heb ik u gegeven, geen vast voedsel, want dat kondt gij nog niet verdragen. Ja, dat kunt gij ook nu nog niet, want gij zijt nog vleselijk. Want als er onder u nijd en twist is, zijt gij dan niet vleselijk, en leeft gij niet als onveranderde mensen?

Als je Jezus Christus aanneemt, ontvang je het recht om een kind van God te worden en is je naam opgenomen in het Boek des Levens in de hemel. Hoe dan ook, je wordt behandeld als een klein kind in Christus, omdat je nog niet helemaal het verloren beeld van God herstelt hebt.

Om deze reden, moet er goed gezorgd worden voor degene die op het eerste en tweede niveau van geloof zijn. Ze behoren onderwezen te worden in Gods Woord en bemoedigd te worden om er door te leven, alsof je een zuigeling zou voeden met melk.

Daarom worden mensen op het eerste of tweede niveau van geloof "Christenen gevoed door melk" genoemd. Wanneer hun geloof groeit, en ze beginnen het woord van God te begrijpen en uit zichzelf te gehoorzamen, worden ze "Christenen gevoed met vaste spijs" genoemd.

Dus, als je een christen gevoed met melk bent – op het eerste of tweede niveau van geloof – behoor je je best te doen om een vast spijs-etende christen te worden. Niettemin, moet je je herinneren dat je geen krachtig christelijk leven leidt, als je gevoed wordt met melk tot op het niveau van het eten van vast voedsel. Wanneer je dat doet, zal je aan indigestie lijden, net zoals een zuigeling die gevoed wordt met vast voedsel, zal hij ook lijden aan indigestie problemen.

Daarom zou je wijs moeten zijn, wanneer je zorgt voor je echtgenoot, kind of iemand anders die klein geloof heeft. Je moet jezelf eerst in hun schoenen plaatsen, en hen leiden om te groeien in hun geloof, door hen de Levende God te onderwijzen, in plaats van hen te beschuldigen of te berispen voor hun kleine geloof, wat een product is van hun eigen koppige, hardnekkige hart of ongehoorzame daden.

God straft niet de mensen op het eerste of tweede niveau van geloof, zelfs niet indien ze de Dag des Heren niet heiligen of niet volledig door het Woord leven. In plaats daarvan, begrijpt Hij hun omstandigheid en leidt hen in liefde. Op deze wijze, behoren wij in staat te zijn om de mate van ons geloof te onderscheiden alsook het geloof van anderen en wijselijk denken overeenkomstig de mate van geloof.

Vast voedsel-etende christenen

Als je er naar streeft om een goed christelijk te leiden, zelfs als je op het eerste of tweede niveau van geloof bent, beschermt God je voor vele moeilijkheden en beproevingen. Niettemin, zou je niet moeten stoppen op het tweede niveau van de mate van geloof, zonder verdere voortgang van je geloof. Net zoals ouders angstig zijn wanneer hun kinderen niet goed en volkomen groeien, maar volledig welbehagen hebben wanneer hun kinderen goed groeien, zo moet een kind van God ook inspannend groeien in zijn geloof door het woord en gebed.

Dus, aan de ene kant, op de meest geschikte tijd, staat God moeilijkheden toe, zo dat Hij je mag leiden naar het derde niveau van geloof. Hij zegent je niet alleen met de groei van je geloof, maar ook met vele andere dingen. Hoe groter de moeilijkheden die je overwint, hoe groter de zegeningen van God zullen zijn.

Aan de andere kant, als je eigenlijk op het derde niveau van geloof moeten zijn, maar een leven leidt van iemand van het eerste of tweede niveau van geloof, brengt God disciplinaire beproevingen, in plaats van een test om te zegenen.

Veronderstel dat er een kind is dat een gebrek heeft aan gebalanseerde voedingstoffen, omdat hij blijft steken bij alleen maar melk drinken, zonder ander voedzaam voedsel te eten. Als hij bij de melk blijft, zal hij misschien ziek worden vanwege ondervoeding of misschien wel sterven. In zo'n situatie, proberen de ouders natuurlijk hun best te doen om het kind te voeden met voedzaam eten.

Zo ook, wanneer Gods kinderen Zijn woord kennen, maar op de weg ten dode gaan, zonder het woord te gehoorzamen, God – die door Zijn Zoon Jezus Christus echte kinderen wil verkrijgen – staat met een gebroken hart harde beproevingen aan hen toe, op de beschuldigingen van Satan.

God behandelt Zijn kinderen, als volgt: *"Want wie Hij liefheeft, tuchtigt de Here, en Hij kastijdt iedere zoon, die Hij aanneemt. Als tuchtiging hebt gij dit te dragen: God behandelt u als zonen. Want is er wel een zoon, die door zijn vader niet getuchtigd wordt?"* (Hebreeën 12:6-7)

Wanneer een kind van God zondigt, maar Hij disciplineert hem niet, getuigt dit dat die persoon heel ver van Gods liefde verwijderd is. Het zal de grootste ramp zijn voor hem om in de hel te vallen omdat God hem niet langer aanvaardt als Zijn zoon.

Daarom, wanneer Gods disciplinaire beproevingen over je komen, omdat je gezondigd hebt, moet je herinneren dat dit het bewijs is van Zijn liefde en je volledig bekeren van je zonden. In tegenstelling tot, wanneer God je niet disciplineert, ook al heb je gezondigd, probeer dan zonder op houden om je te bekeren van je zonden en vergeving te ontvangen.

Je kan van je zonden vergeven worden wanneer je je niet alleen bekeert met je lippen, maat je ook afkeert van de weg van de zonde. Ware bekering met tranen doe je niet uit je eigen wil, maar door de genade van God. Daarom, moet je God ernstig vragen dat Hij je de genade mag geven om je te bekeren met tranen. Wanneer Zijn genade over je komt, moet je je bekeren met tranen en gejammer, en bekering dat je hart zal scheuren, zal voortkomen.

Alleen dan zal de muur van zonde tegen God vernietigd worden en je hart volledig verfrisd en verlicht worden. Je zal gevuld worden met de Heilige Geest en overstromen van vreugde en dankbaarheid, en dit is het bewijs dat je de liefde van God hersteld hebt.

Wanneer je op het derde niveau van geloof hoort te zijn, maar je gedraagt en leeft op de manier van iemand die op het tweede niveau van geloof is, is het enigszins moeilijk voor je om het geloof van boven te ontvangen waarmee je je problemen kan oplossen. Wanneer het God-gegeven geloof niet op je komt, is het onmogelijk om van je ziektes te genezen met je geloof, en eindig je dan misschien steunende op de wereldse methodes. Hoe dan ook, als je je volledig bekeert met tranen, en je afkeert van de weg van de zonde, zal je snel het derde niveau van geloof herstellen.

Als je dit principe van de groei van geloof begrijpt, zou je niet tevreden mogen zijn met je huidige niveau van geloof. Net zoals een kind groeit om naar de basisschool te gaan, en dan naar de middelbare school, de hoge school, het college, en verder, moet je je best doen om je geloof te verbeteren totdat je de hoogste mate van geloof bereikt hebt.

Wanneer je op het tweede niveau van geloof bent, groeit je geloof snel met de vervulling van de Heilige Geest, vanwege je geloof, zelfs al is het zo klein als een mosterdzaad, wat al gezaaid is en begint uit te spruiten. Met andere woorden, je geloof groeit voldoende op om het woord van God te gehoorzamen, wanneer je jezelf wapend met Zijn woord door ijverig te luisteren naar het Woord, elke aanbiddingsdienst bij te wonen en voortdurend te bidden

Ik bid, dat je niet alleen Gods woord zal bewaren als loutere kennis, maar het ook gehoorzaamt tot op het punt van bloed vergieten en groter geloof verkrijgt, in de naam van onze Here!

*"Een ieder nu, die deze mijn woorden hoort en ze
doet, zal gelijken op een verstandig man, die zijn
huis bouwde op de rots. En de regen viel neer en
de stromen kwamen en de winden waaiden en
stortten zich op dat huis, en het viel niet in, want
het was op de rots gegrondvest."*
(Matteüs 7:24-25)

Verschillende mensen hebben een verschillende mate van geloof. Geloof is een gift van God aan jouw om de omvang van je ware geloof in je hart te bereiken. Als jouw geloof als kennis veranderd is in geloof door God gegeven, kan je antwoorden van Hem ontvangen.

Zoals ik al aanhaalde in vorige hoofdstukken, als er tegen je gezegd wordt dat je op het eerste niveau van geloof bent om redding te ontvangen, ontvang je de Heilige Geest en is je naam opgetekend in het Boek des Levens in de hemel. Dan begin je een relatie met God en noemt Hem, "God mijn Vader."

Vervolgens zal je geloof groeien en zal je er vreugde in hebben naar het woord van God te luisteren, vervuld met de Heilige Geest, en het te gehoorzamen zoals het je verteld wordt. Je gehoorzaamt echter niet Zijn gehele Woord. Je voelt een last naar het woord van God en krijgt niet ieder antwoord. In dit stadium wordt gezegd dat je op het tweede niveau van geloof bent.

Hoe kan je het volgende – derde- niveau van geloof bereiken waarbij je kan leven door het Woord? Wat voor soort Christelijk leven zal je leiden op het derde niveau van geloof?

1. Het derde niveau van geloof

Als iemand de Heer aanneemt en de Heilige Geest ontvangt, wordt er in zijn hart een zaad van geloof geplant dat zo klein is als een mosterdzaadje. Als het zaadje van geloof uitspruit, bereikt het het niveau van geloof waarbij je probeert het woord te gehoorzamen en dan kom je op een hoger niveau waarbij je het gehoorzaamt. In het begin gehoorzaam je niet veel van het woord ook al luister je er naar, maar als je geloof groeit, kan je het dieper en meer en meer begrijpen. Daarom wordt "geloof om te gehoorzamen" ook "geloof om het mogelijk te maken om het te begrijpen" genoemd.

Het woord begrijpen is anders dan het woord opslaan als kennis. Dat wil zeggen proberen het woord krachtig te gehoorzamen omdat je weet dat de Bijbel het woord van God heel wat anders is dan gewillig en graag het woord gehoorzamen, omdat je begrijpt waarom je het moet gehoorzamen.

Het woord gehoorzamen door begrip

Hier is een voorbeeld. Veronderstel je luistert naar een boodschap die als volgt werd gepreekt: "Als je de dag des Here heilig houden, een offer geeft van je gehele tiende, zal God allerlei soorten moeilijkheden en beproevingen van je wegnemen. Hij zal je genezen van allerlei kwalen. Hij zal je ziel zegenen en je financiele zegeningen geven."

Als je denkt dat je het woord kent nadat je naar de boodschap geluisterd hebt, maar het niet in je hart begrijpt, zal je het woord niet altijd gehoorzamen in je dagelijks leven. Je kan proberen het woord te gehoorzamen, door te denken, "Ja dat lijkt me wel goed," en soms het gebod gehoorzamen, maar op een ander moment het niet gehoorzamen afhankelijk van je situatie. Deze cyclus kan zich herhalen totdat je het perfecte geloof in het woord hebt.

Echter, als je het woord begint te begrijpen en te geloven met heel je hart zal je de dag des Here heilig houden, je gehele tiende geven, en geen compromie hebben onder moeilijke omstandigheden.

Bijvoorbeeld, stel je voor dat de directeur van een maatschappij tegen al zijn werknemers zegt, "Als ieder van jullie 's nachts overwerkt zal ik ieder van jullie overwerk betalen en je promotie geven." Als de keuze van overwerk aan ieder van de werknemers is, wat zullen dan de werknemers doen als ze de belofte van de directeur geloven?

Ze zullen zeker 's nachts overwerken tenzij ze een bijzondere reden hebben het niet te doen. Gewoonlijk is er een paar jaar voor nodig om promotie te krijgen bij een maatschappij en kost het moeite om door het examen voor de promotie heen te komen. Al deze dingen in acht genomen, zal niemand in deze maatschappij aarzelen 's nachts overwerk te doen gedurende een maand, of nog langer.

Dat is ook de waarheid van het gebod van God om de dag des Here heilig te houden en je tiende te geven. Als je werkelijk Gods woord wil geloven om de dag des Here heilig te houden en je gehele tiende te geven, wat zou je dan doen?

Je gehoorzaamheid brengt je zegeningen

Als je de dag des Here heilig houd, erken je de soevereiniteit van God. Je erkent dat God Heer is van de geestelijke ruimte. Dat is waarom God je beschermt voor allerlei rampen en ongelukken deze week, en zegent opdat het wel gaat met je ziel als je de dag des Here heilig houd. Ook onderwerp je je aan de soevereiniteit van God, door je tiende te offeren omdat je toegeeft dat alle dingen op aarde en in de hemel van God zijn.

Omdat God de schepper van alle dingen is, het leven zelf komt van God, en de kracht waarmee je prestaties levert en je best probeert te doen komt van Hem. In pricipe, je gehele inkomen is van God, maar Hij staat je toe om Hem slechts een tiende er van aan Hem te geven en de rest voor je zelf te gebruiken.

Maleachi 3:8-9 herinnert ons eraan, *"Mag een mens God beroven? Toch berooft gij Mij. En dan zegt gij: Waarin beroven wij U? In de tienden en de heffing. Met de vloek zijt gij vervloekt, en Mij berooft gij, gij volk in zijn geheel."*

Aan de ene kant ben je onder een vloek als je God echt berooft van de tiende. Aan de andere kant als je God de gehele tiende geeft in gehoorzaamheid aan Zijn gebod, zal je altijd onder Zijn bescherming zijn en de zegeningen van een goede, gedrukte, geschudde, en overlopende maat zal men in uw schoot geven (Lukas 6:38).

Juist begrip brengt gehoorzaamheid

Alleen als je de juiste betekenis van het woord begrijpt in plaats van het alleen maar op te slaan als kennis, kan je het gehoorzamen en zegeningen van God ontvangen die je beloont overeenkomstig naar wat je gedaan hebt. Als je echter de ware betekenis van het Woord niet begrijpt, ben je niet in staat het geheel te gehoorzamen, zelfs al probeer je het te doen, omdat je het alleen maar als kennis hebt in je hersenen.

Dus je moet er naar streven te groeien in je geloof. Een baby zal dood gaan als hij met niets gevoed wordt. Hij moet regelmatig gevoed worden, zijn handen of voeten bewegen, zien, horen en leren van zijn ouders en anderen. Door dit proces zal de kennis en wijsheid toenemen en hij groeit op en ontwikkelt zich goed.

Op de zelfde manier moeten gelovigen niet alleen luisteren naar het woord van God maar ook proberen de juiste betekenis te begrijpen. Als je bidt om het woord van God te gehoorzamen, zal je in staat zijn de betekenis te begrijpen en de kracht te grijpen om het te gehoorzamen.

Bijvoorbeeld, God zegt in 1 Tessalonicenzen 5:16-18, *"Verblijdt u te allen tijde, bidt zonder ophouden, dankt onder alles, want dat is de wil Gods in Christus Jezus ten opzichte van u."* Mensen op het tweede niveau van geloof hebben een gevoel van plicht, om te bidden, te danken, en vreugdevol te zijn, omdat het een gebod van God is. Toch geven ze geen dank aan Hem als ze zich niet dankbaar voelen, of niet vreugdevol zijn als ze moeilijkheden tegen komen omdat ze proberen het woord te gehoorzamen als een soort van plicht.

Mensen op het derde niveau van geloof echter, kunnen het woord gehoorzamen omdat ze op de rots van het geloof staan. Zij begrijpen waarom zij altijd dankbaar zouden moeten zijn, waarom ze voortdurend zouden moeten bidden, en altijd vreugdevol moeten zijn. Ze zijn dus altijd vreugdevol en dankbaar van de bodem van hun hart en bidden voortdurend onder alle omstandigheden.

Dus waarom zegt God dat je ten alle tijden vreugdevol moet zijn? Wat is de echte betekenis van dit gebod? Als je alleen maar vreugdevol bent als er iets gelukkigs met je gebeurt en je bent niet blij als er moeilijkheden of zorgen tegen je opkomen, ben je niet beter dan mensen die niet in God geloven.

Deze mensen streven naar wereldse dingen omdat ze niet weten waar mensen vandaan komen en waar ze naar toe gaan. Dus ze zijn alleen maar vrolijk als hun leven gevuld is met prettige en vrolijke dingen en gebeurtenissen. Aan de andere kant worden ze overstroomt en verzwolgen door zorgen, angsten, en pijn die uit de wereld komen.

Gelovigen echter, kunnen heel anders leven dan zulke mensen omdat ze de hoop van de hemel hebben. Wij als gelovigen hoeven ons geen zorgen te maken of angstig te zijn omdat onze echte Vader, de God is die de hemelen en aarde geschapen heeft en alle dingen en de geschiedenis van de mensheid beheerst. Waarom zouden we ons zorgen maken of vrezen? Bovendien, sinds we ons verheugen op eeuwig leven in het koninkrijk der hemelen door Jezus Christus, hebben we geen andere keuze dan vreugdevol te zijn.

Geloof om het woord te gehoorzamen

Als je het woord van God begrijpt van uit het diepst van je hart, kan je vreugdevol zijn zelfs in tijden wanneer je dat niet kan, dank te allen tijde zelfs op tijden dat het moeilijk is om te danken, en dit zelfs op tijden dat het moeilijk is voor je om te bidden. Alleen dan zal de vijand, de duivel, verdriet en moeilijkheden van je weg gaan, en allerlei problemen zullen opgelost worden omdat de almachtige God met je is.

Als je zegt in God, de almachtige te geloven, maar je nog steeds zorgen maakt of afkerig bent van vreugde als je moeilijkheden tegen komt, ben je op het tweede niveau van geloof.

Als je echter verandert bent om het woord van God echt te begrijpen en vreugdevol en dankbaar bent vanuit je hart, ben op het derde niveau van geloof. Het volgende gebeurt als je op het derde niveau van geloof bent, zoveel je anderen probeert te dienen en lief te hebben, dan zal haat je hart verlaten en zal, beetje bij beetje, gevuld worden met geestelijke liefde om je vijanden lief te hebben. Dat is omdat je nu begrijpt vanuit je hart, de liefde van de Here die het ruw houten kruis nam voor zondaren.

Jezus werd gekruisigd, gehoond, en mishandeld door zondigende zondaren, alhoewel Hij alleen maar goed deed en onberispelijk was. Hij haatte hen niet die Hem kruisigden, hoonden, of bespotten maar bad God dat ze vergeven mochten worden. Uiteindelijk toonde Hij Zijn grote liefde door Zijn eigen leven op te geven voor hen.

Je kan diegenen die je pijn gedaan hebben of je zonder enige rede gelasterd hebben gehaat hebben, voor je de grote liefde van Jezus, je Heer begreep. Je kan nu echter hun zonde haten, maar hen niet haten. Daarnaast, weest niet afgunstig op zij die harder werken, of meer geëerd worden dan jij, maar in plaats daarvan verheug je in hen en heb hen des te meer lief in Christus. Je kan getwijfeld hebben aan het woord van God of geoordeeld hebben naar je eigen gedachten toen je het voor het eerst hoorde, maar nu kom je om het woord helemaal te ontvangen zonder er aan te twijfelen of er over te oordelen. Op het derde niveau gehoorzaam je het woord van God, bevel na bevel.

Gods beloningen vereisen geloof gepaard gaande met daden.

Voordat ik God ontmoette, leed ik gedurende zeven jaar aan allerlei kwalen en had de bijnaam "kwalen pakhuis." Ik deed alle moeite om te genezen, maar alles was vergeefs en mijn kwalen werden met de dag erger. Ze waren schijnbaar onmogelijk te genezen met medische wetenschap en ik kon niets anders meer doen dan wachten op de dood.

Op een dag was ik ineens genezen door de kracht van God en mijn gezondheid herstelde. Door deze wonderbare ervaring, ontmoette ik de levende God en sinds toen heb ik geheel op Hem vertrouwd zonder twijfel en geheel afhankelijk van het Woord van de Bijbel. Ik gehoorzaamde onvoorwaardelijk ieder woord van God. Ik was altijd vreugdevol ondanks moeilijkheden, en ik dankte in elke moeilijke situatie, want dat was wat God me zei in de Bijbel wat ik moest doen.

Het was mijn grootste plezier om lofprijs diensten en op zondagen tot God te bidden, ik gaf zelfs de gelegenheid op om in een heel goede baan te werken en begon in de bouw, omdat ik besloten had om de Dag des Here heilig te houden.

Niet tegen staande dat was ik erg dankbaar voor het feit dat God mijn Vader was. Hij kwam naar me toe toen ik wachtte om te sterven vanwege een aantal ernstige aandoeningen, en ik was erg dankbaar voor Zijn ongelooflijke genade. Ik bad en vastte voordurend om geheel volgens het woord van God te leven. Toen op een dag, hoorde ik de stem van God mij roepen als Zijn dienstknecht. Met een gehoorzaam hart kwam ik tot het besluit om een goede dienstknecht te worden en vandaag de dag dien ik Hem als een voorganger.

Ik geef dank aan God, mijn Vader, vanuit het diepst van mijn hart of ik nu neerkniel om te bidden tot Hem, over de straat wandel, of met iemand spreek. Op dezelfde wijze, ben ik altijd verheugd vanuit het diepst van mijn hart. Zorgen en moeilijkheden zullen iederen confronteren, en als een senior voorganger van een 100.000-leden gemeente, heb ik heel veel werk en verantwoordelijkheden. Ik moet vele dienaren en bedienaren van God onderwijzen en trainen om zo de Godgegeven plicht te volbrengen en de wereldzending te vervullen om zo ontelbare mensen tot de Heer te leiden. De duivel plant allerlei listen om de volbrenging van Gods plan te verhinderen, en brengt allerlei moeilijkheden en problemen. Vele dingen om over te treuren, te smeken, en zorgen kwamen van tijd tot tijd als golven over mij heen, en ik kon er door vallen als ik er mij liet door overweldigen of aangegrepen worden door vrees.

En toch, ben ik nooit overwonnen of verslagen door zorgen en angst, omdat ik duidelijk Gods wil begreep. Ik heb Hem dank gegeven en met vreugde gebeden, hoe groot mijn beproevingen en problemen ook waren. Dus God heeft atijd alles laten mede werken ten goede en mij des te meer gezegend.

2. Totdat u de Rots van geloof bereikt

Dingen zien zonder geloof door de lens van angst en vrees, zullen alleen maar schade brengen aan je geest en je gezondheid vernietigen. Als je de geestelijke betekenis van het woord van God begrijpt, wat ons verteld, *"Verblijdt u te allen tijde, bidt zonder ophouden, dankt onder alles, want dat is de wil Gods in Christus Jezus ten opzichte van u."* kan je dank geven uit je hart in elke situatie (1 Tessalonicenzen 5:16-18).

Dat komt omdat je standvastig gelooft dat dat de wijze is om God te behagen, Hem lief te hebben, en antwoord te ontvangen van Hem. Bovendien, is het de sleutel om je problemen op te lossen, Zijn zegeningen te ontvangen, en je vijand, satan en de duivel uit te werpen. Veronderstel, er is een vrouw en haar schoondochter, die niet in vrede zijn met elkaar. Ze weten dat ze van elkaar moeten houden en vrede moeten hebben met elkaar. En toch, wat gebeurt er als ze beschuldigingen of wrok hebben tegen elkaar? Geen enkel probleem kan opgelost worden tussen de twee.

Aan de ene kant, als de schoonmoeder haar schoondochter lastert tegenover familieleden en buren, en de schoondochter kwaadspreekt over haar schoonmoeder tegenover anderen, redetwisten en conflicten zullen niet eindigen en er zal geen vrede in huis zijn.

Aan de andere kant, wat zal er met hen gebeuren als ze zich bekeren van hun eigen overtredingen, elkaar begrijpen door zichzelf in de ander zijn schoenen te plaatsen, vergeven en elkaar liefhebben? Er zal dan vrede in huis zijn. De schoonmoeder zal dan goed spreken over haar schoondochter, of de schoondochter nu wel of niet bij haar is, en de schoondocter zal de schoonmoeder eren en respecteren vanuit haar hart. Welk een vredevolle en liefdevolle relatie zullen ze hebben! Zo is het ook om geliefde te zijn door God.

Het begin stadium van het derde niveau van geloof

De reden dat sommige mensen niet in staat zijn om het woord van God te gehoorzamen, ondanks dat ze weten dat het de waarheid is, komt omdat ze veel onwaarheid hebben, wat tegen de wil van God is, wat overgebleven is in hun hart en de onwaarheid dooft het verlangen van de Heilige Geest uit. Dus wanneer je aan het beginstadium van het derde niveau van geloof bent, begin je tot bloedens toe te strijden tegen de zonden (Hebreeën 12:4).

Om je zonden weg te werpen, moet je strijden door ijverig te bidden met vasten zoals de Jezus ons zei *"En Hij zeide tot hen: Dit geslacht kan door niets uitvaren, tenzij door gebed"* (Marcus 9:29). Alleen dan zal je voldoende kracht en genade ontvangen van God om te leven door het Woord van God. Op dezelfde wijze, als je op het derde niveau van geloof bent, zal je enthousiast zijn om te verwerpen wat God zegt om te verwerpen, en doen wat Hij je zegt om te doen, zoals de Bijbel beveelt.

Betekent dit dat iedereen die de dag des Heren houdt en de tienden geeft op het derde niveau van geloof is? Nee, dat is niet het geval. Sommige mensen gaan naar de diensten op zondag en geven de tienden met een schijnheilige houding – ze doen het misschien alleen maar omdat ze bang zijn voor problemen en beproevingen, als resultaat van het niet onderhouden van Gods geboden, of omdat ze willen dat de bedienaren en dienaren van God goed over hen spreken. Als je God aanbidt in Geest en in waarheid, smaakt Zijn woord zoeter dan honing.

Hoe dan ook, wanneer je onwillig bent om de aanbiddingssamenkomst bij te wonen, verveel je jezelf tijdens de boodschap en denkt bij jezelf, "Als deze samenkomst maar gauw voorbij is..." Dit komt omdat, ondanks dat je lichaam wel aanwezig is in het heiligdom van God, je hart op een andere plaats is.

Als je de aanbiddingssamenkomst hebt bijgewoond, maar je hart met de wereld bezig is, kan je niet zeggen dat je de dag des Heren hebt gehouden, omdat God het hart van de aanbidders onderzoekt. In dit geval ben je nog op het tweede niveau van geloof, ondanks dat je je gehele tiende brengt.

De mate van geloof zal van persoon tot persoon verschillen, ook al zijn ze misschien op het zelfde niveau van geloof. Als de perfecte mate van ieder niveau 100% is, groeit je geloof geleidelijk aan van de mate van 1% tot de mate van 10%, 20%, 50% en zo verder, tot 100% in elk niveau van geloof. Als je geloof groeit tot de mate van 100%, gaat het naar een hoger niveau.

Bijvoorbeeld, veronderstel dat we de mate van het tweede niveau scheiden van 1% tot 100%. Als je geloof de mate van 100% nadert op het tweede niveau van geloof, kan je het derde niveau van geloof bereiken. Evenzo, als je geloof groeit tot de mate van 100% in het derde niveau van geloof, ben je op het vierde niveau van geloof. Daarom, behoor je in staat te zijn om te onderzoeken op welk niveau van geloof je bent, en hoeveel je ervan volbracht hebt.

De rots van geloof

Als je geloof meer dan 60% volbracht heeft op het derde niveau van geloof, wordt er van je gezegd dat je op de rots van geloof staat. In Matteüs 7:24-25 zegt Jezus ons, *"Een ieder nu, die deze mijn woorden hoort en ze doet, zal gelijken op een verstandig man, die zijn huis bouwde op de rots. En de regen viel neer en de stromen kwamen en de winden waaiden en stortten zich op dat huis, en het viel niet in, want het was op de rots gegrondvest."*

"De rots" verwijst hier naar Jezus Christus (1 Korinthiërs 10:4) en "de rots van geloof" verwijst naar het standvastig staan in de waarheid, Jezus Christus. Overeenkomstig, als je op de rots van geloof staat nadat je meer dan 60% van het derde niveau bereikt hebt, val je niet bij ieder probleem of beproeving op je gezicht. Je gehoorzaamt de wil van God tot het einde, omdat je standvastig staat als je de juiste weg of de wil van God ontdekt.

Dus, je kan altijd een overwinnend leven leiden en de glorie aan God geven zonder verzocht te worden door de vijand, satan en de duivel. Bovendien, stromen vreugde en dankbaarheid over vanuit je hart, ondanks enige vorm van beproeving of moeilijkheden, en je geniet van de vrede en de rust door onophoudelijk te bidden.

Veronderstel dat je zoon bijna overlijd in een verkeersongeval. Ondanks deze duidelijke tragedie, heb je tranen van dankbaarheid vanuit je hart en ben je blij omdat je standvastig staat in de waarheid. Ook al ben je misschien kreupel geworden door een ongeval, je zal geen wrok hebben tegenover God, zeggende, "Waarom heeft God mij niet beschermt?" In plaats daarvan, zal je God danken dat Hij de andere delen van je lichaam beschermt heeft.

In feite, het simpele feit dat onze zonden vergeven zijn en wij naar de hemel mogen gaan is genoeg voor ons om God te danken. Ook al ben je kreupel geworden, het kan je niet tegenhouden om naar de hemel te gaan, want als je het hemelse koninkrijk binnen gaat, zal je kreupele lichaam veranderen in een perfect hemels lichaam.

Met andere woorden, er is geen reden om te klagen of droevig te zijn. Natuurlijk, beschermt God je altijd als je dit soort geloof hebt. Ook al staat God toe dat je in een verkeersongeval betrokken raakt, zodat je zegeningen mag ontvangen, kan je volkomen genezen zijn overeenkomstig je geloof.

Een overwinnend leven op de rots van geloof

Ook al hebben mensen in het beginstadium van het derde niveau van geloof het verlangen om het Woord te gehoorzamen, gehoorzamen ze het woord soms vreugdevol en andere keren onwillig. Dat komt omdat de laatste groep van mensen nog niet volkomen geheiligd zijn, en strijd hebben tussen de waarheid en de leugen in hun hart.

Bijvoorbeeld, als je anderen probeert te dienen en hen niet haat, omdat God ons onderwijst om onze vijanden niet te haten, maar lief te hebben. Niettemin, ook al lijkt het dat je anderen dient, voel je je misschien zwaarmoedig, omdat je hen niet lief hebt vanuit je hart. Hoe dan ook, als je standvastig op de rots van geloof staat, hebben je vijand, satan en de duivel, geen succes in het verleiden of bezig houden van je, omdat je een hart hebt van waarheid om het verlangen van de Heilige Geest te volgen, en je hebt niets om te vrezen, omdat je wandelt te midden van de kracht van God, de Almachtige.

Net zoals de jonge David, vrijmoedig zei tegen de reus Goliat met geloof, *"Want de strijd is des HEREN en Hij geeft u in onze macht"* (1 Samuël 17:47), zal jij ook in staat zijn om zulke dappere belijdenis van geloof te maken, wanneer God je de overwinning geeft overeenkomstig jou geloof. Niets kan je hinderen of je neerhalen, omdat de Almachtige God je Helper is.

Als je gemeenschap hebt met God en je liefde met Hem deelt, kan je antwoord ontvangen op al je problemen en vragen op het moment dat je het aan Hem vraagt in geloof. En toch is dit niet van toepassing met mensen die zelden bidden en geen gemeenschap met God hebben. Wanneer zij moeilijkheden tegenkomen, is het heel moeilijk voor hen om antwoord van God te ontvangen, ook al beweren ze, "God zal mij zeker een oplossing geven." Het is alsof ze wachten op een appel die vanzelf uit de appelboom valt. Daarom moeten wij onophoudelijk bidden.

Hoe de rots van geloof te bereiken

Het is niet gemakkelijk voor een boxer om een wereldkampioen te worden. De prestatie vereist onophoudelijke inspanning, geduld en sterke zelfbeheersing. Ten eerste, een beginner zal de wedstrijden verliezen op een eenzijdig wijze, omdat hij een gebrek aan vaardigheid heeft.

Hoe dan ook, als hij zichzelf voortdurend traint en zijn vaardigheden verfijnt, kan hij de tegenpartij toch ten minste één keer raken, ook al hij is zelf al twee of drie keer geslagen. Als zijn vaardigheden en kracht toenemen, door geduldig krachtinspanning te oefenen, zal hij meer wedstrijden winnen, en zijn zelfvertrouwen zal ook toenemen.

Op gelijke wijze, een student die goed in Engels is, kan niet wachten totdat hij Engelse les krijgt en eens het er is, geniet hij er tenvolle van. In tegenstelling tot, de studenten die zwak zijn in Engels, zij zullen zich vervelen en zwaarmoedig zijn tijdens de Engelse les.

Zo is het ook met de geestelijke oorlogsvoering tegen de vijand, de duivel. Als je op het tweede niveau van geloof bent, voert het verlangen van de Heilige Geest binnen in jou de hevigste oorlog tegen het zondevolle verlangen, omdat beide verlangens dezelfde grootte van kracht hebben. Het lijkt op een wedstrijd waarbij beide spelers dezelfde kracht en vaardigheden hebben. Als iemand hem raakt, raakt de andere hem terug. Als de ene hem vijf keer slaat, slaat de andere hem ook zoveel keer terug. Zo is het ook met de geestelijke oorlog tegen de duivel. Jij overwint de duivel of soms wordt je door hem geslagen.

Hoe dan ook, als je voortdurend bidt, en probeert het woord van God te gehoorzamen, zonder het voelen of hebben van teleurstellingen, zal God Zijn genade en kracht uit storten en zal de Heilige Geest je helpen. Als resultaat gedijt het verlangen van de Heilige Geest in je hart en groeit je geloof voortdurend tot het derde niveau van geloof.

Als je het derde niveau van geloof binnengaat, nemen de verlangens van de zondevolle natuur af en wordt het gemakkelijker om in geloof te leven. Als je voortdurend bidt zoals het woord beveelt, zal je ervan genieten om tot God te bidden. Als je eerst maar tien minuten kon bidden, zal je in staat zijn om twintig minuten te bidden, dan dertig minuten, en later kan je gemakkelijk voor ten minste twee tot drie uur bidden.

Het is niet gemakkelijk voor beginners in het geloof om meer dan tien minuten te bidden omdat ze niet genoeg onderwerpen of verzoeken hebben om voor te bidden, dus voelen ze zich een beetje zwaarmoedig over gebed en benijden andere mensen die vloeiend kunnen bidden, zonder moeilijkheden. Als je voort gaat met bidden met geduld, met je hele hart, zal de kracht van boven aan je gegeven worden om uren per dag te bidden. God geeft je Zijn genade en kracht om te bidden wanneer je je best doet om voortdurend tot Hem te bidden.

Op deze wijze, ontwikkelt je geloof zich met voortdurend gebed. Wanneer je een hogere mate van geloof bereikt binnen het derde niveau van geloof, zal je onwankelbaar geloof bezitten zonder naar links of naar rechts af te wijken in wat voor beproeving of moeilijkheid ook.

Reiken tot voorbij de rots van geloof

Wanneer je op de rots van geloof staat, houdt God van je, lost je problemen op, en geeft je antwoord op alles wat je vraagt. Je kan ook luisteren naar de stem van de Heilige Geest, vreugdevol en dankbaar zijn in iedere omstandigheid, zoals God vraagt, en waakzaam worden door onophoudelijk te bidden, omdat je in het woord verblijft die opgenomen zijn in de zesen zestig boeken van de Bijbel.

Als je een bedienaar, een oudste, een voorganger of een leider van een gemeente bent, maar je kan niet luisteren naar de stem van de Heilige Geest, dan moet je weten dat je nog niet op de rots van geloof staat. Dit betekent niet noodzakelijk dat je alleen maar de stem van de Heilige Geest kan horen als je op de rots van geloof staat.

Zelfs beginners in het geloof kunnen Zijn stem horen en zij kunnen Gods woord gehoorzamen als ze het leren. Vanwege hun gehoorzaamheid aan het Woord, duurt het niet lang vooraleer het geloof van de beginners begint te groeien van het eerste niveau tot de mate van de rots van geloof.

Sinds ik de Here aangenomen heb, begon ik de genade van God te begrijpen in mijn hart en probeerde het woord te gehoorzamen zoals ik het geleerd had. Vanwege deze inspanningen, was ik in staat om de stem van de Heilige Geest te horen en geleid te worden door Hem, omdat ik het Woord met mijn gehele hart gehoorzaamde met een gevoel van vastberadenheid dat ik, zonodig, zelfs mijn leven vreugdevol zou neerleggen voor de Here.

Het kostte me drie jaar om duidelijk de stem van de Heilige Geest te horen. Je kan natuurlijk de stem van de Heilige Geest in een jaar of twee horen, als je nauwkeurig het woord van God leest, het onthoudt en het gehoorzaamt. En toch, ondanks de lengte van tijd als een gelovige, zal je de stem van de Heilige Geest niet horen als je vanuit je eigen denken geleefd hebt zonder het Woord te gehoorzamen.

Er zijn sommige gelovigen die zeggen, "Ik was gevuld met de Heilige Geest en had goed geloof. Ik diende actief de gemeente. Maar mijn geloof is gedegenereerd, sinds ik geestelijk struikel vanwege een ander gemeentelid." In zo'n geval, kan de persoon niet zeggen dat hij voorheen een goed geloof had en ijverig de gemeente diende.

Bovendien, als zo'n persoon echt een goed geloof had, zou hij niet gestruikeld zijn vanwege een ander lid, in de eerste plaats, en zou hij zijn geloof niet verlaten hebben. Het was alleen maar mogelijk voor hem, omdat hij handelde van uit vleselijk geloof zonder daden, ondanks zijn kennis van Gods Woord.

We zouden niet zo dwaas moeten zijn om de gemeente te verlaten, na enige verwarring met sommige gemeenteleden. Hoe beklagens zal het zijn als je God, die je verlostte van zonde en je echt leven gaf te verraadden, enkel om terug te keren naar de wereld die leidt tot de eeuwige dood, dat allemaal omdat je onenigheid hebt met een bedienaar, een leider, broeder of zuster in je gemeente!

Je zou moeten toegeven dat je ver verwijderd bent van de rots van geloof, als je schijnheilig bidt, alleen maar om jezelf te tonen als een vurige bidder, of boos en vijandig bent op degene die je lasteren en over je roddelen. Wanneer je op de rots van geloof staat, zou je niet vijandig tegen hen moeten zijn, maar voor hen bidden met liefde in tranen.

Door mijn bediening sinds 1982, heb ik buitengewone onaanvaardbare tijden en gebeurtenissen meegemaakt in de gemeente. Sommige bedienaren of leden waren te zwak om te vergeven vanuit een menselijk perspectief, maar ik voelde nooit haat of vijandigheid naar hen toe. Terwijl ik verwachtte van hen om veranderd te worden, probeerde ik hun goede en liefelijke zijdes te zien, in plaats van hun zwakheid.

Op deze wijze, kan je het woord volledig gehoorzamen en genieten van de vrijheid dat het woord van waarheid aan je geeft, als je de volle mate van het derde niveau van geloof hebt en standvastig op Gods woord staat. Dan zal je altijd vreugdevol, en dankbaar zijn, en voortdurend bidden. Je zal nooit je gevoel van dankbaarheid verliezen of droevig zijn. Bovendien, zal je standvastig staan op de rots van Jezus Christus zonder te wankelen of naar links of naar rechts te keren.

3. Strijden tegen de zonde tot op het punt van bloed vergieten

In het hart van hen die op het tweede niveau van geloof zijn, voeren de verlangens van de Heilige Geest oorlog tegen de verlangens van de zondevolle natuur. En toch, degene op het derde niveau van geloof verdrijven het verlangen van de zondevolle natuur en leiden een overwinnend leven in het Woord, omdat ze het verlangen van de Heilige Geest volgen.

Op het derde niveau is het gemakkelijk om een leven te leiden in Christus, omdat je al de handelingen van de zondevolle natuur verwijderd hebt, toen je op het tweede niveau van geloof was. Wanneer je het derde niveau van geloof binnentreedt, begin je tot bloedens toe te strijden tegen de verlangens van de zondevolle natuur, een mengsel van de natuur van de zonde en het vleselijke lichaam wat diep in ons geworteld is.

Als gevolg, wanneer je de volledige mate van het derde niveau bereikt hebt, denk je niet langer overeenkomstig het zondevolle denken, maar gehoorzaam je volledig het woord en geniet je van de vrijheid in waarheid, omdat je al afgerekend hebt met allerlei soorten en trekken van de zondevolle natuur.

De belangrijkheid van het verwijderen van de zondevolle natuur

Als je God liefhebt en Zijn Woord gehoorzaamt, duurt het lang voor je groeit tot de mate van jou geloof van het tweede naar het derde niveau. In tegenstelling tot, wanneer je de gemeente regelmatig bezoekt, maar niet probeert om het Woord te gehoorzamen, kan je de mate van je geloof niet tot een hoger niveau laten groeien, en moet je op je huidige niveau blijven – het tweede niveau van geloof.

Zo is het ook met een zaad wat voor een lange tijd niet gezaaid is. Als je te lang wacht met het zaaien van een zaad, verliest het zijn leven. Je geest kan ook groeien, enkel als je het woord van God begrijpt en gehoorzaamt. Je hoort je best te doen om het Woord te begrijpen en het te gehoorzamen, zodat het wel mag gaan met je ziel.

Eens een zaad gezaaid is in de grond, is het gemakkelijk voor het zaad om zich te ontkiemen. Aan de ene kant, kan de kiem sterven als er een hevige regenstorm komt of als mensen erover heen lopen, en vanwege deze reden moet er goed gezorgd worden voor dit jonge kiem. Op dezelfde wijze, zouden mensen die op het derde niveau van geloof zijn, moeten zorgen voor hen die op het eerste of tweede niveau van geloof zijn, zodat ze goed mogen groeien in hun geloof.

Aan de andere kant, als je opgroeit om een grote boom van geloof te zijn door het derde niveau van geloof binnen te treden, val je niet neer, hoe hevig en stormachtig de problemen of rampen ook op je afkomen. Een grote boom wordt niet gemakkelijk ontworteld, omdat het diep in de grond geplant is, ondanks dat zijn takken kunnen buigen of breken. Op gelijke wijze, lijkt het er misschien op dat je op het punt staat om te vallen voor een tijdje, wanneer je geconfronteerd wordt met beproevingen en problemen, maar je kan je kracht herstellen en blijven groeien in geloof, omdat je diep gewortelde geloof onwankelbaar is in iedere situatie.

Onophoudelijke inspanningen tot de volle mate van geloof

Het kost heel wat tijd voor een jonge boom om te groeien, te bloeien en vrucht te dragen of te groeien tot een grote boom waar de vogelen zich in kunnen nestelen. Op gelijke wijze, is het niet moeilijk om je geloof groot te brengen van het tweede tot het derde niveau, wanneer je vastberaden besluit om het te doen, maar het neemt veel meer tijd om je geloof te laten groeien van het derde naar het vierde niveau. Dat komt omdat je moet luisteren naar het woord van God en in de geest moet begrijpen om het woord wat opgeschreven staat in de zesenzestig boeken van de Bijbel te gehoorzamen, maar het is niet gemakkelijk om de perfecte wil van God, de Vader te begrijpen in een korte tijd.

Bijvoorbeeld, zelfs als een student uitmunt op de lagere school, kan hij niet naar het college gaan of een eigen zaak leiden net na het afstuderen van de lagere school.

En toch zijn er slimme mensen die het college binnentreden, door het nemen en slagen van kwalificatie examens op een jonge leeftijd, terwijl anderen meerdere pogingen doen om het college binnen te gaan.

Evenzo, kan je snel of traag het vierde niveau van geloof bereiken afhankelijk van je inspanningen. Natuurlijk is de meest belangrijke factor de mate van het vat, waarvan de persoon is. Een inspanning van een klein vat is niet groot in het ontwikkelen van zijn geloof, ook al begrijpt hij het woord en heeft de hoop op de hemel en geloof. Daar tegenover, een groot vat begrijpt wat goed is, en besluit het goede te doen, en hij blijft streven totdat hij zijn doel volbracht heeft.

Daarom moet je begrijpen hoe kritiek het is, om alle inspanning te maken en te strijden tegen je zonden tot bloedens toe, om zo je geloof, zo snel mogelijk, te laten groeien van het derde naar het vierde niveau van geloof.

Je plicht uitdragen terwijl je de zonde verwijderd

Je moet de Godgegeven plicht niet negeren, terwijl je tegen de zonde strijd. Bijvoorbeeld er was een senior diaconesse in mijn gemeente, die bij mij was vanaf de oprichting van de gemeente. Zij en haar echtgenoot, kwamen beiden naar mijn gemeente toen ze leden aan ernstige ziektes. Ze ontvingen mijn gebed en werden genezen.

Sinds die tijd, kreeg ze een goede gezondheid terug en probeerde haar mate van geloof te ontwikkelen, maar droeg niet de volledige plicht uit als een senior diaconesse. Ze streed niet tegen de zonde tot bloedens toe, en er bleef slechtheid in hart, ondanks dat ze de gemeente bezocht en naar het woord luisterde gedurende 15 jaar. Haar woorden en daden deden denken aan die van iemand van het tweede niveau van geloof.

Uiteindelijk werd ze geestelijk wakker, een paar maanden voor ze stierf en probeerde God te behagen door de gemeente nieuwsbrieven af te leveren en te verspreiden. Terwijl ze drie maal mijn gebed ontving, werd haar het derde niveau van geloof gegeven in een korte tijd.

Daarom zou je niet alleen moeten strijden tegen de zonde tot bloedens toe om alle slechtheid te verwijderen, maar moet je ook de Godgegeven plicht uitdragen met je hele hart, zodat je een hoger niveau van geloof kan verkrijgen.

Het is heel moeilijk om je zonde uit je zelf te verwijderen, maar het is heel gemakkelijk als je kracht van God uit de hemel vraagt.

Ik bid, dat je een wijs christen mag zijn in Gods ogen, als je je herinnert dat Zijn kracht komt op degene die niet alleen alle soorten van zonde en boosheid verwijderen, door er tegen te strijden tot bloedens toe, maar die ook hun Godgegeven plicht volbrengen, in de naam van onze Heer!

Hoofdstuk 7

GELOOF OM GOD LIEF TE HEBBEN TOT DE UITERSTE GRAAD

DE MATE VAN GELOOF

"Wie mijn geboden heeft en ze bewaart, die is het,
die Mij liefheeft; en wie Mij liefheeft, zal geliefd
worden door mijn Vader en Ik zal hem liefhebben
en Mijzelf aan hem openbaren."

(Johannes 14:21)

Net zoals je een trap, stap voor stap omhoog gaat, behoort je geloof van niveau naar niveau te groeien totdat je de volle mate van geloof bereikt hebt. Bijvoorbeeld, 1 Tessalonicenzen 5:16-18 zegt ons, *"Verblijdt u te allen tijde, bidt zonder ophouden, dankt onder alles, want dat is de wil Gods in Christus Jezus ten opzichte van u."* De mate van iemands gehoorzaamheid aan dit gebod is verschillend overeenkomstig de mate van ieders individuele geloof.

Als je op het tweede niveau van geloof bent, ben je eerder ontmoedigd dan vreugdevol en dankbaar, wanneer je door moeilijkheden en problemen gaat, omdat je onvoldoende kracht hebt om te leven door het Woord van God. Wanneer je het derde niveau van geloof binnengaat, en je zonde wegwerpt door er tegen te strijden tot op het punt van bloed vergieten, ben je tot op zekere mate in staat om vreugdevol en dankbaar te zijn in moeilijkheden en problemen.

Zelfs als je nog op het derde niveau van geloof bent en hevige moeilijkheden tegemoet ziet, ben je misschien een beetje twijfelachtig of skeptisch, of bent een beetje gedwongen blij en dankbaar, omdat je nog niet volledig het hart van God begrijpt.

Hoe dan ook, als je standvastig op de rots van geloof staat, die diep geworteld is in het derde niveau van geloof, ben je vreugdevol en dankbaar vanuit je hart ook al wordt je geconfronteerd met beproevingen en problemen. Ook, wanneer je een hogere mate van geloof bereikt – het vierde niveau – zal er altijd vreugde en dankbaarheid uit je hart stromen. Dus, op het vierde niveau van geloof, ben je heel ver weg van droevig of opvliegend worden in moeilijkheden en beproevingen, maar in plaats daarvan weerspiegel je jezelf op een nederige manier, jezelf afvragend, "Heb ik iets verkeerds gedaan?" Als resultaat, iedereen die het vierde niveau van geloof bereikt, door welke je in staat bent om God lief te hebben tot het uiterste, is voorspoedig in alles wat hij doet.

1. Het vierde niveau van geloof

Wannneer gelovigen zeggen, "Ik hou van U, mijn Heer," is de belijdenis van hen die op het tweede of derde niveau van geloof zijn heel anders dan van hen die op het vierde niveau van geloof zijn. Dit komt omdat het hart dat de Here gematigd lief heeft één ding is, en het hart wat Hem tot het uiterste liefheeft een heel ander ding is. Net zoals spreuken 8:17 ons belooft, *"Ik heb lief wie mij liefhebben, wie mij ijverig zoeken, zullen mij vinden."* Degene die de Here tot het uiterste liefhebben, kunnen alles wat ze vragen, ontvangen.

De Here liefhebben tot het uiterste

De voorvaders van het geloof die God liefhadden tot het uiterste waren gevuld met overvloeiende vreugde en oprechte dankbaarheid, zelfs als ze moesten lijden zonder dat ze iets fout hadden gedaan. Bijvoorbeeld, de profeet Daniël gaf God dank met geloof en bad tot Hem zelfs toen hij in de leeuwenkuil geworpen werd, vanwege de plannen van enkele goddeloze mensen.

En toch, had God behagen in zijn geloof, zond Zijn engelen om de muilen van de leeuwen te sluiten, en liet hen de profeet Daniël beschermen tegen de leeuwen. Als resultaat, gaf Daniël grote glorie aan God (Daniël 6:10-27).

Een andere keer, beleden de drie vrienden van Daniël hun geloof in God aan Koning Nebukadnessar, ook al stonden ze op het punt om in de hete oven op de grond geworpen te worden, ze bogen zich niet neer en aanbaden het gouden beeld niet.

In Daniël 3:17-18, beleden zij, *"Indien onze God, die wij vereren, in staat is ons te bevrijden, dan zal Hij ons uit de brandende vuuroven, en uit uw macht, o koning, bevrijden; maar zelfs indien niet – het zij u bekend, o koning, dat wij uw goden niet vereren, en het gouden beeld dat gij hebt opgericht, niet aanbidden."*

Ze vertrouwden onverzettelijk op God met Wiens kracht alle dingen mogelijk zijn, en beleden standvastig dat ze klaar waren om hun eigen leven op te geven voor de God die ze dienden, zelfs als Hij hen niet zou redden van de hete oven.

Ze waren getrouw aan hun plichten zonder enig verlangen om terug te keren, en ze klaagden niet tegen God, ook al werden ze met een levensbedreigende situatie geconfronteerd, die hun leven eiste, zondere enige reden. Ze konden zich nog steeds verblijden en dank geven voor de genade van God, omdat ze allen heel goed beseften dat ze zeker naar de hemel zouden gaan in de armen van de liefhebbende Vader, zelfs al werden ze verbrand in de hete oven. Overeenkomstig de belijdenis van hun geloof, beschermde God hen van de vurige oven, dat zelfs geen haar van hun hoofd getekend was. Vanwege dit wonderlijke gezicht, was de koning zeer geschrokken, en gaf grote glorie aan God en promoveerde Daniëls drie vrienden tot een hogere positie dan daarvoor.

Overweeg dit voorbeeld: de apostel Paulus en Silas waren op een brutale wijze gegeseld en in de gevangnis geworpen door goddeloze mensen, toen ze van plaats naar plaats reisden om het evangelie te verkondigen. 's Nachts, gaven ze God lof en dank, toen, met een plotselinge aardbeving, de deuren van de gevangenis zich openden (Handelingen 16:19-26).

Veronderstel dat je onterecht lijdt, zoals deze voorvaders van geloof. Denk je dat jij in staat bent om je te verheugen en dank te geven vanuit het diepst van je hart? Wanneer je jezelf in de war, boos of opvliegend ziet, moet je beseffen dat je ver weg bent van de rots van geloof. Als je verder reikt dan de rots van geloof, zal je altijd vreugdevol en dankbaar zijn vanuit het diepst van je hart, ondanks de problemen en moeilijkheden die je tegenkomt, omdat je de voorzienigheid van God begrijpt. Als je onder de pijn van onrechtvaardig lijden bent, moet er een reden zijn voor dat lijden. Maar omdat je in staat bent om de reden vast te stellen met de hulp van de Heilige Geest, kan je vreugdevol en dankbaar zijn.

Wat dan met David, de grootste koning van Israël? Vanwege de rebellie van zijn zoon Absalom, was Koning David onttroond en op de vlucht, en leefde zonder voedsel en huis. Behalve zijn onttroning, werd David gestenigd en vervloekt door een lage burger genaamd Simi. Eén van Davids dienaren vroeg de koning om Simi te doden, maar David weigerde zijn verzoek, zeggende, *"Laat hem met rust en laat hij mij vervloeken, want de HERE heeft het hem gezegd"* (2 Samuel 16:11).

Bovendien, uitte David geen enkel woord van klagen tijdens zijn beproevingen. Hij hield zich vast aan het liefhebben en steunen op God en bleef standvastig in zijn geloof. Te midden van zulke beproevingen, was David in staat om mooie en vredevolle woorden van lofprijs te schrijven, zoals gevonden in Psalm 23.

Op deze wijze, geloofde David altijd dat God ten goede werkte voor hem, ook al was hij onzeker door problemen en beproevingen, omdat hij te allen tijde de wil van God begreep en hij gaf dank aan God en weende tranen van vreugde.

Nadat David door zijn beproevingen was, werd hij een koning die God des te meer lief had, Bovendien, was hij in staat om Israël zo krachtig te maken dat andere buurlanden huldeblijken brachten aan Israël. Op deze wijze, toen God Davids geloof zag, liet Hij alle dingen mede werken ten goede voor de koning en gaf hem zegeningen.

Gehoorzaam de Here vreugdevole met de uiterste liefde

Veronderstel dat er een man en vrouw zijn, die spoedig gaan trouwen. Ze zijn zo verliefd op elkaar dat ze voelen dat ze klaar zijn om hun leven op te geven, als dat nodig is, voor zijn of haar geliefde. Ieder van hen wil de ander geven wat hij of zij maar kan geven, en elkaar te allen tijde behagen, zelfs op zijn of haar kosten.

Ze verlangen er naar om zo vaak, lang en veel mogelijk bij elkaar te zijn. Het maakt hen niets uit of het nu koud is, ook als ze samen wandelen op een weg met sneeuw of in een hevige storm. Ze voelen zich niet moe of uitgeput, ook al blijven ze een hele nacht wakker om met elkaar te praten via de telefoon.

Op dezelfde wijze, als je van de Here houdt tot de uiterste graad, zoals dit koppel wat spoedig gaat trouwen van elkaar houdt, en een onveranderd hart voor Hem hebt, zal je op het vierde niveau van geloof zijn. Hoe kan je dan je liefde aan Hem tonen? Hoe meet de Here je liefde voor Hem?

Jezus zegt ons in Johannes 14:21, *"Wie mijn geboden heeft en ze bewaart, die is het, die Mij liefheeft; en wie Mij liefheeft, zal geliefd worden door mijn Vader en Ik zal hem liefhebben en Mijzelf aan hem openbaren."*

Je behoort de geboden van God te gehoorzamen als je van Hem houdt; dit is het bewijs van je liefde voor de Here. Als je Hem waarlijk liefhebt, zal God je op Zijn beurt ook liefhebben en de Here zal met je zijn en je het bewijs tonen dat Hij met je is. Daar tegen over, als je Zijn geboden niet gehoorzaamt, is het moeilijk voor jou om de gunst, goedkeuring of zegeningen van God te ontvangen.

Hou je echt van de Here? Als je dat doet, zal je zeker Zijn geboden gehoorzamen en Hem aanbidden in Geest en in waarheid. Je zal nooit slaperig of dromerig zijn, terwijl je naar de boodschap luistert. Hoe kan iemand tegen je zeggen dat je van iemand houdt, terwijl je in slaap valt als hij of zij tegen je praat? Als je echt van je partner houdt, alleen het luisteren naar zijn of haar stem is al een grote bron van vreugde.

Evenzo, als je God werkelijk liefhebt, zal je gelukkig en

vreugdevol zijn, wanneer je naar Zijn Woord luistert. Als je je slaperig of vervelend voelt, is het heel duidelijk dat je niet van God houdt. 1 Johannes 5:3 herinnert ons, *"Want dit is de liefde Gods, dat wij zijn geboden bewaren. En zijn geboden zijn niet zwaar."*

Voor degene die God liefhebben is het inderdaad niet moeilijk om Gods geboden te gehoorzamen. Je kan dus Zijn geboden totaal gehoorzamen, als je het geloof verkrijgt om God werkelijk lief te hebben. Je gehoorzaamt ze in geloof met liefde, vanuit het diepst van je hart, in plaats van ze met tegenzin of met een zwaarmoedig gevoel te gehoorzamen.

Bovendien, als je het vierde niveau van geloof binnentreed, gehoorzaam je elk woord van God met vreugde, omdat jij zoveel van Hem houdt, net zoals een partner alles wil geven wat de andere partner vraagt en alles doet wat de andere wilt.

De boze kan je geen kwaad doen

Degene die de Here liefhebben tot het uiterste worden volledig geheiligd door het Woord volkomen te gehoorzamen, net zoals 1 Tessalonicenzen 5:21-22 ons zegt, *"Maar toest alles en behoud het goede. Onthoudt u van alle soorten van kwaad."*

Hoe beloont God je als je niet alleen de zonde verwerpt door er tegen te strijden tot bloedens toe, maar ook afrekent met alle soorten van kwaad? Hoe toont Hij het bewijs van Zijn liefde voor jou? God geeft vele beloften van zegeningen aan degene die heiligheid en reinheid bereiken, omdat Hij je beloont overeenkomstig wat jij zaait en doet.

Ten eerste, zoals 1 Johannes 5:18 ons zegt, *"Wij weten dat één ieder die uit God geboren is, niet zondigt; want Hij die uit God geboren werd, bewaart hem, en de boze heeft geen vat op hem."* Je moet vanuit God geboren worden. Je wordt een mens van de geest als je niet langer zondigt, omdat je er naar streeft om te leven door het Woord van God en de zonde verwerpt door er tot bloedens toe tegen te strijden. Dan kan de goddeloze vijand, de duivel, je niet langer kwaad aan doen, omdat God je veilig bewaart.

Ten tweede, 1 Johannes 3:21-22 belooft, *"Geliefden, als ons hart ons niet veroordeelt, hebben wij de vrijmoedigheid tegenover God, en ontvangen wij van Hem al wat wij bidden, daar wij zijn geboden bewaren en doen wat welgevallig is voor zijn aangezicht."* Je hart veroordeelt je niet, als je God welgevallig bent, niet alleen door Zijn geboden te gehoorzamen, maar ook door alle soort van kwaad te verwerpen.

Je hebt vrijmoedigheid tegenover God en ontvangt alles wat je maar vraagt van Hem, zoals God je beloofd heeft. Hij liegt noch verandert Zijn gedachte; Hij vervult alles wat Hij spreekt en belooft (Numeri 23:19). Dus, Hij heeft je alles wat je vraagt, als je Hem lief hebt tot het uiterste en geheiligd wordt.

Zelfs toen ik nog maar net een beginner in het geloof was, was ik een beetje bedroefd wanneer de boodschappen of aanbiddingsdiensten kort waren, omdat ik meer wilde weten over Gods wil en Zijn genade wilde ontvangen. Ik kon de volledige mate van geloof bereiken in een korte periode, omdat ik mijn best deed om te leven door het woord wanneer ik het begreep.

Als resultaat, vandaag de dag offer ik alle dingen op voor God, zelfs mijn eigen leven mededogenloos met mijn hele ziel, en hart en verstand, en leef enkel door het Woord om Hem zo lief te hebben tot het uiterste en Hem te behagen. Ondanks dat ik Hem alles geef wat ik heb, wens ik altijd dat ik Hem meer kan geven. Mijn vrouw en kinderen hebben zichzelf ook toegewijd aan de Here met hun hele hart, sinds dat ik hen onderwees om op deze wijze te leven. Als je je zwaarmoedig voelt in het leiden van je christelijke leven, moet je dortisg worden naar het Woord van God, Hem proberen te aanbidden in geest een waarheid, en streven om te leven door het Woord.

2. Uw ziel is voorspoedig

Mensen op het vierde niveau van geloof leven altijd door het Woord, terwijl ze belijden met hun hele hart, omdat ze het altijd overpeinzen, ”Wat zal ik doen om God te behagen?” en de daden van gehoorzaamheid volgen zeker hun belijdenis van geloof komende vanuit hun hart. Dat komt omdat ze God liefhebben tot het uiterste.

Hij belooft aan zulke mensen in 3 Johannes 1:*2 ”Geliefden, ik bid, dat het u in alles wel ga en gij gezond zijt, gelijk het uw ziel wel gaat.”* Wat betekent het ”dat het uw ziel wel ga”? Wat voor zegeningen worden er gegeven?

Je ziel is voorspoedig

Toen de mens eerst geschapen werd, blies God de levensadem in hem en werd hij een levende geest. Hij bestond uit de geest, waardoor hij gemeenschap met God kon hebben; de ziel werd beheerst door de geest; het lichaam waarin de geest en de ziel verblijven en eeuwig kon leven als een levende geest (Genesis 2:7; 1 Tessalonicenzen 5:23).

Daarom, iemand van wie het de ziel wel gaat, kan over alle dingen heersen en eeuwig leven, zoals de eerst mens Adam communiceerde met God en volledig Zijn wil gehoorzaamde.

De eerste mens, Adam ongehoorzaamde echter het gebod van God en verloor alle zegeningen die God hem gegeven had. God had hem bevolen, *"Van alle bomen in de hof moogt gij eten, maar van de boom der kennis van goed en kwaad zult gij niet eten, want ten dage, dat gij daarvan eet, zult gij voorzeker sterven"* (Genesis 2:16-17). Adam was ongehoorzaam aan het gebod van God en at van de boom der kennis. Uiteindelijk, stierf zijn geest – waardoor hij kon communiceren met God – en werd hij uit de Hof van Eden verdreven.

Hier, om te zeggen "zijn geest stierf" betekent niet dat Adams geest uitgestorven was, maar dat het zijn oorspronkelijke capaciteit verloren had. De geest zou de rol van de meester moeten spelen, maar de ziel nam de plaats van de geest in toen de geest stierf. De eerste mens Adam, als een levende geest communiceerde met God die Geest is.

En toch, stierf Adams geest vanwege zijn ongehoorzaamheid en als resultaat kon hij niet langer met God communiceren. Dus, werd hij een mens van de ziel, welke de meester werd en over hem heerste in plaats van zijn geest.

"Ziel" verwijst naar het geheugen systeem in de hersenen en elke soort van geheugen en de gedachten waardoor herinneringen bewaard zijn, reproduceert. Een mens van de ziel, betekent dat hij niet langer afhangt van God, maar steunt op menselijke kennis en theorie. Door het constante werk van de vijand Duivel, op de gedachten van de mens – ziel – overrompelen ongerechtigheid en goddeloosheid de mens en de wereld heeft zich gevuld met goddeloosheid zoveel als de mensen het ontvangen hebben. Mensen zijn meer bezoedeld met zonden en bederft de ene generatie na de andere.

De eerste mens Adam, als een man van de geest, als ook als de heer over alle dingen, genoot eeuwig leven, omdat zijn geest diende als zijn meester en met God kon communiceren. Toen duisternis zijn hart binnendrong, wat enkel gevuld was geweest met de waarheid, kwam zijn hart door zijn ongehoorzaamheid geleidelijk aan onder de controle van de vijand, Satan, de heerser van de overheden der duisternis.

Als resultaat, zijn de nakomelingen van de ongehoorzame Adam, niet beter dan dieren geworden, die bestaan uit ziel en lichaam zonder geest. Ze zijn gaan leven in allerlei soorten van onwaarheden, zoals liegen, overspel, haat, moord, naijver, en jaloezie, welke allemaal tegen het woord van God zijn (Spreuken 3:18).

Niettemin, de God van liefde opende de weg tot redding door Zijn Zoon Jezus Christus, en gaf de Heilige Geest als een gave aan iedereen die Jezus Christus aanneemt, zodat zijn dode geest kan herleven. Bovendien, als hij de Heilige Geest toestaat om geboorte te geven aan de geest binnenin hem, wordt hij geleidelijk aan een mens van de geest.

Zo'n persoon kan op dezelfde wijze alle zegeningen genieten zoals de eerste mens Adam dat deed, als een levende geest, omdat het zijn ziel wel gaat wat betekent dat zijn geest de meester wordt en zijn ziel nu de geest gehoorzaamt. Dit is het proces van groei van jou geloof en het proces van het wel zijn van je ziel.

Je bent op het eerste niveau van geloof, als je Jezus Christus aan neemt en de Heilige Geest ontvangt. Dan kan je staan op de rots van geloof en alleen leven door het woord, door de hevige oorlog tussen jou geest, die het verlangen van de Heilige Geest volgt, en je ziel die de verlangens van de zondvolle natuur volgt. Als je het vierde niveau van geloof bereikt hebt, wordt je heilig en gelijk je op de Here, omdat je geest jou meester wordt.

Je geest beheerst je ziel

Wanneer je geest je ziel beheerst als de meester en je ziel gehoorzaamt de besturing van je geest als een dienaar, wordt er gezegd, "Het gaat wel met je ziel." Dan, zal je vanzelfsprekend gaan gelijken op het hart en de houding van de Here, zoals Filippenzen 2:5 ons zegt, *"Laat onder u de gezindheid heersen die Christus Jezus had."*

Wanneer je geest je ziel beheerst, beheerst de Heilige Geest voor 100% jou hart, omdat het woord van de waarheid van God jou hart beheerst en als resultaat, steun je niet langer op je eigen denken. Met andere woorden, je kan het woord van God volledig gehoorzamen, omdat je allerlei soorten van vleselijke gedachten vergeworpen hebt, en je hart wordt in plaats daarvan de waarheid zelf.

Op deze wijze, wanneer je een mens van de geest wordt en geleid wordt door de Heilige Geest, kan je aan allerlei problemen en moeilijkheden ontkomen en vrij blijven van gevaar in elke situatie. Bijvoorbeeld, zelfs als er een natuurlijke ramp of onverwacht ongeval gebeurt, zal je al de stem van de Heilige Geest gehoord hebben die je bewust maakt om te gaan van die plaats en je bewaren.

Dus, wanneer het je ziel wel gaat, wijd je al je wegen toe aan God met een gehoorzaam hart. Hij beheerst dan je hart en gedachten, leid je op alle wegen, en zegent je met een goede gezondheid.

Over dit weidt Deuterononium 28 uit als volgt:

De volgende zegeningen zullen alle over u komen en uw deel worden, indien gij luistert naar de stem van de HERE, uw God: Gezegend zult gij zijn in de stad en gezegend op het veld. Gezegend zal zijn de vrucht van uw schoot, de vrucht van uw bodem en de vrucht van uw vee: de worp van uw runderen en de dracht van uw kleinvee. Gezegend zullen zijn uw mand en uw baktrog. Gezegend zult gij zijn bij uw ingang en gezegend zult gij zijn bij uw uitgang (Deuterononium 28:2-6).

Daarom, degene die het Woord van God gehoorzamen, omdat het welgaat met hun ziel, zullen niet alleen het eeuwig leven in de hemel ontvangen, maar ook allerlei soorten van zegeningen in gezondheid, stoffelijk, en zelfs voorspoed in deze wereld.

Dat alles u goed mag gaan

Jozef, zoon van Jacob, was in een wanhopige situatie: zijn

eigen broers verkochten hem toen hij nog jong was, en hij werd naar Egypte gebracht, en daar werd hij gevangen genomen in oneer zonder dat hij iets verkeerds gedaan had.

Ondanks de moeilijke situaties, was Jozef niet ontmoedigd, maar plaatste zichzelf onder de leiding van de almachtige God. Mede door zijn grote geloof, beheerde God alle dingen voor Jozef en bereidde alles voor wat hij nodig had. Als resultaat, gingen alle dingen goed met Jozef en hij werd zeer geëerd door eerste minister te worden van Egypte.

Dus, ook al was Jozef naar Egypte gevoerd in zijn jeugd en in slavernij bij een Egyptenaar daar, uiteindelijk was hij onder de hoede van Egypte en kon hij beide, zijn familie en het volk Egypte redden van de zeven jaren van droogte. Bovendien, legde hij het fundament voor het volk Isarël om daar te wonen.

Vandaag de dag, zijn er meer dan zes miljard mensen op de aarde. Onder hen, geloven meer dan één miljard mensen in Jezus Christus. Onder die één miljard christelijke bevolking, als kinderen van God die onberispelijk en onbevlekt zijn, hoe lieflijk zijn ze dan niet voor Hem! Hij is altijd met hen, en zegent hen op al hun wegen. Wanneer er moeilijkheden komen, zal Hij hun harten dwingen om aan deze moeilijkheden te ontkomen of hen te leiden tot gebed. Door hen tot gebed te leiden, ontvangt God hun gebed en rekent met die moeilijkheden af, omdat Hij een rechtvaardig God is.

Enkele jaren geleden, werd ik uitgenodigd om te spreken op een Evangelisatie conferentie in Los Angeles. Voor mijn vertrek, voelde ik een sterke aansporing om te bidden voor de conferentie, dus ik concentreerde me op gebed voor de conferentie, in een berg gebedshuis gedurende twee weken. Ik wist niet waarom God mij zo sterk aanspoorde om te bidden voor de conferentie totdat ik aankwam in Los Angeles.

De vijand, Satan en de duivel hadden goddeloze mensen er toe aangezet om te voorkomen dat de conferentie zou plaats vinden, en de gebeurtenis stond op het punt van annulering. Na het ontvangen van mijn gebed en het gebed van de gemeenteleden, had God van te voren hun listige plannen vernietigd.

Dus, tegen de tijd dat ik aankwam in Los Angeles, was alles klaar voor de conferentie, welke ik succesvol kon houden, zonder enige moeilijkheden. Bovendien, kon ik grote glorie geven aan God, die mij de gelegenheid gaf om de zegen uit te spreken over de gemeenteraad van Los Angeles, en ik ontving een ere burgerschap, dat was de eerste keer dat een Koreaan dat ontving van het Los Angeles County government.

Op deze wijze, degene wiens ziel het wel gaat, vertrouwt alle dingen aan God toe. Wanneer je alle dingen aan God toevertrouwd in gebed, zonder af te hangen van je eigen denken, wil of plan, controleert God je denken en leidt je zodat alle dingen mogen goed gaan.

Zelfs als je een confrontatie hebt met een probleem, werkt God alle dingen mede ten goede, als je Hem dankt, wanneer je in een moeilijke situatie bent, omdat je standvastig gelooft dat God het aan je toestaat in Zijn wil. Soms, heb je moeilijkheden wanneer je iets doet overeenkomstig je eigen ervaring of gedachte, zonder af te hangen van God, maar zelfs tijdens deze tijden, helpt God je onmiddellijk wanneer je beseft dat je fout was en je bekeert.

Volledig beheerst door de Heilige Geest

Als je op de rots van geloof staat, verlaten allerlei soorten twijfel je en kom je tot een standvastig geloof in Gods levendigheid en Zijn werken zoals de opstanding van de Here en Zijn wederkomst, de schepping van iets uit niets, en Zijn antwoorden op jou gebed.

Dus, in iedere beproeving en probleem, kan je je alleen maar verblijden, bidden, en dank geven aan God omdat je nooit twijfelt in ongeloof. Niettemin, de Heilige Geest beheerst nog niet voor 100% je hart, omdat je nog niet de volledige mate van heiligheid bereikt hebt. Soms kan je niet precies vertellen of wat je hoort nu de stem van de Heilige Geest is of niet, en raak je verward, omdat er nog steeds vleselijk gedachten in je zijn.

Bijvoorbeeld, terwijl je bidt voor de opening van een zaak, kom je misschien een zekere zaak tegen en begin je erin te rennen, denkende dat het Gods antwoord is op je gebed. Eerst, lijkt de zaak heel succesvol, maar later gaat het slechter en slechter. Dan besef je pas dat je niet geluisterd hebt naar de stem van de Heilige Geest, maar eigenlijk op je eigen gedachten gesteund hebt.

Daarom, zijn zij die, in sommige gevallen op de Rots van geloof staan, succesvol omdat zij de waarheid begrijpen en leven door het woord, maar ze zijn nog niet perfect in het geloof, omdat ze nog niet op het niveau zijn waar ze alle dingen volledig toevertrouwen aan God en alleen op Hem vertrouwen.

Waarop lijken mensen op het vierde niveau van geloof? Als je op het vierde niveau van geloof bent, is je hart al veranderd in waarheid, je leven is in overeenstemming met het woord van

God, en de waarheid is helemaal in je lichaam en hart. Je hart is veranderd naar de geest en dan beheerst je geest volledig je ziel. Dus, leef je niet langer overeenkomstig je eigen denken, omdat de Heilige Geest nu voor 100% je hart beheerst. Dan kan je voorspoedig zijn in alles wat je doet, omdat God je leidt tot gehoorzaamheid in Hem als je de leiding volgt van de Heilige Geest.

Als je gebeden hebt om iets voort te brengen, kan je geleid worden tot de weg van voorspoed en succes zonder het maken van een fout, door met volharding te wachten totdat de Heilige Geest je voor 100% beheerst. Genesis 12 herinnert ons dat Abraham gehoorzaamde en zijn thuisland verliet zodra God het hem bevool, ook al had hij geen enkel idee waar hij naar toe ging. Vanwege zijn gehoorzaamheid aan Gods wil, was hij gezegend om de voorvader van het geloof en een vriend van God te worden.

Daarom, heb je niets om bezorgd over te zijn, als God al je wegen beheerst. Je kan van de zegeningen genieten op al je wegen, alleen als je Hem vertrouwt en volgt, omdat de Almachtige God met je is.

Perfecte daden van gehoorzaamheid

Als je het vierde niveau van geloof binnentreedt, gehoorzaam je blijmoedig alle geboden van God omdat je God lief hebt het uiterste. Je gehoorzaamt Hem niet onwillig of gedwongen, maar gehoorzaamt vrijwillig en vreugdevol vanuit het diepst van je hart, omdat je Hem liefhebt.

Laat mij een voorbeeld gebruiken zodat je het beter zal begrijpen. Veronderstel dat je een grote schuld hebt. Als je faalt om je schuld af te betalen, zou je gestraft moeten worden overeenkomstig de wet. Erger nog, veronderstel dat een van je gezinsleden in nood is voor een onmiddellijke operatie. Je zal heel erg ontmoedigd zijn, als je niet het geld had in zo'n verschrikkelijke situatie.

Hoe, zou je dan reageren als je per toeval een groot stuk diamond vond op de straat? Je reactie zal afhangen van de mate van je geloof.

Als je op het eerste niveau van geloof bent, waar je tenauwernood gered bent, zal je misschien denken, "Met dit, kan ik al mijn schulden afbetalen en de medische onkosten betalen." Dit komt omdat je nog niet zo goed het woord van God kent. Je zal even rond kijken om te kijken of er iemand kijkt, en het oprapen als er niemand is.

Als je op het tweede niveau van geloof bent, waarbij je probeert te leven door het Woord, zal je misschien geestelijke oorlog hebben tussen de verlangens van de zondevolle natuur, zeggende, "dit is Gods antwoord op mijn gebed," en het verlangen van de Heilige Geest, zeggende, "Nee, dit is stelen. Je moet het terug brengen naar de eigenaar."

Eerst, aarzel je misschien, of je het nu zal houden of naar de politie brengen, maar uiteindelijk doe je het in je zak omdat de tegenwoordigheid van de boze sterker is dan de tegenwoordigheid van het goede in jou. Als je geen schuld had of niet in zo'n dringende situatie, zou je misschien een ogenblik aarzelen, maar het toch naar de politie brengen. Hoe dan ook, de slechtheid in je kan uiteindelijk de goedheid verslaan omdat je je in een hele hopeloze situatie bevindt.

Ten tweede, als je op het derde niveau van geloof bent, of staat op de rots van geloof, volgende het verlangen van de Heilige Geest, zal je de diamand naar de politie brengen, omdat je het terug wil brengen naar de eigenaar. Niettemin, misschien mis je toch de edelsteen in je hart, denkende, "Ik had mijn schulden kunnen afbetalen en de operation kunnen betalen!" Dus, je daad is nog niet volkomen omdat het verlangen van de leugen nog in jou is, op deze wijze.

Hoe zou je handelen in zulk een gewaagde situatie als je op het vierde niveau van geloof bent? Je zal nooit aan je eigen verlangen denken, ook al zie je zulk een kostbare edelsteen, omdat je geen leugen in je hart hebt en dat soort boze gedachten nooit komen in je gedachten op.

In plaats daarvan vind je het erg voor de eigenaar, denkende, "Hoe gebroken moet hij wel niet zijn! Ik denk dat hij het overal aan het zoeken is. Ik zal het onmiddellijk naar de politie brengen!" Je zal doen dat wat je denkt en het naar de politie brengen.

Op deze wijze, als je van de Here houdt tot het uiterste en op het vierde niveau van geloof bent, gehoorzaam je altijd de wet van God of er nu wel of niet iemand kijkt, omdat je leven de wet volgt. In zulke situatie is het onnodig om de stem van de Heilige Geest proberen te onderscheiden van iets anders, zoals je eigen zondevolle denken.

Voordat je op de rots van geloof staat, vindt je jezelf terug in moeilijkheden, omdat het niet gemakkelijk voor je is om het onderscheid te maken tussen je eigen denken en de stem van de Heilige Geest. Zelfs als je op de rots van geloof staat, ben je misschien niet in staat om het oude geheel van het nieuwe te onderscheiden.

Hoe dan ook, eens wanneer je het vierde niveau van de mate van geloof bereikt hebt, heb je geen reden meer om je zwaarmoedig te voelen en moet je alleen maar de stem van de Heilige Geest volgen, omdat Hij je hart en gedachten voor 100% beheerst en controleert.

Bovendien, wanneer je op het vierde niveau van geloof bent, steun je niet op menselijke gedachten, wijsheid of ervaringen, maar leidt je Here je op al je wegen. Als resultaat, kan je genieten van de zegeningen van "Jehovah Jireh" (De Here zal voorzien) en gaan alle dingen goed met je.

3. God onvoorwaardelijk liefhebben

Wanneer je op het vierde niveau van geloof bent, is je liefde voor God onvoorwaardelijk. Je verkondigt het evangelie of doet getrouw het werk van God, zonder enige vooruitzicht van het ontvangen van zegeningen of antwoorden van God, je beschouwd het eenvoudigweg als je plicht om zo te handelen. Het is hetzelfde als je je buren dient met opofferende liefde. Je doet het zonder enige terugbetaling te verwachten van hen, omdat je veel van hun zielen houdt.

Vragen ouders enige terugbetaling aan hun kinderen voor hun liefde? Dat doen ze nooit; liefde is geven. Ouders zijn eenvoudigweg dankbaar en blij voor het feit dat ze kinderen hebben die ze lief hebben. Wanneer er ouders zijn die willen dat hun kinderen gehoorzamen aan hen of hun kinderen opvoeden om op te scheppen, verwachten terugbetaling voor hun liefde.

Evenzo, verlangen kinderen niets terug van hun ouders als ze van hun ouders houden met een recht hart. Wanneer ze hun plichten doen en proberen om hun ouders lief te hebben worden de ouders gedwongen om te overpeinzen, "Wat zal ik ze geven?"

Op gelijke wijze, als je de mate van geloof bereikt waarbij je de Here liefhebt tot het uiterste, is het enige feit dat je genade ontving van redding voldoende om je te leiden om God te danken, en voel je dat er geen manier is om Zijn genade terug te betalen en kan je het niet helpen om de waarheid en God onvoorwaardelijk lief te hebben.

Daarom, als je voldoende geloof hebt om God lief te hebben zonder enige voorwaarde, ga je dag en nacht bidden, werken en dienen voor het Koninkrijk van God en Zijn gerechtigheid, en verwacht daarvoor geen terugbetaling.

God liefhebben met een onveranderlijk hart

In Handelingen 16:19-26 heb je Paulus en Silas die, ondanks dat ze goed gedaan hadden zoals het evangelie brengen aan de heidenen en demonen van hen uit te drijven, gegrepen en gesleept werden naar de marktplaats door goddeloze mensen. Daar werden ze ontbloot, brutaal gegeseld, en in de gevangenis geworpen. Ze werden in de binnenste cel geplaatst met hun voeten vastgebonden aan blokken. Als jij in hun schoenen stond, wat zou jij doen?

Als je op het eerste of tweede niveau van geloof bent, kan je klagen of zuchten, "God, leeft U werkelijk? We hebben tot nu toe getrouw U gediend. Maar waarom staat U toe dat we gevangen worden?"

Op het derde niveau van geloof, kan je nooit zulke woorden uitspreken, maar je bidt misschien met een kleine gedeprimeerde toon: "God, U zag hoe wij vernederd werden terwijl wij Uw boodschap brachten. Dit is allemaal zo pijnlijk. Genees ons alstublieft en zet ons vrij!"

Paulus en Silas, echter gaven dank aan God en zongen lof aan Hem ook al waren ze in een hopeloze en levensbedreigende situatie, en hadden ze geen enkel idee wat er met hen zou gebeuren. Plotseling met een hevige aardbeving werden de fundamenten van de gevangenis geschud. In één keer, gingen alle gevangenisdeuren openen en kwamen alle kettingen los. Los van dit wonder, aanvaardden de gevangenisbewaarder en zijn gezin Jezus Christus en ontvingen redding.

Dus mensen op het vierde niveau van geloof kunnen God de glorie geven op elk ogenblik, omdat ze sterk geloof hebben waarmee ze kunnen bidden en God kunnen loven in iedere beproeving en moeilijkheid.

Vreugdevol alles gehoorzamen

In Genesis 22, beveelt God Abraham om zijn enige zoon Izaak te offeren, als een brandoffer voor Hem. Een brandoffer verwijst naar het offer wat geofferd werd aan God door een dier in stukken te houwen, de stukken op voorbereid hout te plaatsen op het altaar en ze te verbranden.

Het kostte Abraham drie dagen om te komen in het gebied van Morria, waar hij zijn zoon Izaak moest offeren als een brandoffer in gehoorzaamheid aan Gods gebod. Wat denk je was in de gedachten van Abraham tijdens zijn driedaagse reis?

Sommige mensen bewijzen dat Abraham daarheen ging terwijl zijn gedachten in conflict waren: "Moet ik Hem gehoorzamen of niet?" Hoe dan ook, dat was niet het geval. Je moet weten dat mensen op het derde niveau van geloof proberen om God lief te hebben, omdat ze weten dat ze God moeten liefhebben.

Mensen op het vierde niveau van geloof echter, hebben Hem eenvoudigweg lief, zonder dat ze moeten proberen om Hem lief te hebben. God wist van te voren dat Abraham Hem vreugdevol zou gehoorzamen en beproefde zijn geloof. En toch staat Hij zulk een moeilijke beproeving niet toe aan mensen die niet in staat zijn om Hem te gehoorzamen.

Daarom staat er in Hebreeën 11:18 het volgende, *"Hij heeft overwogen, dat God bij machte was hem zelfs uit de doden op te wekken en daaruit heeft hij hem ook bij wijze van spreken teruggekregen."* Abraham kon vreugdevol Zijn bevel gehoorzamen, omdat hij geloofde dat God zijn zoon uit de dood kon opwekken. Uiteindelijk, slaagde Abraham voor de toets en ontving enorme zegeningen. Hij werd de voorvader van het geloof, zegen van alle natiën en hij werd ook Gods "Vriend" genoemd.

Wanneer jij die persson bent die God vreugdevol gehoorzaamt, dan ben je altijd dankbaar en vreugdevol in wat voor beproeving of probleem. Je kan niets anders dan God danken vanuit het diepst van je hart en bidden omdat je weet dat God alle dingen doet mede werken voor je goed en je zegeningen geeft door deze beproevingen en vervolgingen.

God heeft welgevallen in het geloof en geeft je alles wat je maar vraagt. Daarom vertelt Jezus ons Matteüs 8:13 *"Ga heen, u geschiede naar uw geloof,"* en in Matteüs 21:22, *"En al wat gij in het gebed gelovig vragen zult, zult gij ontvangen."*

Als je nog onbeantwoordde gebedsverzoeken hebt, bewijst dat dat je nog niet volledig op Hem vertrouwd, maar twijfelt. Daarom, behoor je de fase te bereiken om God onvoorwaardelijk lief te hebben door Hem vreugdevol te gehoorzamen vanuit je hart onder elke omstandigheid.

Alles omarmen met liefde en genade

Wat doe je als iemand je lastert en beschuldigt zonder enige reden? Als je op het tweede niveau van geloof bent, zal je niet in staat zijn om het te verdragen en zal je klagen of ruzie maken over dit feit. Bovendien, als je meer slechtheid in je denken hebt, wordt je opvliegend en ga je hem misschien beledigen. Hoe dan ook, het is niet goed voor een gelovige in God om enige soort van slechtheid te laten zien, zoals boosheid, opvliegendheid, of beledigende taal, zoals er staat in 1 Petrus 1:16 *"Weest heilig, want Ik ben heilig."*

Als je op het derde niveau van geloof bent, hoe zal je dan reageren? Je voelt je gekwetst en ongemakkelijk, omdat satan onophoudelijk aan het werk is in je denken. Dat komt omdat, ook al denk je in je gedachten dat je vreugdevol zou moeten zijn, je een tekort hebt aan dankbaarheid en vreugde die stroomt vanuit je hart.

Als je op het vierde niveau van geloof bent, is je denken onwankelbaar en wordt het niet geïrriteerd, ook al haten of vervolgen anderen je zonder reden, omdat je al afgerekend hebt met alle slechtheid.

Jezus voelde zich niet ongemakkelijk of gekwetst, ook al werd Hij vervolgd, was Hij in gevaar, ongenade en minachtend behandeld door mensen, terwijl Hij het evangelie verkondigde. Hij zei nooit zoiets als, "Ik deed enkel goed, maar goddeloze mensen vervolgen Mij en proberen Mij zelfs te doden. Ik ben vol smart." Hij gaf niets anders dan levend gevende woorden aan hen.

Als je op het vierde niveau van geloof bent, lijk je op het hart van de Heer. Nu treur je over degene die je vervolgen en bid je voor hen in plaats van hen te haten of je vijandig te voelen tegen over hen. Je vergeeft en begrijpt hen, en omarmt hen met liefde en genade.

Daarom, hoop ik dat je in dezelfde situaties mag begrijpen, mensen die opvliegend zijn of anderen haten, zich gekwetst voelen en neerslachtig zijn, terwijl dat degene die vergeven en anderen omarmen met liefde en genade zich niet angstig voelen, en het kwade overwinnen door het goede.

4. God liefhebben boven alles andere dingen

Wanneer je het niveau bereikt om de Here lief te hebben tot het uiterste, gehoorzaam je volledig de geboden en gaat het goed met je ziel. Het is vanzelfsprekend voor je om God boven alles lief te hebben. Daarom beleed de apsotel Paulus in Filippenzen 3:7-9 dat hij alles schade achtte en alles achter zich liet omdat hij het zag als "vuilnis":

Maar alles wat mij winst was, heb ik om Christus' wil

schade geacht. Voorzeker, ik acht zelfs alles schade, omdat de kennis van Christus Jezus, mijn Here, dat alles te boven gaat. Om zijnentwil heb ik dit alles prijsgegeven en houd het voor vuilnis, opdat ik Christus moge winnen, en in Hem moge blijken niet een eigen gerechtigheid, uit de wet, te bezitten, maar de gerechtigheid door het geloof in Christus, welke uit God is op de grond van het geloof.

Wanneer je God boven alles liefhebt

Jezus onderwijst ons in de vier evangeliën de soorten van zegeningen, die gegeven worden aan hen die alles weg doen, wat ze hebben en God meer liefhebben dan wat ook, zoals de apostel Paulus dat deed. Hij belooft ons in Marcus 10:29-30 dat Hij hen honderdvoudig terug zou geven in deze wereld en eeuwig leven in de toekomende eeuw.

Voorwaar, Ik zeg u, er is niemand, die huis of broeders of zusters of moeder of vader of kinderen of akkers heeft prijsgegeven om Mij en om het evangelie, of hij ontvangt honderdvoudig terug: nu, in deze tijd, huizen en broeders en zusters en moeders en kinderen en akkers, met vervolgingen, en in de toekomende eeuw het eeuwige leven.

De zin ”om huis of broeders of zusters of moeder of vader of kinderen of akkers prijsgegeven te hebben om Mij en om het evangelie” betekent geestelijk dat je niet langer verlangt naar de wereldse dingen, alle vleselijke relaties verbreekt, en boven alles God liefhebt, die Geest is.

Natuurlijk, betekent dat niet noodzakelijk dat je andere mensen niet lief hebt op grond dat je God eerst liefhebt. Hierover kan je lezen in 1 Johannes 4:20-21 *"Indien iemand zegt: Ik heb God lief, doch zijn broeder haat, dan is hij een leugenaar; want wie zijn broeder, die hij gezien heeft, niet liefheeft, kan (ook) God, die hij niet gezien heeft, niet liefhebben. En dit gebod hebben wij van Hem: Wie God liefheeft, moet ook zijn broeder liefhebben."*

Mensen zeggen dat ouders geboorte geven aan het lichaam van hun kinderen. De mens wordt gevormd in de baarmoeder door de combinatie van een spermazaadje van de vader en een eicel van de moeder. Het sperma en de eicel van de ouders zijn echter geschapen door God, de Schepper, en niet door de ouders zelf.

Bovendien, het zichtbare lichaam keert weder tot een handje vol stof na de dood. Het lichaam is in feite enkel een huis waar de geest en de ziel in verblijven. De echte meester van de mens is de geest en het is God zelf die de Geest beheerst. Dus, wij behoren God lief te hebben boven alles wanneer we begrijpen dat alleen God het ware leven, eeuwig leven en de hemel kan geven aan ons.

Ik was gewend om voor de poort van de dood te dwalen, omdat ik leed aan allerlei ongeneselijke ziektes, gedurende zeven jaar. Wonderbaarlijk werd ik in één ogenblik genezen, toen ik de levende God ontmoette. Vanaf die tijd, heb ik Hem lief gehad meer dan wat ook en Hij heeft mij vele zegeningen teruggegeven.

Bovenal, werd ik van mijn zonden vergeven en ontving ik redding en eeuwig leven. Bovendien, ging alles goed met mij en genoot ik van een goede gezondheid, terwijl het wel ging met mijn ziel. Later, riep God mij om Zijn dienaar te worden en om de wereldzendingen te volbrengen en gaf mij de kracht.

Hij heeft mij dingen getoond die nog komen gaan. Hij heeft mij ook vele goede bedienaren en getrouwe gemeentewerkers gezonden en heeft toegestaan dat mijn gemeente explosief groeide in aantal, zodat ik Gods voorzienigheid mag volbrengen.

Ondertussen, heeft Hij mij gezegend met beide evenveel gemeenteleden als ongelovigen. Hij heeft mijn familie gebracht om Hem meer lief te hebben dan wat ook, en heeft mij zo volledig beschermt van allerlei ziektes en ongevallen, sinds ik de Here heb aangenomen, niemand van ons heeft ooit nog medicijnen genomen of was opgenomen in het ziekenhuis. Op deze wijze, heeft Hij mij zo veel gezegend dat ik aan niets gebrek heb.

Geestelijke liefde vervullen

Als je de Here boven alles lief hebt, leef je in overvloed, omdat Hij je leidt onder alle omstandigheden en echte gelukzaligheid van boven komt ten volle in je hart.

Als resultaat, deel je die overstromende liefde met anderen, omdat de geestelijke liefde ten volle op je komt. Je kan alle mensen liefhebben met eeuwige onveranderlijke liefde, omdat er geen kwaad in je denken is.

Geestelijke liefde wordt tot in detail beschreven in 1

Korintièrs 13:4-7:

De liefde is lankmoedig, de liefde is goedertieren, zij is niet afgunstig, de liefde praalt niet, zij is niet opgeblazen, zij kwetst niemands gevoel, zij zoekt zichzelf niet, zij wordt niet verbitterd, zij rekent het kwade niet toe. Zij is niet blijde over ongerechtigheid, maar zij is blijde met de waarheid. 7 Alles bedekt zij, alles gelooft zij, alles hoopt zij, alles verdraagt zij.

Vandaag de dag, zijn er vele conflicten, onenigheden en geschillen in deze wereld en ruzies tussen man en vrouw of onder familieleden in vele huizen, omdat er geen geestelijke liefde in hen is. Er zijn altijd botsingen en ze kunnen geen liefdevolle en vredevol huis scheppen of handhaven, omdat iedereen beweert dat hij of zij het juist heeft en alleen maar geliefd wil worden.

Hoe dan ook, wanneer mensen God beginnen lief te hebben boven alles, verkrijgen ze een geestelijke liefde door de vleselijke liefde weg te doen. Vleselijke liefde veranderd en is zelfgericht terwijl geestelijke liefde anderen eerst plaatst in een nederig denken en het voordeel van anderen eerst zoekt, boven zijn eigen voordeel. Als je deze geestelijke liefde bezit, zal je huis werkelijk gevuld zijn met geluk en harmonie.

Zoals vaak het geval is, wordt je vervolgd door familieleden of vrienden die niet in God geloven, wanneer jij God lief begint te hebben (Marcus 10:29-30). En toch, duurt dat niet lang. Als het goed gaat met je ziel, en je bereikt het vierde niveau van geloof, wordt de vervolging veranderd in zegeningen en de vervolgers beginnen je lief te hebben en goed te keuren.

2 Korintiërs 11:23-28 beschrijft hoe ernstig de apostel Paulus vervolgd werd, terwijl hij het evangelie verkondigde voor de Here. Hij werkte harder voor de Here dan wie ook, en werd regelmatiger gevangen genomen, brutaler gegeseld, en blootgesteld aan de dood, opnieuw en opnieuw. En toch gaf Paulus nog steeds dank en was dankbaar, in plaats van smart te voelen.

Overeenkomstig, als je het vierde niveau van geloof bereikt, waar je God liefhebt boven alles, ook al zou je wandelen door de vallei van de schaduw des doods, kan die plaats de hemel zijn en veranderd vervolging spoedig in zegeningen, omdat God met je is.

In Matteus 5:11-12 zegt Jezus ons, *"Zalig zijt gij, wanneer men u smaadt en vervolgt en liegende allerlei kwaad van u spreekt om Mijnentwil. Verblijdt u en verheugt u, want uw loon is groot in de hemelen; want alzo hebben zij de profeten vóór u vervolgd."*

Daarom moet je begrijpen dat zelfs wanneer er beproevingen en moeilijkheden op je komen, vanwege de Here, als je je verheugd en verblijd, ontvang je niet alleen Gods liefde, erkenning en beloning in de hemel, maar ontvang je ook honderdvoudig terug in deze eeuw.

De vrucht van de Heilige Geest en de Zaligspreking

Wanneer je het vierde niveau van geloof bereikt, zal je overvloedig de negen vruchten van de Heilige Geest dragen en zal de zaligspreking over je beginnen te komen. Galaten 5:22-23 zegt ons *"Maar de vrucht van de Geest is liefde, blijdschap, vrede, lankmoedigheid, vriendelijkheid, goedheid, trouw, zachtmoedigheid, zelfbeheersing. Tegen zodanige mensen is de wet niet."*

De vrucht van de Heilige Geest is de liefde van Jezus Christus dat water geeft aan zijn vijand als hij dorstig is en hem te eten geeft als hij hongerig is. Wanneer je de vrucht van blijdschap draagt, komen echte vrede en gelukzaligheid over je, omdat je enkel goedheid en schoonheid zoekt en schept. Je bent ook in vrede met alle mensen in heiligheid, wanneer je de vrucht van vrede draagt.

Bovendien bidt je onophoudelijk in dankbaarheid en vreugde met de vrucht van geduld, ook al ga je door lijden en problemen. Met de vrucht van vriendelijkheid, vergeef je onvergeefelijke dingen en mensen, begrijp je dingen die je niet kan begrijpen en zorg je voor anderen zodat ze voorspoediger worden dan jij. Met de vrucht van goedheid, zoek je naar de schoonheid van goedheid en negeer noch kwets je andere mensen hun gevoelens.

Met de vrucht van trouw, gehoorzaam je volkomen het woord van God en ben je getrouw aan de Here zelfs tot op het punt van je eigen leven neer te leggen, omdat je verlangt naar de kroon des levens. Met de vrucht van zachtmoedigheid, wat zo zacht is als katoen, kan je je linker wang keren naar iemand die op je rechter wang sloeg, en iedereen omarmen met liefde en genade.

Uiteindelijk, met de vrucht van zelfbeheersing, volg je de bevelen van God zonder koppigheid of partijdigheid, en volbreng je Gods wil op een mooie en harmonieuze wijze.

Bovendien zal je zien dat de zaligspreking, beschreven in Matteüs 5, welke onvergankelijk, onveranderlijk en eeuwig zijn, ook op jou beginnen te komen.

Wanneer je de vruchten van de Heilige Geest overvloedig draagt en de Zaligspreking op deze manier over je beginnen te komen, ben je heel dicht bij het vijfde niveau van geloof, waarbij je geleid wordt op een overvloedige weg en zal je spoedig zelfs dingen ontvangen die je alleen maar in je gedachten had.

Om de top van een berg te bereiken, moet je de berg stap voor stap beklimmen. Op de top voel je je volkomen verfrist en vreugdevol ook al was het een hele inspannende reis. Boeren werken hard in de hoop op een overvloedige oogst, omdat ze geloven dat ze in staat zijn om zoveel te oogsten als dat ze zweten. Op gelijke wijze, kunnen wij de zegeningen van God oogsten, die belooft zijn in de Bijbel, als we leven in de waarheid.

Ik bid, dat je het geloof mag bezitten om God lief te hebben boven alles, door de zonde te verwerpen door ijverig te strijden tegen ze en te leven door de wil van God, in de naam van onze Heer!

Hoofdstuk 8

Geloof om God te behagen

"Geliefden, als ons hart ons niet veroordeeld,
Hebben wij vrijmoedigheid tegenover God; En
ontvangen wij van Hem al wat wij bidden, Daar
wij zijn geboden bewaren en doen wat welgevallig
is voor zijn aangezicht."

(1 Johannes 3:21-22)

Ouders zijn met vreugde en trots vervuld, over hun kinderen wanneer ze gehoorzamen, hen respecteren en van hen houden vanuit het diepst van hun hart. Ouders geven dit soort kinderen niet alleen wat ze vragen, maar proberen ook juist dat te geven wat ze verlangen in hun hart, niet zoekende hun eigen nood.

Evenzo, wanneer je God gehoorzaamt en behaagt, zal je van Hem niet alleen ontvangen wat je vraagt, maar ook alles wat je verlangt in je hart, omdat God groot welgevallen heeft in je geloof en van je houdt. Inderdaad, niets is onmogelijk wanneer je zo'n relatie met Hem hebt.

Laat ons nu wat dieper doorvorsen in het geloof wat God behaagt en de manieren waarop we het kunnen verkrijgen.

1. Het vijfde niveau van geloof

Geloof om God te behagen is hoger dan geloof om God boven alles lief te hebben. Wat dan is geloof om Hem te behagen? Om ons heen, zien we kinderen die echt van hun ouders houden, hun ouders wil gehoorzamen, begrijpende het hart van hun ouders in alles. Bovendien, alleen als je de dimentie van liefde kan begrijpen, dat je je ouders kan behagen, kan je ook het geloof wat God behaagt begrijpen.

Wat voor liefde kan God behagen?

In Koreaanse fabels, zijn er plichtsgetrouwe zonen, dochters, of schoondochters, wiens daden van liefde hun ouders behaagden en zelfs de hemel bewogen. Bijvoorbeeld, een verhaal over een zoon die zorgde voor zijn oude moeder die ziek te bed was. Hij deed alle mogelijke pogingen, tevergeefs, om zijn moeder terug gezond te krijgen.

Op een dag, hoorde de zoon dat zijn zieke oude moeder genezen kon worden als ze bloed dronk van zijn vinger. De zoon sneed gewillig in zijn vinger en liet haar zijn bloed drinken. De moeder herstelde toen snel. Natuurlijk is er geen medisch bewijs dat het bloed van de mens een ziek persoon nieuwe kracht kan geven. Hoe dan ook, zijn opofferende liefde en ijverigheid bewogen God en Hij gaf hem genade, net zoals een Koreaanse uitdrukking ons verteld "Oprechtheid beweegt de hemel."

Er is nog een ander ontroerend verhaal van een zoon die voor zijn zieke ouders zorgde. Hij ging naar de top van een berg midden in de winter, zijn weg worstelend door de sneeuw dat zich had opgestapeld tot aan de knieën om vreemde, geheimzinnige kruiden en fruit op te graven, van welke gezegd werd dat ze goed voor zijn zieke ouders waren.

Er is nog een ander verhaal van een man en zijn vrouw die hun oude ouders getrouw dienden met goed voedsel elke dag, ondanks dat hun eigen twee kinderen regelmatig honger leden.

Wat nu met de mensen in onze tijd? Er zijn sommige die hun heerlijke voedsel verbergen, zodat ze hun kinderen kunnen voeden, maar hun ouders weinig eten geven of met grote tegenzin. Je zou nooit zeggen dat het liefde is, in de ware zin, als ze liefde geven aan hun kinderen, maar de genade en liefde van hun eigen ouders vergeten. Degene die werkelijk van hun ouders houden, zullen hen goed voedsel geven, en zullen misschien zelfs proberen om het feit te verbergen, dat hun eigen kinderen uit gehongerd zijn. Kan jij jezelf opofferen voor je ouders zoals dit?

Daarom zouden we een duidelijk verschil moeten kennen tussen gehoorzame liefde met vreugde en dankbaarheid, en liefde wat ouders behaagt. Het was in het verleden niet gemakkelijk om kinderen te vinden die hun ouders lief hadden, maar het is heden ten dage nog moeilijker geworden om zulke kinderen te vinden, omdat de wereld nu overstroomt van zonde en boosheid.

Het is gelijkvormig aan de liefde van ouders, van welke gezegd wordt dat ze de meest verheven en mooie liefde is. Zelfs mijn moeder, die heel veel van mij hield, zei mij terwijl ze bitter huilde, "Sterf, en dat zal je plicht zijn als mijn zoon," omdat ik voor jaren ziek was en er geen hoop op herstel was.

Hoe, toonde God echter Zijn liefde voor ons? Hij gaf ons niet alleen Zijn Enige Zoon om Hem te laten sterven aan het kruis, om de weg tot redding te openen, maar ook Zijn oneindige liefde.

In mijn geval, sinds ik God ontmoet had, voelde en besefte ik altijd Zijn overweldigende liefde, zodat ik Zijn liefde vanuit het diepst van mijn hart kon begrijpen en snel kon groeien tot de volledige mate van geloof. Ik ging van Hem houden boven alle andere dingen en bezit ook God welgevallig geloof.

God welgevallig geloof bezitten

In Psalm 37:4, belooft God ons, *"Verlustig u in de Here;*

dan zal Hij u geven de wensen van uw hart." Wanneer je God behaagt, zal Hij je niet alleen geven wat je vraagt, maar ook alles wat je in je hart verlangt.

Toen ik mijn gemeente zou beginnen, had ik slechts $ 10. En toch hielp God mij om een gebouw van bijna 100 m2 te huren, om de gemeente te grondvesten, toen ik in geloof bad. God gaf mijn gemeente ook grote opwekking en zegeningen met een goede, gedrukte, geschudde, overstromende mate, toen ik bad met een grote visie en droom voor de wereldzending vanaf het begin.

Eveneens, is alles mogelijk voor u, wanneer je God-behaagelijk geloof hebt, omdat Jezus ons herinnert in Marcus 9:23, *"Als Gij kunt! Alle dingen zijn mogelijk voor wie gelooft."* Zoals ook geschreven staat in Deuteronomium 28, Gij zult gezegend zijn in uw ingang en uw uitgang, gij zult aan velen uitlenen, zonder zelf te leen te vragen, en de Here zal u het hoofd maken. Bovendien zullen de tekenen u volgen zoals beloofd in Marcus 16.

Jezus belooft je ook ondenkbare zegeningen in Johannes 14:12-13. Laat ons samen deze verzen lezen om te zien welke zegeningen je zullen volgen wanneer je God behaagt in geloof:

Voorwaar, voorwaar, Ik zeg u, wie in Mij gelooft, de werken, die Ik doe, zal hij ook doen, en grotere nog dan deze, want Ik ga tot de Vader; en wat Gij ook vraagt in Mijn naam, Ik zal het doen, opdat de Vader in de Zoon verheerlijkt worde.

Zegeningen gegeven aan Henoch

In de Bijbel, zie je vele voorvaders van geloof, die God behaagden. Onder hen, behaagde Henoch God, vermeld in Hebreeën 11 en welke zegeningen ontving hij?

Door het geloof is Henoch weggenomen, zodat hij de dood niet zag, en hij werd niet meer gevonden, want God had hem weggenomen. Want voordat hij werd weggenomen, is van hem getuigd, dat hij Gode welgevallig was geweest; maar zonder geloof is het onmogelijk Hem welgevallig te zijn. Want wie tot God komt, moet geloven, dat Hij bestaat en een beloner is voor wie Hem ernstig zoeken (v. 5-6).

Genesis 5:21-24 beschrijft Henoch als degene die God behaagde, omdat hij geheiligd was op de leeftijd van 65 en hij getrouw was in alles van Gods huis. Henoch wandelde 300 jaar met God, deelde liefde met Hem en hij zag de dood niet, omdat God hem wegnam. Hij was zo overvloedig gezegend dat hij nu naast Gods troon verblijft, en liefde met Hem deelt tot het uiterste.

Dus is het ook mogelijk om meegenomen te worden naar de hemel, zonder de dood te zien, als je God-welgevallig geloof hebt. De profeet Elia zag ook de dood niet, maar werd opgenomen naar de hemel, omdat hij van de levende God getuigde en vele mensen redde door hen wonderlijke werken van kracht te laten zien, door een God-welgevallig geloof.

Gelooft je dat God bestaat en dat Hij een Beloner is van

degene die Hem ernstig zoeken? Als je zo'n geloof hebt, past het je alleen maar om volledig geheiligd te zijn en je leven neer te leggen om de God-gegeven plichten te vervullen.

2. Geloof om iemands eigen leven te offeren

Jezus beveelt ons in Matteüs 22:37-40 het volgde:

"Gij zult de Here, uw God, liefhebben met geheel uw hart en met geheel uw ziel en met geheel uw verstand. Dit is het grote en eerste gebod. Het tweede daaraan gelijk is: Gij zult uw naaste liefhebben als uzelf. Aan deze twee geboden hangt de ganse wet en de profeten."

Zoals Jezus zegt, mensen die God lief hebben, behagen Hem niet alleen door God lief te hebben met heel hun hart, ziel en verstand, maar ook door van hun naaste te houden als van zichzelf. Je kan dit God welgevallig geloof het "geloof van Christus" noemen of "volmaakt geestelijk geloof" omdat dat geloof standvastig genoeg voor je is, om zelfs je eigen leven neer te leggen voor Jezus Christus.

Het geloof om Zijn leven offeren naar Gods wil

Jezus gehoorzaamde volledig Gods welgvallige wil. Hij werd aan een kruis genageld, werd de eerste vrucht van de opstanding en zit nu naast Gods troon, dit alles omdat Hij het geloof had om zichzelf volledig te offeren tot op het punt van het afleggen van Zijn leven, in complete gehoorzaamheid. Daarom, getuigt God van Jezus, zeggende, *"Deze is Mijn Zoon, de Geliefde, in wie Ik Mijn welbehagen heb"* (Matteüs 3:17, 17:5), en *"Mijn knecht, die Ik verkoren heb, mijn geliefde, in wie mijn ziel een welbehagen heeft"* (Matteüs 12:18).

Door de geschiedenis van de kerk, zijn er vele voorvaders in het geloof geweest die mededogenloos hun leven gaven, zoals Jezus, voor Gods welgevallige wil. Behalve Petrus, Jacobus, en Johannes die Jezus ten alle tijde volgden, legden velen hun leven neer voor Jezus Christus zonder enige aarzeling of voorbehoud. Petrus stierf aan een kruis ondersteboven; Jacobus werd onthoofd, en Johannes werd in kokende pek gegooid, maar hij stierf niet, en werd verbannen naar het eiland Patmos.

Vele christenen stierven, God prijzende, in het Colosseum in Rome, als prooien voor de leeuwen. Vele anderen hielden vast aan hun geloof door samen te leven in de Catacomben, "een ondergrondse begraafplaats" zonder ooit het zonlicht te zien. God had behagen in hun geloof, want ze levenden zoals het Schriftwoord bevool, als volgt: *"Want als wij leven, het is voor de Here, en als wij sterven, het is voor de Here. Hetzij wij dan leven, hetzij wij sterven, wij zijn des Heren"* (Romeinen 14:8).

In 1992, begon ik te bloeden vanuit mijn neus, omdat ik overwerkt was zonder genoeg slaap en rust. Het leek of al mijn bloed bijna uit mijn lichaam was gestroomd. Als gevolg, was ik spoedig in een kritieke toestand. Ik verloor geleidelijk aan mijn bewust zijn en bereikte uiteindelijk het randje van de dood.

Op dat moment, voelde ik dat ik spoedig in Jezus' armen zou zijn, maar had niet de intentie om af te hangen van een medische behandeling. Ik dacht er niet over om een dokter te zien voor mijn neusbloedingen. Ik ging niet naar het ziekenhuis of vertrouwde op enig werelds geneesmiddel, ook al zag ik de dood in de ogen, omdat ik geloofde in de Almachtige God, mijn Vader. Mijn familie en gemeenteleden spoorden mij ook niet aan om me te laten behandelen in het ziekenhuis. Ze kenden mij zo goed, dat ik mijn leven altijd volledig overgaf aan God, niet aan de wereld of enig mens.

Ook toen ik buiten bewust zijn was, vanwege de hevige bloedingen, gaf mijn geest dank aan God vanwege het feit dat ik in staat was om mij te bergen in Jezus' armen en eeuwige rust kon nemen. Mijn enige hoop was om de Here Jezus te ontmoeten.

God toonde mij echter in een visioen, wat er zou gebeuren met mijn gemeente na mijn dood. Sommige mensen zouden in mijn gemeente blijven, hun geloof behouden, terwijl andere mensen terug zouden keren naar de wereld, weg van God en zondigen tegen Hem.

Toen ik dit zag, was ik niet in staat om te rusten in Jezus' armen. In plaats daarvan, begon ik God om kracht te vragen, omdat ik diepe droefheid ervoer voor degene die naar de wereld gingen. Toen, met de hulp van God, die mij genas, stond ik op uit bed en zat onmiddellijk rechtop, ondanks dat ik bijna dood was, en zo bleek was als sneeuw.

Nadat ik weer bij bewustzijn was, zag ik vele christelijke werkers die tranen lieten vloeien van blijdschap. Hoe konden ze ook niet bewogen zijn na zo'n ontzagwekkende ervaring van Gods geweldige en krachtige werk door het opwekken van een dood persoon?

Op deze wijze, heeft God behagen in degenen die hun geloof laten zien door zelfs hun eigen leven neer te leggen en hen snel te antwoorden. Vanwege de martelaren in de eerste gemeente, verspreidde het evangelie snel over de wereld. Zelfs in Korea, hielp het bloed van martelaren het snelle verspreiden van het evangelie.

Geloof om de volledige wil van Gods te gehoorzamen

1 Tessalonissenzen 5:23 zegt, *"En Hij, de God des vredes, heilige u geheel en al, en geheel uw geest, ziel en lichaam moge bij de komst van onze Here Jezus Christus, blijken in alle dele onberispelijk bewaard te zijn."* Hier, verwijst "geheel uw geest" naar een staat van het volledig bereiken van het hart van Jezus Christus.

Een geestelijk mens is degene die enkel leeft door de wil van God, omdat hij altijd de stem van de Heilige Geest kan horen en zijn hart wordt de waarheid zelf door Gods woord volledig voort te brengen. Je kan een mens van de geest worden en Jezus' houding verwerven, wanneer je volledig geheiligd bent, door alle kwaad te verwerpen, door te strijden tegen de zonde in je.

Bovendien, wanneer een geestelijk mens, zichzelf blijft toerusten met Gods Woord, regeert de waarheid niet alleen volledig in zijn hart, maar ook in zijn volledige leven.

Je kan dit soort geloof dan noemen "volmaakt geloof" of "volmaakt geestelijk geloof van Jezus Christus." Je bent in staat om zo'n geloof te verwerven, wanneer je een oprecht hart hebt zoals beschreven staat in Hebreeën 10:22 *"Laten wij toetreden met een waarachtig hart, in volle verzekerdheid des geloofs, met een hart, dat door besprenging gezuiverd is van besef van kwaad, en met een lichaam, dat gewassen is met zuiver water."*

Het betekent echter niet dat je in staat bent om Jezus Christus te evenaren, ook al zou je Jezus' houding hebben en het geloof van Christus hebben. Veronderstel dat een zoon zijn vader respecteert en probeert om op zijn vader te lijken. Hij kan misschien lijken op zijn vaders karakter of persoonlijkheid, maar kan nooit zijn vader zijn.

Zo, zal je ook nooit hetzelfde zijn als Jezus Christus. Hij stelde een geestelijk orde in in Matteüs 10:24-25, wat zegt *"Een discipel staat niet boven zijn meester, of een slaaf boven zijn heer. Het is genoeg voor de discipel te worden als zijn meester en voor de slaaf als zijn heer."*

Wat dan over de relatie tussen Mozes die Israël uit Egypte leidde, en Jozua die Mozes opvolgde en zijn volk in Kanaän leidde? Mozes scheidde de Rode Zee, en bracht water uit een rots, maar Jozua was niet minder in het verrichten van Gods wonderen: hij liet de stroom van de Jordaan stoppen tijdens de vloed, Jericho stortte in, en de zon en de maan stonden voor bijna een dag stil. Hoe dan ook, Jozua kon niet meer zijn dan Mozes, die met God gesproken had van aangezicht tot aangezicht, duidelijk en zonder raadsels.

In deze wereld, kan een student uitmuntender zijn dan zijn leraar, maar dat is in de geestelijke wereld niet mogelijk. Dat komt, omdat de geestelijke wereld alleen maar te begrijpen is met Gods hulp en niet door enkele boeken of wereldse kennis. Daarom, iemand die geestelijk getuchtigd is door een geestelijk leraar, zou niet meer zijn dan zijn leraar die dingen beseft en doet in Gods genade.

In de Bijbel, ontving Elisa een dubbel deel van Elia's geest en verrichtte meer wonderen, maar hij was minder dan Elia die levend opgenomen werd in de hemel. Ook tijdens de eerste gemeente, deed Timoteüs vele dingen voor de Here Jezus, maar hij kon niet meer worden dan zijn leraar, de apostel Paulus.

Omdat er geen beperkingen zijn in de geestelijke wereld, kan niemand de volledige diepte doorgronden. Dat is de reden waarom je alleen maar in staat bent om het te kennen door Gods onderwijzing, niet uit je zelf. Het is hetzelfde met het feit dat je niet de diepte van de oceaan kent, of wat voor planten en zoogdieren daar op de bodem leven. En toch, zie je vele kleurrijke vissen en planten wanneer je onder gaat in de oceaan. Bovendien, zou je de geheimen van de oceaan zien, zoveel als je maar wilt, als je dieper gaat onderzoeken. Evenzo, hoe meer je de geestelijke wereld in gaat, te meer je ervan zal leren.

God zelf, onderwijst mij en staat mij toe om de geestelijke wereld te begrijpen, zodat ik een dieper niveau van de geestelijke wereld kan bereiken. Hij heeft mij ook geleid om zelf de geestelijke wereld te ervaren. Hij leidt en onderwijst mij de mate van geloof tot in detail, op deze wijze en gebruikt mij om meer mensen te leiden tot het bereiken van een hoger niveau in de geestelijke wereld. Dit wetende, zou je jezelf nauwkeuriger moeten onderzoeken en proberen om de volledige mate van geloof te bereiken.

3. Geloof om wonderen en tekenen te manifesteren

Als je volmaakt geloof hebt, wanneer de waarheid volledig in je hart gevestigd is, zal je je gebed laten toenemen, terwijl je ernaar streeft om te leven overeenkomstig Gods welgevallige wil. Dat komt omdat je kracht zou ontvangen om zoveel mogelijk zielen te winnen, omdat God iedereen kostbaarder beschouwt dan het universum.

Waarom werd Jezus gekruisigd? Hij wilde de verloren zielen redden, die afgedwaald waren op het pad van zonde en hen kinderen van God maken.

Waarom zei Jezus, *"Mij dorst"* terwijl Hij voor uren aan het kruis hing te bloeden onder de schroeiende zon? Door deze opmerking, vroeg Jezus ons niet Zijn lichamelijk dorst te lessen, als gevolg van het vergieten van al Zijn bloed, maar om Zijn geestelijke dorst te lessen door te betalen voor loon van Zijn bloed. Het was een ernstige oproep voor ons om de verloren zielen te redden en hen in Jezus' armen te leiden.

Vele mensen redden met kracht

Wanneer iemand het vijfde niveau van geloof bereikt, waarbij je God behaagt, overpeinst hij ernstig "Hoe kan ik vele mensen leiden naar Vaders armen? Hoe kan ik Gods koninkrijk en gerechtheid laten uitbereiden?" en eigenlijk zijn best doet om het voort te brengen. Daarom probeert hij God te behagen door andere plichten te vervullen, om zo zijn eigen door God aan hem toevertrouwde plichten volledig te vervullen.

Hoe dan ook, zelfs zo'n persoon is niet in staat om God te

behagen zonder kracht te ontvangen, omdat we in 1 Korintiërs 4:20 herinnert worden aan, *"Want het koninkrijk Gods bestaat niet in woorden, maar in kracht."*

Hoe kan je de kracht ontvangen om vele mensen te leiden op de weg van redding? Je kan het alleen ontvangen door onophoudelijk gebed. Dat, omdat het winnen van zielen niet volbracht wordt door het spreken van mensen, kennis, ervaring, reputatie, of autoriteit, maar alleen door kracht gegeven van God.

Dus, degene op het vijfde niveau van geloof maar ijverig blijven bidden om kracht te ontvangen waarmee ze in staat zijn om zoveel mogelijk zielen te winnen.

Het koninkrijk van God is een zaak van kracht

Ik ontmoette eens een voorganger die niet alleen zachtmoedig van hart was, maar ook probeerde om zijn plicht te vervullen en bad om te leven door het woord van God, maar niet voldoende vrucht droeg, naar zijn verwachting. Wat was daar de reden van? Als hij werkelijk van God had gehouden, zou hij zijn volledige denken, wil, leven en zelfs zijn wijsheid hebben onderworpen aan God, maar dat had hij niet gedaan. Hij had moeten beseffen dat hij nog steeds de meester van zijn leven was, in plaats van God toe te staan om hem te leiden.

God kon niet voor hem werken, omdat deze voorganger niet volledig afhing van God en zijn plicht uitdroeg, maar steunde op zijn eigen kennis en denken. Dus, hij was niet in staat om het werk van God te laten zien, wat boven menselijke bekwaamheid uitreikt, ondanks dat hij het resultaat zag van zijn pogingen.

Daarom, behoor je te bidden, de stem van de Heilige Geest te horen, en geleid te worden door de Heilige Geest, in plaats van te steunen op menselijke gedachten, kennis, en ervaringen, als je Gods bediening doet. Alleen als je een mens van waarheid wordt en volledig geleid wordt door de Heilige Geest, zal je wonderlijke werken ervaren, getoond door Zijn kracht die van boven komt.

Hoe dan ook, als je steunt op menselijke gedachten en theorie, ook al denk je dat je Gods Woord kent, bid en je best doet om je plicht te vervullen, is God niet met je, omdat zo'n houding arrogant is in Gods ogen. Daarom moet je de zondevolle natuur volledig verwerpen, vurig bidden om een volmaakt geestelijk persoon te worden, vragen om Gods kracht, beseffende waarom de apostel Paulus beleed, "Ik sterf elke dag."

Als je bidt door de inspiratie van de Heilige Geest

Iedereen die de Here Jezus heeft aangenomen, behoort te bidden, omdat gebed een geestelijke adem is. En toch, verschilt de kern van gebed op de verschillende niveaus van geloof. Iemand op het eerste of tweede niveau van geloof, bid hoofdzakelijk voor zichzelf, maar hij kan nauwelijks voor tien minuten bidden, omdat er niet veel dingen zijn om voor te bidden.

Hij bidt ook niet vanuit het diepst van zijn hart, ook al bidt hij voor Gods koninkrijk en gerechtigheid. Hoe dan ook, wanneer hij het derde niveau van geloof bereikt, is hij in staat om te bidden voor Gods koninkrijk en Zijn gerechtigheid, meer dan iets te vragen voor zichzelf.

Bovendien, hoe zal hij bidden eens hij het vierde niveau bereikt heeft? Op dat niveau bidt hij alleen voor Gods koninkrijk en gerechtigheid omdat hij beide, handelingen en verlangens van de zondevolle natuur, volledig verworpen heeft.

Hij hoeft niet meer te bidden om af te rekenen met zijn zonden omdat hij al leeft door Gods Woord. Hij vraagt God voor andere dingen, meer dan voor zijn eigen gezin en zichzelf: redding van meer mensen, uitbereiding van Gods koninkrijk en gerechtigheid, en zijn gemeente, gemeentewerkers, en alle broeders en zusters in het geloof. Hij bidt voortdurend, omdat hij wel bewust is dat hij niet een ziel kan redden, zonder de kracht van boven, van God te ontvangen. Hij bidt ook vurig met zijn gehele hart, ziel, verstand en kracht voor Gods koninkrijk en gerechtigheid.

Bovendien, als hij het vijfde niveau van geloof bereikt, offert hij gebed wat God kan behagen en gebed van dankzegging, wat zelfs God op Zijn troon kan doen bewegen.

In het verleden, zou het een behoorlijke lange tijd gedurend hebben voor hem om te bidden in de volheid van de Heilige Geest, maar nu kan hij voelen dat zijn gebed naar de hemel opstijgt door de inspiratie van de Heilige Geest, op het moment dat hij neerknielt om te bidden.

Het is moeilijk om te bidden als je je zonden verwerpt. Maar het is niet moeilijk wanneer je bidt met het geloof om Gods kracht te ontvangen om zovele zielen te redden en God te behagen, en met een vurige liefde voor de Here.

Wonderlijke tekenen en wonderen laten zien

Vele wonderlijke tekenen en wonderen zijn verschenen door de mens, wanneer hij ijverig blijft bidden met vurige liefde om Gods kracht te ontvangen. Dit dient om zijn God welgevallige geloof te bevestigen.

Jezus verrichtte vele wonderen en tekenen tijdens Zijn bediening, zeggende in Johannes 4:48, *"Indien gijlieden geen tekenen en wonderen ziet, zult gij niet geloven."* Dat komt omdat Jezus gemakkelijk mensen kon leiden tot geloof in God door te getuigen van de levende God, door hen tekenen en wonderen te laten zien.

Tegenwoordig, kiest God ook gewone mensen en laat hen wonderen en tekenen verrichten, en zelfs grotere dingen dan Jezus deed (Johannes 14:12). In mijn gemeente alleen, zijn ontelbare wonderen en tekenen geschied.

Laat ons nu wonderen en tekenen onderzoeken getoond door degene die Gods welgevallig geloof hebben. Ten eerste, wanneer Gods kracht, dat is boven menselijke bekwaamheid, uitgevoerd en getoond wordt, noemen we het "een teken." Bijvoorbeeld, de blinden gaan zien, de stomme spreken, de doven horen, de lamme wandelen, kortere benen groeien aan, de gebogen rug wordt recht, en kinderverlamming of hersenverlamming genezen.

Over tekenen vertelt Jezus ons, in Markus 16:17-18:

Als tekenen zullen deze dingen de gelovigen volgen: in Mijn naam zullen zij boze geesten uitdrijven, in nieuwe tongen zullen zij spreken, slangen zullen zij opnemen en zelfs indien zij iets dodelijks drinken zal het hun geen schade doen; op zieken zullen zij de handen leggen en zij zullen genezen worden.

Hier staat "degene die gelovigen" voor mensen die het geloof van de Vader hebben. De tekenen die "de gelovigen volgen" kan onderverdeeld worden in vijf categorieën, en hierover zal ik verder uitweiden tot in detail in het volgende hoofdstuk.

Ten tweede, onder de vele werken van God, is "een wonder" het veranderen van het weer wat inhoud het bewegen van wolken, de hemel regen laten geven of laten stoppen, hemellichaam laten bewegen, enzovoort.

Overeenkomstig de Bijbel, zond God donder en regen toen Samuël bad (1 Samuël 12:18). Toen de profeet Jesaja tot God riep, weten we dat *"de Here de schaduw tien treden terug liet gaan"* (2 Koningen 20:11). Ook, Elia *"Bad ernstig dat het niet regen zou, en het regende niet op het land, drie jaar en zes maanden lang; en hij bad opnieuw en de hemel gaf regen"* (Jakobus 5:17-18).

Evenzo, leidt de God van liefde mensen naar de weg van redding door hem tastbare wonderlijke wonderen en tekenen te laten zien, door mensen die Hij gewoon acht. Daarom, zou je standvastig geloof moeten hebben in het woord van God geschreven in de Bijbel en proberen om Gods welgevallig geloof te verwerven.

4. Getrouw zijn in alles van Gods huis

Mensen op het eerste of tweede niveau van geloof zijn in staat om geleidelijk de staat van het vijfde niveau van geloof binnen te gaan. Dat komt omdat zij eerst de Heilige Geest ontvangen, zij zo gevuld zijn met de Heilige Geest dat ze zelfs niet vrezen voor de dood, maar vol dankbaarheid worden, ijverig bidden, het evangelie verkondigen, en elke kerkdienst bijwonen. Ze ontvangen alles wat ze vragen omdat ze op het vierde of vijfde niveau van geloof zijn, ook al is hun ervaring maar tijdelijk. Wanneer ze hun volheid van de Heilige Geest verliezen, keren ze spoedig terug naar hun eigen niveau van geloof.

En toch mensen, op het vijfde niveau van geloof veranderen nooit. Dat komt omdat ze altijd volledig gevuld zijn met de Heilige Geest, dat ze perfect hun gedachten beheersen en beheren, en niet leven zoals mensen met het geloof van het eerste of tweede niveau dat doen. Bovendien, behagen ze eigenlijk God door getrouw te zijn in alles wat Zijn huis aangaat.

Over Mozes vertelt Numeri 12:3 ons, *"Mozes nu was een zeer zachtmoedig man, meer dan enig mens op de aardbodem,"* en vers 7 zegt, *"Niet aldus met Mijn knecht Mozes, vertrouwd als hij is in geheel Mijn huis."* Hierdoor weten wij dat Mozes op het vijfde niveau van geloof was, waar hij God kon behagen.

Wat betekent "vertrouwd in geheel Mijn huis"? Waarom erkent God alleen degene die vertrouwd zijn in geheel Zijn huis, zoals Mozes en degene met een geloof wat God welgevallig is?

De betekenis van vertrouwd in geheel Gods huis

Degene die "vertrouwd is in geheel Gods huis," heeft Christus' geloof, of "volmaakt geestelijk geloof"; hij doet alles met een houding van Jezus Christus. Hij doet alles met het hart van Christus en het hart van de geest; zonder op zijn eigen denken of gedachten te steunen.

Sinds hij het denken van goedheid heeft bereikt, de gedachte van Christus, twist of schreeuwt hij niet, en breekt hij het knakkende riet niet en dooft de walmende vlaspit niet uit (Matteüs 12:19-20). Zo'n persoon heeft de zondevolle natuur gekruisigd, samen met zijn begeertes en verlangens, zodat hij getrouw kan zijn aan al zijn plichten.

Hij heeft geen "zelf" meer over in zichzelf, alleen maar het hart van Christus – het hart van de geest – omdat hij al zijn vleselijke dingen verworpen heeft. Hij geeft niets meer om wereldse eer, kracht of rijkdom.

In plaats daarvan, stroomt zijn hart over met de hoop voor eeuwige dingen: hoe hij in staat zou zijn om Gods koninkrijk voort te brengen en Zijn gerechtigheid, terwijl hij in deze wereld leeft; hoe hij een groot mens in de hemel kan zijn en geliefd kan worden door God, de Vader; en hoe hij voor eeuwig gelukkig kan leven door grote beloningen in de hemel te verzamelen. Dus, kan hij getrouw zijn in al zijn plichten, omdat enkel ijver en oprechtheid stromen vanuit het diepst van zijn hart om het koninkrijk van God en Zijn gerechtigheid te volbrengen.

Er zijn verschillen in de mate van toewijding onder de mensen die Gods koninkrijk en Zijn gerechtigheid volbrengen. Als hij alleen maar de taak volbrengt die aan hem gegeven is, is het eigenlijk grotendeels het vervullen van zijn eigen verantwoordelijkheid.

Bijvoorbeeld, wanneer je iemand inhuurt, hem een loon geeft, en hij doet het werk waarvoor hij ingehuurd en betaald is, zeggen we niet dat hij "getrouw was in het gehele huis," ondanks dat hij zijn werk goed heeft beëindigd. Om "getrouw in het gehele huis te zijn" vervuld de persoon niet alleen goed zijn gegeven taak, maar doet veel meer zonder zijn eigen materiële bezittingen te sparen en met oprechtheid, meer dan alleen maar zijn eigen gegeven taken.

Daarom kan je niet erkent worden als zijnde "getrouw in geheel Gods huis," ook al heb je de zonde verworpen door er tot bloedens toe tegen te strijden in de grote liefde voor God, en je plicht volledig vervuld hebt met een geheiligd hart. Je kan erkent worden als "zijnde getrouw in geheel Gods huis" alleen wanneer je volledig geheiligd bent en je plicht buitengwoon goed vervuld, boven je eigen verantwoordelijkheid met het geloof van Christus, welke gehoorzaam is tot de dood.

Getrouw zijn in geheel Gods huis

Je bent op het vierde niveau van geloof als je Jezus Christus lief hebt tot het uiterste en geestelijke liefde bezit zoals beschreven staat in 1 Korintiërs 13, en de vrucht van de Heilige Geest draagt zoals in Galaten 5. Daar bovenop, ben je in staat om een God welgevallig geloof te verwerven, wanneer je de zaligspreking van Matteüs 5 volbrengt en getrouw bent in geheel Gods huis. Waarom is dit zo?

Er is een verschil tussen de liefde als vrucht van de Heilige

Geest en de liefde beschreven in 1 Korintiërs 13. De liefde in 1 Korintiërs 13 is de definitie van geestelijke liefde, terwijl de liefde als een vrucht van de Heilige Geest verwijst naar de oneindige liefde die de wet vervuld.

Daarom, bedekt de liefde als vrucht van de Heilige Geest een groter gebied dan de liefde beschreven in 1 Korintiërs 13. Met andere woorden, wanneer het offer van Jezus Christus, die de wet met liefde vervulde aan het kruis, wordt toegevoegd aan de liefde van 1 Korintiërs 13, kan het "liefde als de vrucht van de Heilige Geest" genoemd worden.

Vreugde komt van boven met geestelijk geluk en vrede, omdat de vleselijke dingen in jou verdwijnen, naar mate de geestelijke liefde zich in jou ontwikkeld. Het geeft alleen waarde voor jou om gevuld te worden met vreugde, wanneer je alleen gevuld bent met goede dingen, omdat je alleen maar goede dingen ziet, hoort en denkt.

Je haat niemand, omdat er geen haat in je is. Je stroomt over van vreugde, omdat je liever anderen wil dienen, hen goede dingen wil geven, en offers wil maken voor hen. Ook al leef je in deze wereld, je zoekt geen vleselijke dingen in het najagen van zelfbelang; in plaats daarvan ben je vol met hemelse hoop, denkende hoe je Gods koninkrijk en Zijn gerechtigheid kan uitbreiden, en Hem kan behagen door meer mensen te redden. Je kan in vrede leven met je buren, omdat je echte vreugde en vrede hebt in je denken om naar hen om te zien zo vaak de vreugde over je komt.

Bovendien kan je geduldig zijn met hemelse hoop te meer je in vrede bent met anderen. Je kan vriendelijkheid tonen aan anderen, omdat je bewogen kan zijn over hen net zoals je geduldig bent. Je bereikt de goedheid omdat je niet twist en niet schreeuwt, het geknakte riet niet breekt en de walmende vlaspit niet dooft, als je vriendelijk bent. Mensen met goedheid, kunnen geestelijk getrouw zijn, omdat ze zelfzucht al verworpen hebben.

Bovendien, de mate van getrouwheid is verschillend onder hen die getrouw zijn, overeenkomstig het gebied van een ieders individuele hart. Hoe vriendelijker iemand is, des te hoger het niveau van zijn getrouwheid dat hij bereikt. Je kan zien tot welke mate iemand zachtmoedig is, als hij getrouw in alles van Gods huis. Hij vervult al zijn plichten getrouw thuis en op het werk, in zijn relaties met anderen en in de gemeente. Dus, Mozes, die de nederigste man op aarde was, kon getrouw zijn in alle plichten die aan hem gegeven werden.

Bovendien, hoe kan je volmaakt zijn zonder zelfbeheersing? Je moet getrouw zijn in alles van Gods huis met zelfbeheersing, omdat het niet mogelijk is om zonder dit een goed evenwicht te hebben op ieder gebied. Dus, ben je niet in staat om getrouw te zijn in geheel Gods huis, zonder de vrucht van zelfbeheersing, zelfs al draag je de andere acht vruchten van de Heilige Geest.

Bijvoorbeeld, laat ons zeggen dat je een afspraak hebt met een vriend na de celgroep. Het zou heel beledigend voor je vriend zijn als je te laat bent of de tijd van je afspraak veranderd over de telefoon, niet omdat de cel groep dienst uitliep, maar omdat je bleef om te praten met andere mensen van de groep. Evenzo, hoe kan je getrouw zijn in geheel Gods huis, als je zelfs niet een kleine belofte kan houden of zo'n toewijding kan vervullen zoals deze, zonder het dragen van de vrucht van zelfbeheersing? Je moet beseffen dat je getrouw moet zijn in geheel Gods huis, alleen als je leven in balans is met de vrucht van zelfbeheersing.

Geestelijke liefde, de vrucht van de Geest, en de zaligspreking

De zaligspreking komt op je naar de mate dat je geestelijke liefde hebt en de vrucht van de Heilige Geest, en ze in praktijk brengt. De zaligspreking verwijst naar iemands karakter als een vat en je kan getrouw zijn in geheel Gods huis, enkel wanneer de zaligspreking volledig op je komt, door geheel te handelen en te leven naar wat je in je hart koestert.

In veel van de Koreaanse geschiedenis, brachten getrouwe raadgevers iedere regeringszaak voor de koning als hun eigen persoonlijke zaken. Op deze wijze, waren de raadgevers in staat om de koningen te dienen en hen te helpen om de juiste beslissing te nemen, ook al betekende dit soms persoonlijk lijden of zelfs de dood. Ze hielden niet alleen van hun koningen, maar hielden van het hele land, zoals ze van zichzelf hielden, en gedroegen zich daar overeenkomstig naar.

Aan de ene kant, dienden deze getrouwe raadgevers hun koningen tot het einde en riskeerden zelfs hun eigen leven. Aan de andere kant, leken sommige raadgevers getrouw aan hun koningen te zijn, maar traden af en leefden in afzondering, wanneer de koning niet hun oprechte en herhaalde advies en raad aannam. Hoe dan ook, echte getrouwe raadgevers gedroegen zich zo niet. Ze waren getrouw aan de koning tot het einde, ook al negeerde de koning hen en verwierp hij hun advies. Hun koning kon hen verwerpen, hun raad verwerpen, of onteren zonder enige reden. En toch, hadden ze geen harde gevoelens tegen de koning en veranderden niet van gedachte, ook al zouden ze hun eigen leven verliezen.

Iemands karakter als een vat en het karakter van iemands hart

Om duidelijk te begrijpen wat het betekent om ″getrouw te zijn in geheel Gods huis,″ laat ons eerst even onderzoeken iemands karakter als een vat en het karakter van iemands hart.

De mate van iemands karakter als een vat is verschillend van persoon tot persoon, afhankelijk van hoeveel iemand zijn hart koestert in het goede, of hoeveel hij zijn hart verandert in een zachtmoedig hart. Daarom, iemands karakter als een vat is vastberaden of hij nu wel of niet doet wat hem opgedragen is, en of hij wel of niet gehoorzaamt.

Wat maakt dan het merkbare verschil in iemands karakter als een vat? Het hangt af van hoe en met wat voor een hartsgesteldheid iemand reageert op het Woord van God en hoeveel hij handelt naar dat wat hij in zijn hart koestert. Dus iemand die een goed vat is, bewaard Gods woord en denkt erover na diep in zijn hart, zoals Maria dat deed: *″Doch Maria bewaarde al deze woorden, die overwegende in haar hart″* (Lucas 2:19).

Het karakter van iemands hart verschilt afhankelijk van hoe hij zijn denken verruimd in het uitdragen van zijn plicht of hoe bekwaam hij zijn denken gebruikt om zijn plicht te volbrengen. Met een voorbeeld van hoe mensen verschillend reageren in dezelfde situatie, zal ik de daden van mensen rangschikken in vier categorieën als gevolg van de verschillende karakters van harten.

De eerste persoon doet meer dan hem opgedragen is om te doen. Bijvoorbeeld, wanneer ouders hun kinderen zeggen om een stukje vuil op te rapen van de vloer, raapt hij het niet alleen op van de vloer, maar veegt ook het stof van de grond weg, reinigt elke hoek van de kamer en maakt de prullenmand leeg. Dit kind geeft zijn ouders blijdschap en tevredenheid, omdat hij meer doet dan zijn ouders van hem verwacht hadden. Hoe geliefd zal hij wel niet zijn door zijn ouders? Diakens Stephanus en Fillippus waren zulke personen. Ze waren ruimdenkende mannen, zodat ze in staat waren om grote wonderen en wonderlijke tekenen te verrichtten onder de mensen, zoals de apostelen (Handelingen 6).

De tweede persoon doet enkel wat hem opgedragen is om te doen. Bijvoorbeeld, als een kind alleen het vuil maar opraapt van de vloer zoals zijn ouders hem gevraagd hebben, zal hij wel geliefd zijn door zijn ouders, omdat hij hen gehoorzaamde, maar hij behaagt ze niet.

De derde persoon doet niet wat hij behoort te doen. Hij is zo harteloos en apatisch, dat hij zelfs al geïrriteerd is omdat hem verteld is een bepaalde taak te doen. Zulke mensen die beweren God lief te hebben, maar niet bidden noch zorg dragen voor Jezus' schapen, behoren tot deze groep. In één van Jezus gelijkenissen, gingen een priester en leviet voorbij een beroofde man aan de andere kant van de weg, deze behoren ook tot die groep (Lucas 10). Omdat zulke mensen geen liefde hebben, kunnen ze datgene doen wat God het meest haat, zoals arrogantie, overspel plegen, en Hem verraden.

De laatste persoon maakt zaken alleen nog maar erger en verhindert eigenlijk dat de taak wordt volbracht. Het was beter voor hem geweest om niet aan de taak begonnen te zijn in de eerste plaats. Als er een kind is die een bloempot breekt terwijl hij boos is op zijn ouders, omdat hij een stukje vuil op moest rapen, dan behoort deze tot die groep.

Edelmoedig hart en getrouw in geheel Gods huis

Zoals ik de vier categorieën van iemands karakter heb uitgelegd, kan een persoon erkent worden om een groot vat te hebben wanneer hij meer doet dan zijn plicht, wat van hem verlangt wordt. Het hangt af van hoeveel hij zijn denkek verruimd met de hoop en hoe oprecht hij streeft. Dat is hetzelfde met alles wat hij doet in de gemeente, op het werk of thuis.

Daarom, wanneer iemand een bepaalde taak heeft gekregen, als hij het gehoorzaamt met "Amen," kan hij geacht worden als een groot vat. De persoon kan erkent worden als degene met een edelmoedig hart, wanneer hij niet alleen gehoorzaamt aan wat hem opgedragen is, maar meer doet dan wat van hem verwacht wordt met oprechtheid en een breed denken. In deze zin, is getrouw zijn in geheel Gods huis verbonden aan de mate van edelmoedigheid. Oprechtheid varieërt van de mate van edelmoedigheid.

Laat ons enkele mensen bestuderen die getrouw waren in geheel Gods huis. In Numeri 12:7-8 kan je beseffen hoeveel God van Mozes hield, die getrouw was in geheel Zijn huis. Deze verzen vertellen ons hoe belangrijk het is om getrouw te zijn in geheel Gods huis:

Niet aldus met mijn knecht Mozes, vertrouwd als hij is in geheel mijn huis. Van mond tot mond spreek Ik met hem, duidelijk en niet in raadselen, maar hij

*aanschouwt de gestalte des Heren. Waarom hebt gij u
dan niet ontzien tegen mijn kecht Mozes te spreken?*

Mozes had niet alleen standvastige liefde en een
onveranderlijk hart voor God, maar had ook dezelfde houding
voor zijn volk en gezin, en droeg zijn plicht zonder ook maar te
veranderen van gedachte. Hij was altijd in staat om eerst Gods
eeuwige dingen te kiezen, niet zijn eigen glorie en rijkdom, en
behaagde Hem met zijn geloof. Hij was zo getrouw dat hij zelfs
aan God vroeg om Zijn volk te redden op risico van het verliezen
van zijn eigen leven toen de Israëlieten zondigden.

Hoe reageerde Mozes toen het volk een beeld van een
gouden kalf hadden gemaakt en aanbaden, toen hij terug kwam
met de stenen tafels met de Tien Geboden, gegeven door God
na veertig dagen vasten? De meeste mensen, zouden in deze
situatie gezegd hebben, ”Ik kan ze niet meer uitstaan, God! Doe
alstublieft zoals U wenst!”

Mozes, echter vroeg God ernstig om hen hun zonde te
vergeven. Hij was klaar en gewillig om zijn leven te offeren, als
een soort onderpand, vanuit het diepst van zijn hart, met
overvloedige liefde voor hen.

Zo is het ook met Abraham, de voorvader van het geloof.
Toen God van plan was om de steden Sodom en Gomora te
verwoesten, dacht Abraham niet dat het niets met hem te maken
had. In plaats daarvan, smeekte hij tot God om de mensen van
Sodom en Gomora te redden: *”Misschien zullen er vijftig
rechtvaardigen in de stad zijn; zult Gij haar dan verdelgen, en
aan de plaats geen vergiffenis schenken ter wille van de vijftig*

rechtvaardigen, die in haar zijn?" (Genesis 18:24)

Toen vroeg hij God om Zijn genade om deze steden niet te verwoesten als er vijfenveertig rechtvaardige mensen waren, en hij bleef maar aan God vragen, wat als er maar veertig rechtvaardige mensen zijn, dertig, vijfendertig, twintig of tien. Uiteindelijk ontvangt Abraham het uiteindelijke antwoord van God: *"Ik zal haar niet verwoesten ter wille van de tien"* (Genesis 18:32). De twee steden werden echter verwoest omdat er zelfs geen tien rechtvaardige mensen waren in die steden.

Bovendien, had Abraham afstand genomen van zijn recht tot kiezen aan zijn neef Lot, om goed land te kiezen waarin ze niet meer beiden konden leven omdat beide hun bezitten zo groot waren geworden. Lot koos voor zichzelf de gehele vlakte die goed voor hem leek en ging daar wonen.

Enige tijd later, werden Sodom en Gomora verslagen in de oorlog en vele mensen werden gevangen genomen, inclusief Lot, Abraham's neef. Toen, met risico voor zijn eigen leven, achtervolgde Abraham de vijand met 318 overgeblevenen, bevrijdde Lot en de andere gevangenen en nam hun bezittingen mee terug.

In die tijd, groette de koning van Sodom Abraham en zeidde tot hem, *"Geef mij de mensen, en behoud de have voor u"* (v. 21). Maar Abraham nam niets van die buit, zeggende, *"Zelfs geen draad of schoenriem, ja niets van het uwe zal ik nemen, opdat gij niet kunt zeggen: Ik heb Abram rijk gemaakt!"* (v. 23) Hij gaf inderdaad alle dingen terug aan de koning van Sodom (Genesis 14:1-24).

Evenzo, had Abraham een standvastige houding, wanneer hij

iemand anders ontmoette of mee samen ging, bracht hij geen kwaad aan anderen en viel hen niet lastig. Hij gaf niet alleen troost aan mensen en gaf hen genoegen en hoop, maar had hen lief en diende hen oprecht.

Hoe getrouw te zijn in geheel Gods huis

Mozes en Abraham waren mannen met grote edelmoedigheid, en ze waren oprecht, volmaakt en waarheidslievend zonder iets te verwaarlozen. Wat zou je moeten doen om getrouw te zijn in geheel Gods huis?

Ten eerste, moet je alles toetsen en vasthouden aan de goedheid, zonder het vuur van de Heilige Geest te doven en profetieën minachtend te behandelen. Met andere woorden, je behoort te zien, te horen, en te denken over goedheid, de waarheid te spreken, en enkel naar goede plaatsen te gaan.

Ten tweede, je moet jezelf verloochenen en opofferen met geestelijke liefde voor Gods koninkrijk en Zijn gerechtigheid. Om dat te doen, behoor je de zondevolle natuur te kruisigen met zijn begeertes en verlangens. Je zal in staat zijn om vast te stellen wat de prioriteiten in je zouden moeten zijn en doet wat God behaagt, wanneer je geestelijke dingen verlangt en niet gebonden bent aan de wereld.

Je zou ernstig moeten streven om het geloof te bezitten om God lief te hebben tot het uiterste, als je reeds op de rots van geloof staat. Als je het geloof bezit om God lief te hebben tot het uiterste, dan moet je snel de dimensie binnen gaan waarin je God kan behagen door getrouw te zijn in geheel Zijn huis.

Het geloof bezitten om God te behagen is vergelijkbaar met het afstuderen van het college of middelbare school. Na het afstuderen, ga je in de wereld en ben je in staat om toe te passen datgene wat je geleerd hebt op school om succesvol te worden in deze wereld.

Evenzo, wanneer je het vierde niveau van geloof hebt bereikt, zal de diepere geestelijke wereld voor je opengaan, omdat de geestelijke wereld oneindig groot is in diepte, lengte en hoogte.

Wanneer je het vijfde niveau van geloof binnengaat, begin je tot enige mate Gods diepe en edelmoedige hart te begrijpen. Je zal in staat zijn om begrijpen hoeveel liefde God heeft, en hoe vol van liefde, genade, vergeving, vriendelijkheid en goedheid God is. Je zal ook in staat zijn om Zijn grote liefde te ervaren, omdat je voelt dat God met je wandelt en in tranen zal uitbarsten als je aan de Here denkt.

Daarom, behoor je een mens te worden met grote edelmoedigheid, met veel meer gehoorzaamheid, toewijding en liefde, wetende dat er een groot verschil is tussen het vierde en vijfde niveau van geloof, in termen van geestelijke liefde en opofferen. Ik hoop ook, dat dat je alles van God zal ontvangen met dat soort van geloof wat Hem kan behagen, en dat je voldoende gezegend zal zijn om wonderen en tekenen te tonen en te verrichtten met onophoudelijk gebed.

Ik bid, dat je van alle deze zegeningen mag genieten, die God heeft voorbereid voor jou, in de naam van Jezus Christus!

Hoofdstuk 9

TEKENEN VOLGEN DEGENE DIE GELOOF HEBBEN

DE MATE VAN GELOOF

*"Als tekenen zullen deze dingen de gelovigen
volgen: in mijn naam zullen zij boze geesten
uitdrijven, in nieuwe tongen zullen zij spreken,
slangen zullen zij opnemen, en zelfs indien zij iets
dodelijks drinken, zal het hun geen schade doen;
op zieken zullen zij de handen leggen en zij zullen
genezen worden."*

(Marus 16:17-18)

We zien Jezus vele tekenen verrichten in de Bijbel. De tekenen zijn verricht door Gods kracht boven het limiet van de menselijke bekwaamheid. Wat was het eerste teken wat Jezus verrichtte?

Het is de gebeurtenis waarbij water in wijn verandert tijdens de bruiloft te Kana in Galilea, zoals beschreven staat in Johannes 2:1-11. Toen Jezus wist dat de wijn op was, liet Hij de dienaren zes stenen kruiken met water vullen tot aan de rand. Toen namen ze er wat uit en brachten het naar de leider van het feest, die van de wijn proefde, die van het water kwam, en prees de wijn voor zijn goede smaak.

Waarom veranderde Jezus, de Zoon van God water in wijn als het eerste teken dat Hij verrichtte? De gebeurtenis heeft een aantal geestelijke betrokkenheden. Kana in Galilea, staat voor deze wereld en het bruiloftsfeest vertegenwoordigd de eindtijd in deze wereld waarin de mensen zich vol eten, dronken worden en volledig besmet zijn met goddeloosheid (Matteüs 27:37-38). Het water verwijst naar Gods woord en de wijn naar het kostbare bloed van Jezus Christus.

Daarom, wijst het teken van het veranderen van water in wijn op Jezus' bloed en Zijn kruisiging zou het bloed zijn dat de gehele mensheid eeuwig leven geeft. Mensen prezen de wijn voor zijn goede smaak. Dat betekent dat mensen vreugde hebben omdat hun zonden vergeven zijn door het drinken van Jezus' bloed en ze verkrijgen hoop voor de hemel.

Beginnende met dit eerste teken, toonde Jezus vele wonderlijke tekenen. Hij redde een stervend kind, verrichtte een wonder van het voeden van vijfduizend met vijf broden en twee vissen; dreef demonen uit; maakte blinden ziende, en bracht Lazarus, die vier dagen dood was, weer tot leven.

Wat was het uiteindelijke doel van Jezus om zulke wonderen te verrichten? Het was om mensen te redden en hen geloof te laten hebben zoals Hij ons zei in Johannes 4:48, *"Indien gijlieden geen tekenen en wonderen ziet, zult gij niet geloven."* Dat is ook de reden waarom vandaag, God die, één ziel kostbaarder vindt dan het gehele universum, toont ons vele tekenen, door degene die geloof hebben, die in staat zijn om hun eigen leven neer te leggen om andere mensen te redden.

Laat ons nu tot in detail kijken naar de varierende tekenen die degene volgen die God welgevallig geloof hebben.

1. Boze geesten uitdrijven

De Bijbel vertelt ons heel duidelijk over het bestaan van demonen, ondanks dat vele mensen vandaag debatteren, "Demonen bestaan niet." Demonen zijn een soort boze geesten die tegen God zijn. In het algemeen, speelt het een list voor de mensen die afgoden dienen, door hen moeilijkheden en problemen te brengen, en zulke mensen dienen hen nog ijveriger.

Hoe dan ook, je behoort het uit te drijven en erover te

heersen als je echt geloof hebt, omdat Jezus het ons zegt, "Als tekenen zullen deze dingen de gelovigen volgen: in mijn naam zullen zij boze geesten uitdrijven."

We zien ook in Johannes 1:12, *"Doch allen, die Hem aangenomen hebben, hun heeft Hij macht gegeven om kinderen Gods te worden, hun, die in zijn naam geloven."* Hoe schandelijk zou het zijn als jij, een kind van God bang bent voor demonen of in plaats daarvan je gaat onderwerpen aan zijn listen?

Soms, worden nieuwe gelovigen zonder geestelijk geloof belemmerd door demonen wanneer ze naar een gebedsberg gaan om te bidden in afzondering. Sommige mensen kunnen zelfs bezeten zijn door demonen, omdat ze om Gods gaves en kracht vragen terwijl ze nog niet afgerekend hebben met hun eigen boosheid.

Nieuwe gelovigen, zouden daarom altijd samen met een geestelijke leider gaan die in staat is om demonen uit te werpen in de naam van Jezus Christus, wanneer ze naar een gebedsberg willen gaan, en dan zullen ze in staat zijn om te bidden zonder belemmeringen.

Demonen uitdrijven in de naam van Jezus Christus

Evenzo met bedienaren en gemeentewerkers als je gemeenteleden bezoekt. Ze zouden eerst demonen moeten uitdrijven door geestelijke dingen te onderscheiden, en degene die dan bezoek ontvangen zullen in staat zijn om hun harten te openen, en Gods genade te ontvangen en geloof verwerven door hun boodschap. Hoe dan ook, het bezoek kan gestoord worden als je een gemeentelid bezoekt zonder eerst de vijand satan uit te drijven. Het lid wat je bezoekt zal dan misschien niet open zijn in zijn of haar hart zodat hij niet in staat is om genade te ontvangen en geloof te hebben. Degene met geestelijk geopende ogen onderscheid heel gemakkelijk hinderende geesten. Sommige zijn volledige bezeten door demonen, maar in de meeste gevallen worden mensen gedeeltelijk gecontroleerd door demonen in hun denken.

Ze gedragen zich tegen de waarheid wanneer satan in hun gedachten werkt, omdat ze nog een zwak geloof hebben of omdat er nog overblijfsels van de zondevolle natuur in hen is zoals overspel, diefstal, leugen, boosheid, jaloezie, en naijver. Het hart van de mensen kan veranderen wanneer ze de boodschap horen, gesproken door de dienaar, die genoeg geestelijke kracht heeft om demonen uit te werpen in Jezus' Christus naam.

Mensen die zich in tranen bekeren, omdat ze diep zijn aangeraakt in hun harten of hun zonde beseffen terwijl de prediker de boodschap brengt met de kracht die God hem gegeven heeft. Ze zouden ook sterk geloof moeten hebben en kracht om te strijden tegen de zonde. Na een paar maanden kunnen ze bemerken dat hun karakter en geloof veranderd is. Op deze wijze, is het mogelijk voor hen om hun natuur te veranderen in waarheid.

In de vier evangelieën, zie je dat vele mensen veranderd werden in hun aangeboren natuur nadat ze Jezus ontmoet hadden. Bijvoorbeeld, ondanks dat de Apostel Johannes eerst een opvliegend man was, toen hij een zoon des donders genoemd werd (Marcus 3:17), werd hij veranderd om een "Apostel van liefde" genoemd te worden, sinds hij Jezus ontmoet had.

Evenzo is een mens met volmaakt geloof in staat om andere mensen te veranderen zoals Jezus deed. Hij is ook in staat om demonen uit te drijven in de naam van Jezus Christus omdat hij de kracht heeft om te heersen over de vijand satan.

Hoe boze geesten uit te drijven

Er zijn verschillende gevallen in het uitdrijven van boze geesten. Soms gaat het in een keer weg door gebed, en andere keren gaat het niet weg, ook al bid je honderd keer. Wanneer een gelovige bezeten wordt met boze geesten, omdat hij zich van God heeft afgekeerd, nadat hij Hem op ene of andere manier heeft teleurgesteld, kan de boze geest gemakkelijk uit hem gedreven worden, wanneer hij gebed ontvangt na zich te bekeren met tranen. Dat komt omdat hij al geloof heeft en het woord van God kent.

In welk geval is het moeilijk om demonen uit te drijven, ondanks veel gebed? Wanneer een boosaardige boze geest iemand bezit die geen geloof heeft en de waarheid niet kent. In zo'n geval is het niet gemakkelijk voor hem om geloof te hebben, terwijl hij bezeten is door een boze geest omdat het kwade zo diep geworteld is in hem. Om hem vrij te zetten, moet iemand hem helpen om geloof te verkrijgen, de waarheid te begrijpen, zich te bekeren en de muur van zonde te vernietigen.

Ook, wanneer er een probleem is in het leven van de ouders in Christus, kunnen hun geliefde kinderen bezeten worden met boze geesten. In zo'n geval, zal het kind niet vrij komen van de boze geest, totdat de ouders zich van hun zonden bekeren, redding ontvangen en stevig op de rots van geloof staan.

Er is ook een geval waarbij je beïnvloed wordt door de machten der duisternis. Je ziet misschien iemand een hartverscheurend leven in geloof leiden, omdat hij het moeilijk vindt om zijn hart te openen, en wereldse gedachten, twijfel en vermoeidheid voorkomen dat hij naar de boodschap luistert, ook al probeert hij het zeer ernstig.

Zo'n geval kan plaatsvinden omdat de machten der duisternis op iemands gezin kunnen inwerken als zijn voorvaders trouw afgoden hebben gediend of zijn ouders zijn tovenaars of aanbidden afgoden. Niettemin, de boze geest zal van hem wijken en hij en zijn gezin zullen gered worden wanneer hij verandert in een kind van het licht door ijverig te luisteren naar het woord van God en vurig te bidden.

God echter, haat afgoderij heel erg, zodat er een dikke muur van zonde is tussen God en de afgodendienaar. Als gevolg, zou hij verder moeten strijden met zichzelf om te leven in de waarheid totdat hij de muur van zonde heeft neergehaald. Hij kan snel bevrijdt worden afhankelijk van hoe ernstig hij bidt en veranderd.

Uitzonderingen waarbij boze geesten niet uitgaan

In welke gevallen gaan demonen niet weg, ook al beveelt iemand het in de naam van Jezus Christus?

Boze geesten gaan niet weg, wanneer een persoon eens in de Here heeft gelooft, maar zijn geweten is afgestompt als met een heet ijzer nadat hij weggekeerd is van de Here. Hij kan niet terugkeren tot de Here, ook al probeert hij het, omdat zijn goed geweten volledig vervangen is door de leugen.

Daarom vinden we in 1 Johannes 5:16, *"Er bestaat zonde tot de dood: daarvoor zeg ik niet, dat hij moet vragen."* Met andere woorden, God antwoordt hem niet, ook al bidt hij.

Wat is een zonde die tot de dood leidt? Het is lastering of spreken tegen de Heilige Geest. Iemand die deze zonde doet, kan niet vergeven worden, beide niet in deze eeuw noch in de toekomende eeuw. Daarom, kan zo'n mens niet gered worden, ook al bidt hij onophoudelijk.

In Matteüs 12:31, vertelt Jezus ons dat zonde tegen de Geest niet vergeven wordt. Lastering tegen de Geest betekent het werk van de Heilige Geest verstoren met een slechte gedachte, oordeel en het veroordelen door zijn eigen wil. Bijvoorbeeld, het is lastering wanneer mensen de kerk veroordelen waarin Gods werk plaatsvindt als "ketterij," valse uitspraken doen en geruchten verspreiden over die kerk (Marcus 3:20-30).

Jezus zei ook in Matteüs 12:32, *"Spreekt iemand een woord tegen de Zoon des mensen, het zal hem vergeven worden; maar spreekt iemand tegen de heilige Geest, het zal hem niet vergeven worden, noch in deze eeuw, noch in de toekomende."* Opnieuw in Lucas 12:10 herinnert Jezus ons aan het volgende, *"En een ieder, die een woord zal spreken tegen de Zoon des mensen, het zal hem vergeven worden; maar wie tegen de Heilige Geest zal lasteren, het zal hem niet vergeven worden."*

Iedereen die een woord spreekt tegen de Zoon des Mensen, omdat hij dit doet zonder Hem te kennen, kan van zijn zonden vergeven worden. Echter, iemand die lastert en een woord spreekt tegen de Heilige Geest kan niet vergeven worden en zal de weg van de dood gaan, omdat hij Gods werk verhinderd en de

Geest lastert, ook al heeft hij zelfs Jezus Christus aangenomen en de Heilige Geest ontvangen. Daarom zou je geen zonde van lastering moeten doen tegen de Heilige Geest, begrijpende dat deze zonden te grof zijn om vergeving te verkrijgen, evenals redding.

Hebreeën 10:26 zegt ons dat als een mens blijft zondigen zelfs na het ontvangen van de kennis der waarheid, er geen offer meer overblijft voor de zonde. Hij weet heel goed door het Woord van God wat zonde is en hij zou ook niet zulke goddeloze dingen moeten doen.

Hoe dan ook, als hij de zonde willens en wetens blijft doen, wordt zijn geweten geleidelijk aan ongevoelig voor de zonde en afgestompt als een heet ijzer. Uiteindelijk, zal hij verlaten worden, omdat hij geen geest van bekering kan ontvangen.

Bovendien, voor degene die eens verlicht waren, die de hemelse gaves hebben geproefd, die gedeeld hebben met de Heilige Geest, en die de goedheid van Gods Woord geproefd hebben en de krachten van de komende eeuw, zal de geest van bekering niet aan hen gegeven worden nadat "zij afgevallen zijn," omdat het de Zoon van God opnieuw zou kruisigen en Hem zou onderwerpen aan openbare schande (Hebreeën 6:4-6).

Voor zulke personen, die de Heilige Geest ontvangen hebben, hebben de kennis van de hemel en de hel, en kennen Gods woord, en worden toch steeds verzocht door de wereld, vallen en brengen schande aan Gods glorie, er zal geen kans voor bekering meer gegeven worden.

Behalve van de boven vermelde gevallen, waarvan God niet kan weerhouden om zich van hen af te keren, kan je heersen over de vijand, Satan en de duivel. Dat is de reden waarom boze geesten niet uitgedreven kunnen worden wanneer je hen beveelt in Jezus' Christus naam.

Bidt onophoudelijk terwijl je volledig naar de waarheid leeft

Hoe gekweld zal Gods dienaar of werker zijn als boze geesten niet weggaan, zelfs als hij of zij dat beveelt in de naam van Jezus Christus? Dus, je hebt echte kracht nodig om te heersen over de vijand, Satan en de duivel. Om zulke tekenen te verrichten die de gelovigen volgen, moet je het niveau bereiken waarin je God behaagt, niet alleen door in de waarheid te verblijven in liefde voor God vanuit het diepst van je hart, maar ook ijverig en onophoudelijk te bidden.

Een korte tijd nadat ik mijn gemeente had opgericht, kwam er een jonge man bezeten door epilepsie, van de provincie Gang-Won, om mij te ontmoeten nadat hij het nieuws gehoord had over mijn genezingsbediening. Ondanks dat hij dacht dat hij God gediend had, als een zondagschoolonderwijzer en een lid van het koor, probeerde hij niet om af te rekenen met zijn zonden, maar bleef maar zondigen, omdat hij buitengewoon arrogant was. Als gevolg, kwam er een slechte geest bij hem binnen die zijn denken besmette en de man leed er vreselijk onder.

Het werk van genezing werd getoond, vanwege het ernstige gebed en toewijding van zijn vader voor zijn zoon. Toen ik de identiteit van de boze geest had verduidelijkt, en het uitdreef door gebed, viel de man bewusteloos achterwaarts terwijl schuim met een vieze geur zijn mond bedekte. De jonge man ging terug naar huis, nadat hij zich gewapend had met Gods woord in mijn gemeente en werd een nieuw persoon in Christus. Later hoorde ik dat hij getrouw zijn gemeente diende en getuigenis gaf van zijn genezing.

Bovendien, vandaag de dag, worden vele mensen bevrijdt van demonen of van machten der duisternis, boven tijd en ruimte, door het gebed met een zakdoek waarvoor ik voor bad.

Bij een gelegenheid, was een jonge man van Ul-San, in de provincie Kyungnam vreselijk geslagen door leerlingen van een hogere klas en hun vrienden tijdens zijn eerste jaar op de middelbare school, omdat hij weigerde te roken met hen. Als gevolg, leed de jonge man ernstig aan angst, werd uiteindelijk bezeten, en werd opgenomen in een phychiatrisch ziekenhuis gedurende zeven maanden. En toch werd hij vrij van de boze geest na het ontvangen van gebed met de zakdoek waarvoor ik gebeden had. Zijn gezondheid herstelde en is nu een kostbare werker in zijn gemeente.

Zulke werken vinden ook in het buitenland plaats. Bijvoorbeeld, in Pakistan leed een leek aan een boze geest gedurende vier jaar, maar werd bevrijdt door het gebed met de zakdoek, en ontving de Heilige Geest en de gave van spreken in tongen.

2. In nieuwe tongen spreken

Het tweede teken wat de gelovigen volgt is het spreken in nieuwe tongen. Wat is bidden in nieuwe tongen eigenlijk?

1 Korinthiërs 14:15 zegt, *"Ik zal bidden met mijn geest,*

maar ook bidden met mijn verstand; ik zal lofzingen met mijn geest, maar ook lofzingen met mijn verstand." Je bent in staat om te zien dat de geest verschillend is van het denken. Wat voor verschil is er dan tussen de geest en het denken?

Er zijn twee soorten denken in iemands hart: het denken van de waarheid en het denken van de leugen. Het denken van de waarheid is geest, een wit denken. Het denken van de leugen is vlees, een zwart denken. Nadat je Jezus hebt aangenomen, is je hart gevuld met de Geest zo vaak je bidt en de zonde verwerpt door te leven door Gods woord, omdat de leugen zoveel ontworteld wordt.

Uiteindelijk wordt je hart beetje bij beetje gevuld met de Geest, zonder dat er enige leugen achterblijft, wanneer je het vierde niveau van geloof bereikt om God tot het uiterste lief te hebben. Bovendien, als je een geloof hebt wat God welgevallig is, is je hart volledig gevuld met de Geest, en dat wordt een "gezonde geest" genoemd. Op dit niveau, is je denken geest en de geest is je denken.

Om in nieuwe tongen te spreken

Wanneer zo'n geest binnen in je bidt tot God door de inspiratie van de Heilige Geest, wordt dit "bidden in tongen" genoemd. Het gebed in tongen is een gesprek tussen jou en God, en dus, is dit buitengewoon voordelig voor je leven in Christus, omdat de vijand Satan niet in staat is om het af te luisteren.

De gave van spreken in tongen is over het algemeen gegeven aan Gods kinderen wanneer hij of zij ijverig bidden in de volheid van de Heilige Geest. God wil deze gave aan ieder van Zijn kinderen geven.

Wanneer je vurig bidt in tongen, zou je in staat zijn om onbewust een lied te zingen in tongen, te dansen, of zelfs een ritmische beweging te maken door de inspiratie van de Heilige Geest. Zelfs iemand die normaal niet zo goed kan zingen of iemand die niet goed kan dansen, kan toch het beter zijn dan profesionele dansers, omdat de Heilige Geest volledig heerst in die persoon.

Bovendien, iemand zou een nieuwe geestelijke ervaring hebben door te spreken in nieuwe tongen wanneer hij verder gaat op een hoger niveau. Dit wordt ”spreken in nieuwe tongen” genoemd. Je zou in staat zijn om in nieuwe tongen te spreken als je in tongen spreekt op het vijfde niveau van geloof.

Kracht genoeg om de vijand satan uit te drijven

In nieuwe tongen spreken is zo krachtig dat de vijand Satan ervoor vreest en weggaat. Veronderstel dat je een inbreker tegenkomt die je wil steken met een mes. Op dat moment, is God in staat om hem van gedachte te laten veranderen of een engel zijn arm te laten verstijven, als je in nieuwe tongen bidt.

Ook wanneer je jezelf ongemakkelijk voelt of voelt om voor iets te bidden onderweg ergens naar toe, komt dat omdat God je denken dwingt door de Heilige Geest; Hij weet al dat er een ongeval gaat gebeuren.

Overeenkomstig, als je bidt in gehoorzaamheid naar het werk van de Heilige Geest, zou je in staat zijn om een ramp of ongeval te voorkomen, omdat de vijand, de duivel van je weggaat en God je leidt om het te voorkomen.

Daarom, door te spreken in nieuwe tongen, ben je beschermt en kan je problemen en moeilijkheden thuis, op je werk of in zaken voorkomen, of overal zonder hinder van de vijand Satan en de duivel.

3. Slangen opnemen met de handen

Het derde teken dat de gelovigen volgt is het opnemen van slangen met hun handen. Naar wat verwijst "een slang"?

Laat ons kijken naar Genesis 3:14-15

Daarop zeide de HERE God tot de slang: Omdat gij dit gedaan hebt, zijt gij vervloekt onder al het vee en onder al het gedierte des velds; op uw buik zult gij gaan en stof zult gij eten, zolang gij leeft. En Ik zal vijandschap zetten tussen u en de vrouw, en tussen uw zaad en haar zaad; dit zal u de kop vermorzelen en gij zult het de hiel vermorzelen.

Het is een beeld waarin de slang vervloekt werd vanwege het verleiden van Eva. Hier, verwijst "de vrouw" geestelijk naar Israël, en "haar zaad" naar Jezus Christus. Van hieruit betekent dat het zaad van de vrouw "[vermorzeld de kop] van de slang," dat Jezus Christus de autoriteit van de dood zal verbreken van de vijand satan en de duivel. Om te zeggen dat het "de slang zal vermorzelen met zijn hiel" voorspelt ons dat de vijand Satan en de duivel de kruisiging van Jezus.

Het staat ook geschreven dat "de slang" verwijst naar de vijand Satan en de duivel, omdat Openbaringen 12:9 zegt *"En de grote draak werd (op de aarde) geworpen, de oude slang, die genaamd wordt duivel en de satan, die de gehele wereld verleidt; hij werd op de aarde geworpen en zijn engelen met hem."*

Derhalve, betekent "opnemen van slangen" dat je gescheiden zal zijn van de vijand Satan en het vernietigd in de naam van Jezus Christus.

Een synagoge van Satan vernietigen

We vinden de volgende verzen in het boek Openbaringen:

"Ik weet uw verdrukking en armoede, hoewel gij rijk zijt, en de laster van hen, die zeggen, dat zij Joden zijn, doch het niet zijn, maar een synagoge des satans" (2:9).

"Zie, Ik geef sommigen uit de synagoge des satans, van hen, die zeggen, dat zij Joden zijn en het niet zijn, maar liegen; zie, Ik zal maken, dat zij zullen komen en zich nederwerpen voor uw voeten, en erkennen, dat Ik u heb liefgehad" (3:9).

Hier verwijst "Joden" als Gods uitverkorenen, geestelijk naar al degenen die geloven in God. Degene die "beweren om Jood te zijn" verwijst naar mensen die Gods werk verhinderen, oordelen en het afbreken tot op de grond, omdat het werk van God niet overeenkomt met hun eigen denken, en haten en morren in zichzelf uit jaloezie en naijver.

"Een synagoge van Satan" betekent twee of meer mensen die samenkomen en leugenachtig kwaadspreken van anderen, en problemen maken in de gemeente. Het mopperen van een paar mensen steekt vele mensen aan en dan wordt er uiteindelijk een synagoge van satan opgericht.

Natuurlijk moeten opbouwende voorstellen en suggesties aangenomen worden voor de ontwikkeling van de gemeente. In de synagoge van Satan, echter, als er sommige gemeenteleden vechten tegen de dienstknecht van God, splitst de kerk met een aannemelijke reden, en vormt een groep tegen de waarheid.

Ondanks dat gemeentes gevuld zouden moeten zijn met liefde, en heiligheid en verenigd zouden moeten zijn in de waarheid, zijn er vele gemeentes waar het gebed en de liefde verkillen, opwekkingen stoppen, en het koninkrijk van God staat niet standvastig, dit alles vanwege de synagoge van Satan.

De synagoge van Satan, kan echter niet zijn kracht uitoefenen, wanneer je het kan onderscheiden met een God welgevallig geloof op het vijfde niveau van geloof.

Er is nooit een synagoge van Satan in mijn gemeente geweest, sinds de oprichting ervan. In de eerste dagen van mijn bediening, is het misschien wel in de gedachten van sommige mensen gekomen, die beheerst werden door Satan, omdat de gemeenteleden nog niet volledig gewapend waren met de waarheid.

Op ieder moment, hoe dan ook, liet God het me weten en vernietigde het door de boodschap. Op deze manier, werd elke poging tot het vormen van een synagoge van Satan vernietigd. Heden ten dage, zijn mijn gemeenteleden in staat om duidelijk te onderscheiden de waarheid van de leugen. Degene die in het geheim de gemeente binnenkwamen om een synagoge van Satan te vormen, vertrokken of bekeerden zich, omdat er in sommige van hen toch een goed hart aanwezig was. Evenzo, kan er geen synagoge van Satan gevormd worden als niemand er in overeenstemming naar handelt.

4. Geen dodelijk vergif zal je schade toe brengen

Het vierde teken dat de gelovigen volgt is dat wanneer zij iets dodelijks drinken, het hen niet zal treffen. Wat betekent dit nu precies?

In Handelingen 28:1-6, is er een voorval waarbij de Apostel Paulus gebeten werd door een slang op het eiland Malta. De bewoners verwachtten dat het zou opzwellen of dat hij plotseling zou sterven, maar hij leed aan geen enkel gevolg van ziekte. Na lang wachten en zien of er niets ongewoons zou gebeuren met Paulus, veranderden de bewoners hun denken en zeiden dat hij een god was (v. 6). Dat kwam omdat Paulus een volmaakt geloof had, zodat zelfs het gif van een slang hem geen kwaad deed.

Zelfs wanneer een slang je bijt

Mensen met een volmaakt geloof zouden niet ziek moeten worden, of besmet raken met bacteriëen, virussen of vergif, zelfs als ze het per ongeluk hebben in genomen, omdat God het vergif verteert met het vuur van de Heilige Geest.

Als ze het echter opzettelijk drinken, kunnen ze niet beschermt worden, omdat ze dan eigenlijk God beproeven. Hij aanvaardt geen enkel beproeving, behalve over de tiende. Je kan ook vergiftigd worden door een voedselvergiftiging, die eigenlijk bedoeld was om je schade toe te brengen.

Bovendien, kan een man, een vrouw drinken geven met slaappoeder om haar te kunnen verleiden, of om iemand te ontvoeren of geld van hem te stelen. Zelfs in die gevallen, zou iemand met volmaakt geloof beschermt zijn en geen schade lijden, omdat het vergif geneutraliseerd wordt door het vuur van de Heilige Geest.

Het vuur van de Heilige Geest verteert elk vergif

Tegen het einde van mijn derde jaar aan de theologische seminarie, voelde ik een scherpe pijn in mijn maag na het drinken van een frisdrank, terwijl ik mij voorbereidde op mijn eerste opwekkingssamenkomst. Ik voelde verlichting nadat ik gebeden had met mijn handen op mijn maag en ik ledigde mijn ingewanden door diarree. Ik wist niet dat er vergif in het drinken zat tot de volgende dag.

Eens bleef ik bidden in Jochiwon, in de provincie Choongchung. Er was daar vlakbij een universiteit, waar ik verbleef en er waren vaak betogingen van studenten en de politie gebuikte dan traangas om het de kop in te drukken. Zelfs wanneer de mensen om mij heen moeite hadden met ademhalen, ervaarde ik deze moeite niet.

In het begin van mijn bediening, leefde mijn gezin in het souterrain van mijn kerkgebouw. In die tijd, gebruikten

Koreaanse mensen, steenkool om te verwarmen. Mijn gezin leed vaak aan de koolstofmonoxide gas, vooral op bewolkte dagen, omdat er onvoldoende luchtcirculatie was. En toch, heb ik nooit geleden aan de gasvergiftiging. De Heilige Geest lost onmiddellijk elk giftig materiaal op, zelfs als het een persoon aanraakt met een God welgevallig geloof, wanneer de Heilige Geest het in Zijn volheid beweegt in en rond het lichaam van de persoon.

5. De zieken worden genezen door uw handen op hen te leggen

Het vijfde teken dat de gelovigen volgt is dat wanneer zij handen op de zieken leggen, zij gezond worden. Door Gods genade, heeft dit teken mij gevolgd vanaf het begin van mijn bediening. Na de oprichting van mijn gemeente, hebben talrijke mensen genezing ontvangen en God verheerlijkt.

Heden ten dage, kan ik niet meer mijn handen op alle leden van mijn gemeente leggen, ik bid alleen nog voor de zieken vanaf het podium. Vele zieken ontvangen echter genezing door het gebed.

Naast dit, werden verschillende ziektes zoals leukemie, verlamming en kankers genezen, tijdens de jaarlijkse Twee-Weken opwekking, die ieder jaar in Mei tot 2004, werden gehouden. Bovendien, gingen de blinden zien, de doven horen, en de lamme lopen. Door deze ontzagwekkende werken van God, hebben ontelbare mensen de levende God ontmoet.

Maar waarom, zijn er nog steeds mensen die geen antwoord

kunnen ontvangen, te midden van de overduidelijke werken van de Heilige Geest, die bacterieën verteert en de zieken geneest?

Ten eerste, moeten we ons herinneren dat wanneer iemand gebed ontvangt zonder geloof, hij niet kan worden genezen. Het is alleen maar passend dat hij geen antwoord ontvangt als hij geen geloof in God heeft, omdat God werkt overeenkomstig het geloof van ieder persoon. Ten tweede, iemand kan niet genezen, ook al heeft hij geloof, wanneer er een muur van zonde is. In dit geval, kan hij genezen worden na zich bekeerd te hebben van zijn zonde en terug keert tot God, gebed ontvangt.

Er is nog één ander ding wat je moet weten: Zelfs als iemand een ziek persoon geneest door gebed, kan je hem niet beschouwen als zijnde op het vijfde niveau van geloof. Je bent in staat om mensen te genezen als je de gave van genezing hebt, zelfs als je maar op het derde niveau van geloof bent.

Bovendien, iemand op het tweede niveau van geloof geneest vaak mensen door gebed wanneer hij gevuld is met de Heilige Geest, omdat hij misschien het vierde niveau van geloof is binnengegaan gedurende een korte tijd. Bovendien, het gebed van de rechtvaardige of het gebed van liefde is zo sterk en effectief dat Gods werk getoond kan worden (Jacobus 5:16).

Op dat moment, zijn er beperkingen in zulke gevallen. Ziektes zoals bacterieën of virussen, zoals onschuldige ziektes, kankers, en tuberculosis kunnen genezen worden, maar grote werken van God zoals de lamme laten wandelen of de blinden laten zien kunnen niet voortkomen.

Zelfs wanneer demonen uitgedreven worden door het gebed van liefde of de gave van genezing, is het heel aannemelijk dat de boze geesten na een tijdje terug keren. Maar als een persoon op het vijfde niveau van geloof boze geesten uitdrijft, kunnen ze niet terugkeren.

Overeenkomstig, wordt er van je gezegd dat je op het vijfde niveau van geloof bent, enkel als je in staat bent om deze vijf tekenen samen te tonen. Bovendien, ben je in staat om nog krachtigere autoriteit te gebruiken, kracht en de gaves van de Heilige Geest, als je op dit niveau bent.

In deze tijd, waarin vele mensen volledig vervuld zijn met het kwade en de zonde, willen ze eigenlijk alleen maar het geloof als ze krachtigere wonderen en tekenen zien, dan de mensen in Jezus tijd.

Daarom wil God dat Zijn kinderen niet alleen geestelijk en volmaakt geloof verkrijgen, maar ook tekenen laten zien die de gelovigen volgen, zodat ze velen tot de weg van redding mogen leiden.

Je behoort te proberen om de autoriteit, en kracht te ontvangen wetende dat je in staat bent om dat te doen wat Jezus deed en zelfs grotere werken dan Hij deed, als je een God welgevallig geloof hebt in Christus.

Ik bid dat je Gods koninkrijk mag uitbreiden en Zijn gerechtigheid mag voortbrengen met dit soort geloof, zodra je ervoor in staat bent en voor eeuwig zal schijnen in de hemel als de zon, in de naam van Jezus Christus!

Hoofdstuk 10

VERSCHILLENDE HEMELSE VERBLIJFPLAATSEN EN KRONEN

DE MATE VAN GELOOF

1

De hemel alleen bezitten door geloof

2

De hemel heeft geleden door geweld

3

Verschillende verblijfplaatsen en kronen

~

"Uw hart worde niet ontroerd; gij gelooft in God,

gelooft ook in Mij. In het huis mijns Vaders zijn

vele woningen – anders zou Ik het u gezegd

hebben – want Ik ga heen om u plaats te bereiden;

en wanneer Ik heengegaan ben en u plaats bereid

heb, kom Ik weder en zal u tot Mij nemen, opdat

ook gij zijn moogt, waar Ik ben."

(Johannes 14:1-3)

~

Als een Olympisch atleet een gouden medaille wint zal dat een diep bewogen moment zijn. Hij zal de gouden medaille niet bij toeval winnen maar na een lange tijd van zware training om zijn vaardigheden te vergroten en af te zien van zijn hobbies en favoriete eten. Hij kan die zware training volhouden omdat hij een sterk verlangen heeft om de gouden medaille te winnen en weet dat dit overvloedig beloond zal worden.

Het is het zelfde met ons Christenen. In de geestelijke wedloop voor het hemelse koninkrijk, moeten we de goede strijd van geloof strijden, ons lichaam trainen, en onderwerpen om uiteindelijk als een winnaar te zijn voor de uiteindelijke prijs. De mensen in deze wereld doen er alles voor om de wereldse prijs en de glorie te ontvangen. Wat zou jij dan doen om de prijs te ontvangen en de glorie van het eeuwige hemelse koninkrijk?

Het Woord zegt in 1 Korintiers 9:24-25, *"Weet gij niet, dat zij, die in de renbaan lopen, allen wel lopen, doch dat slechts één de prijs kan ontvangen? Loopt dan zó, dat gij die behaalt! En al wie aan een wedstrijd deelneemt, beheerst zich in alles; zij om een vergankelijke erekrans te verkrijgen, wij om een onvergankelijke"*

Deze versen moedigen je aan om je te allen tijde te beheersen en zonder ophouden te lopen, je uitstrekkende naar de glorie die je spoedig de vreugde zal geven.

Laten we in detail zien hoe je het koninkrijk der hemelse

glorie kan bezitten, en hoe je een betere verblijfplaats kan hebben in de hemel.

1. De hemel alleen bezitten door geloof

Er zijn vele mensen die, zelfs al hebben ze eer en macht, rijkdom en voorspoed en veel kennis, niet weten vanwaar zij komen, waarvoor ze leven, en waar ze naartoe gaan. Ze denken eenvoudigweg dat vanaf de geboorte, mensen eten en drinken, naar school gaan, naar hun werk, trouwen, en leven totdat ze als stof terug gaan in de aarde.

Echter, de mensen van God, die Jezus Christus hebben aangenomen denken zo niet. Zij weten dat hun echte Vader die hen leven geeft God is, omdat zij geloven dat Hij de eerste mens Adam schiep, en hem toestond een afstammeling te zijn door hem het zaad des levens te geven. Dus ze leven om God de glorie te geven, of ze nu eten of drinken of iets anders doen omdat ze weten waarom God de mens schiep en liet leven in deze wereld. Ze leven ook overeenkomstig Gods wil omdat ze weten hoe ze gered zijn, naar het hemelse koninkrijk gaan, eeuwig leven hebben, of hoe ze gestraft kunnen worden in de eeuwige hel van vuur.

Zij die geloof hebben zijn Gods kinderen met het burgerschap van de hemel. Hij wil dat ze duidelijk kennis hebben over het koninkrijk van de hemel en vervuld met de hoop voor hun huis daar, omdat hoe meer mensen duidelijk weten over het hemelse koninkrijk, des te actiever kunnen ze leven met het geloof in dit leven.

Je kan de hemel alleen bezitten door geloof en dus alleen zij die gered zijn door geloof zullen daar komen. Zelfs al heb je een grote som geld en al de eer en macht, kan je daar niet komen door je eigen kracht. Alleen zij die het recht hebben Gods kinderen te zijn door Jezus aangenomen te hebben en door Zijn woord kunnen naar de hemel gaan en de vreugde van het eeuwig leven en de zegening genieten.

Redding in Oud-Testamentische tijden

Wil dit zeggen dat zij die niets van Jezus weten niet gered kunnen worden? Nee, dat is niet zo. Zoals de tijd van het Oude Testament de tijd van de Wet was, ontvingen mensen redding afhankelijk van het leven volgens de Wet, het woord van God, of niet. In de tijd van het Nieuwe Testament echter, nadat Johannes de Doper, naar deze wereld kwam en van Jezus Christus getuigde, werden mensen gered door geloof in Jezus Christus.

Zelfs in onze tijd kunnen er enkele mensen zijn die Jezus Christus niet hebben aangenomen omdat ze nog geen gelegenheid gehad hebben om over Hem te horen. Zulke mensen zullen geoordeeld worden op hun geweten (Voor meer hierover verwijs ik naar De Boodschap van Het Kruis). Heden ten dage schijnt het dat vele mensen Gods wil van redding verkeerd uitleggen. Ze begrijpen niet dat ze alleen gered kunnen worden als zij hun geloof belijden door het met hun mond uit te spreken, door te zeggen; "Ik geloof dat Jezus Christus mijn redder is," omdat God in de Nieuw Testamentische tijd hen de genade van redding gaf door Jezus Christus. Deze mensen denken dat ze niet behoeven te trachten te leven door Zijn woord en dat zondigen niet zo'n groot probleem is, maar dat is absoluut niet waar.

Wat maakt het dan werkelijk uit om gered te zijn door daden in Oud Testamentische tijden of gered te zijn door geloof in Nieuw Testamentische tijden?

Jezus kwam niet naar de wereld om hen te redden die niet volgens het woord van God leven, Hij kwam om de mensen te leiden naar het woord van God te leven, niet alleen door daden maar ook met hun hart.

Daarom zegt Jezus in Matteus 5:17, *"Meent niet, dat Ik gekomen ben om de wet of de profeten te ontbinden; Ik ben niet gekomen om te ontbinden, maar om te vervullen,"* Ook herinnert Hij ons eraan dat als iemand zonde in zijn hart heeft, hij al gezondigd heeft. *"Gij hebt gehoord, dat er gezegd is: Gij zult niet echtbreken. Maar Ik zeg u: Een ieder, die een vrouw aanziet om haar te begeren, heeft in zijn hart reeds echtbreuk met haar gepleegd"* (Matteüs 5:27-28).

Redding in Nieuw-Testamentische tijden

Gedurende de tijden van het Oude Testament, zelfs toen iedereen overspel pleegde in zijn hart, werd hij niet beschouwt gezondigd te hebben, tenzij hij het actief gedaan had. Alleen als hij overspel bedreef werd hij bestempeld als zondaar. Met als gevolg, slechts als hij overspel bedreven had, men hem ter dood stenigden. (Deutronomium 22:21-24). Op dezelfde manier, in Oud Testamentische tijden, als iemand erg gemeen en kwaad was in zijn hart, om iemand te vermoorden of iets te stelen, maar zoiets niet deed, kon gered worden omdat hij niet schuldig bevonden werd aan zonde.

Nu, laten we eens kijken naar 1 Johannes 3:15 om te begrijpen wat het betekent gered te zijn door geloof in Nieuw Testamentische tijden. *"Een ieder, die zijn broeder haat, is een mensenmoorder en gij weet, dat geen mensenmoorder eeuwig leven blijvend in zich heeft."*

In de Nieuw Testamentische tijden, ook als mensen niet echt zondigen, kan men niet gered worden als hij zondigt in zijn hart, omdat dat hetzelfde is als openlijk zondigen.

Daarom is, in Nieuw Testamentische tijden, iemand die de neiging heeft om te stelen, reeds een dief, als iemand met lust naar een vrouw kijkt, heeft hij reeds overspel gepleegd, en als iemand zijn broeder haat en de gedachte heeft hem te vermoorden, is hij niet beter dan een moordenaar. Als je dit duidelijk weet, moet je redding ontvangen door God je geloof te laten zien zonder in je hart te zondigen.

Doe de handelingen en verlangens van de zondige natuur weg

In de Bijbel vind je vaak de uitdrukking "een zondige natuur," "vleselijk," "dingen van het vlees," "handelingen van het vlees," "het zondige lichaam," enzo verder. Het is echter toch erg moeilijk om mensen te vinden die de ware bedoeling van deze uitdrukkingen kennen, zelfs onder gelovigen.

Volgens het woordenboek is er geen verschil tussen "vlees" en "lichaam," maar volgens de Bijbel hebben ze een verschillende geestelijke betekenis. Om de geestelijke betekenis te begrijpen, moet je eerst weten hoe de zonde in de mens kwam.

De eerste mens als een levende geest, was een geestelijk persoon zonder enige onwaarheid omdat God hem alleen de kennis van het leven geleerd had. De dood kwam op hem toen hij een zonde van ongehoorzaamheid bedreef door fruit te nemen van de boom van kennis van goed en kwaad omdat hij zich niet hield aan het gebod van God in zijn gedachte (Romeinen 6:23).

Toen de geest, die de rol van meester van hem speelde, dood ging, kon Adam niet langer communiceren met God. Bovendien had hij als schepsel de Schepper God moeten vrezen en zich aan Zijn geboden houden, maar als mens kon hij deze plicht niet geheel volbrengen. Hij werd uit de Hof van Eden verdreven en moest in deze wereld van tranen, zorgen, lijden, ziekten, en dood, leven. Hij en zijn afstammelingen kwamen er toe om te zondigen toen ze een vervloekte generatie na generatie werden.

In dit proces van besmetting met zonde, verdween de kennis van het oorspronkelijke door God gegeven leven van de mens. We noemen dit "lichaam" en als zondige dingen samen gaan met het "lichaam" noemen we dat "het vlees."

Daarom is het "vlees" een algemene term die naar het onzichtbare, maar verborgen ding in iemands hart verwijst, die in actie kunnen komen, zelfs als iemand dat niet bewust doet. Echter, als we het vlees verdelen en onderscheiden in verschillende onderdelen, noemen we dat "verlangens van het vlees."

Bijvoorbeeld, kenmerken als, afgunst, jaloezie, en haat zijn niet zichtbaar maar kunnen naar buiten komen als daden, zolang ze in je hart zijn. Daarom ziet God ze eveneens als zonden.

Op deze manier zullen ze, als je niet afrekent met de

verlangens van het vlees, zich openbaren, en als de verlangens van het vlees zich openbaren door daden, noemen we ze "vleselijke daden." Hier tegenover, als de gehele handeling van onze natuurlijke natuur samengevoegd wordt, wordt dat het "vlees" genoemd.

Met andere woorden, als we het vlees in daden onderscheiden noemen we ze "daden van het vlees." Als je het verlangen hebt om iemand te slaan, behoort dit soort hartstoestand tot "verlangen van het vlees," en als je de persoon werkelijk slaat, is dat "een daad van het vlees"

Wat is de geestelijke betekenis van "vlees" zoals staat in Genesis 6:3?

En de HERE zeide: "Mijn Geest zal niet altoos in de mens blijven, nu zij zich misgaan hebben; hij is vlees."

Dit vers herinnert ons eraan dat God niet eeuwig met mensen wil zijn die niet leven volgens Zijn woord maar zondigen en "vleselijk" worden.

De Bijbel zegt ons echter dat God altijd met geestelijke mensen was, zoals Abraham, Mozes, Elia, Noach, en Daniël, die alleen de waarheid zochten en volgens het woord van God leefden. Omdat je weet dat de vleselijke mensen die niet volgens het woord van God leven, niet gered kunnen worden, moet je er naar streven om snel, niet alleen alle daden van het vlees maar ook alle verlangens van het vlees weg te doen.

De vleselijke mens zal het koninkrijk van God niet beërven

Sinds dat God liefde is, geeft Hij ons het recht om Zijn kinderen te worden, en de Heilige Geest als een gift aan hen die zich realizeren dat ze zondaren zijn, zich bekeren van hun zonden, en Jezus Christus als hun redder aannemen. Als je de Heilige Geest ontvangt als een gift en geboorte geeft aan de Heilige Geest, is je dode geest opgewekt.

Dus je kan redding ontvangen en eeuwig leven hebben, omdat je niet langer een mens van vlees bent, maar een mens van de geest. Als je echter blijft leven naar de daden van het vlees, zul je niet gered worden omdat God niet met je zal zijn.

De daden van het vlees worden duidelijk uitgelegd in Galaten 5:19- 21:

Het is duidelijk, wat de werken van het vlees zijn: hoererij, onreinheid, losbandigheid, afgoderij, toverij, veten, twist, afgunst, uitbarstingen van toorn, zelfzucht, tweedracht, partijschappen, nijd, dronkenschap, brasserijen en dergelijke, waarvoor ik u waarschuw, zoals ik u gewaarschuwd heb, dat wie dergelijke dingen bedrijven, het Koninkrijk Gods niet zullen beërven.

Jezus zegt ons in Matteus 7:21 *"Niet een ieder, die tot Mij zegt: Here, Here, zal het Koninkrijk der hemelen binnengaan, maar wie doet de wil mijns Vaders, die in de hemelen is."* Verder zegt de Bijbel ons telkens weer dat de onrechtvaardige die niet volgens Zijn wil leeft maar de daden van het vlees doet de hemel niet kan binnen gaan, God wil dat iedereen redding ontvangt door geloof en de hemel bereikt.

Als je redding wil ontvangen door geloof

In Romeinen 10:9-10 staat dit: *"Want indien gij met uw mond belijdt, dat Jezus Heer is, en met uw hart gelooft, dat God Hem uit de doden heeft opgewekt, zult gij behouden worden; want met het hart gelooft men tot gerechtigheid en met de mond belijdt men tot behoudenis."*

Het soort geloof dat God wil, is het soort dat je met je hart gelooft en met je mond belijdt. Met andere woorden, als je werkelijk gelooft in je hart dat Jezus je redder werd door op de derde dag op te staan, na Zijn Kruisdood, ben je gerechtvaardigd door je zonden weg te doen en te leven door Gods Woord. Als je met je mond belijdt terwijl je op deze manier leeft in overeenstemming met Zijn Wil, kan je gered worden omdat je belijdenis waar is.

Daarom staat er in Romeinen 2:13: *"want niet de hoorders der wet zijn rechtvaardig bij God, maar de daders der wet zullen gerechtvaardigd worden."* De Schrift zegt ons in Jakobus 2:26, *"Want gelijk het lichaam zonder geest dood is, zo is ook het geloof zonder werken dood."*

Je kan je geloof alleen laten zien door je daden, als je Gods woord gelooft in je hart, niet als je het opbergt als kennis. Als de kennis opgeslagen is in je hart zullen de acties volgen.

Als je dus een hater bent geweest, kan je verandert worden in iemand die van anderen houdt. Als je een dief was kan je veranderen in iemand die niet meer steelt. Als je nog steeds leeft in de duisternis met liefde voor de wereld en je zonde alleen belijdt met je mond, is je geloof dood omdat het niets te maken heeft met redding.

Er staat ook in 1 Johannes 1:7, *"maar indien wij in het licht wandelen, gelijk Hij in het licht is, hebben wij gemeenschap met elkander; en het bloed van Jezus, zijn Zoon, reinigt ons van alle zonde."*

Als de waarheid echter in je is, wandel je natuurlijk in het licht omdat je door de waarheid leeft. Je word gerechtvaardigt wanwege het geloof in je hart, als je uit de duisternis komt en het licht ingaat door je zonden weg te doen. Aan de andere kant lieg je tegen God als je nog steeds in het duister leeft en zonde en kwade dingen doet. Dus je moet eigenlijk snel het geloof verwerven vergezeld met daden.

Je moet in het licht wandelen

God zegt ons te strijden tegen de zonde tot bloedens toe (Hebreeën 12:4) omdat Hij wil dat we vomaakt zijn zoals Hij volmaakt is (Matteüs 5:48), en heilig omdat Hij heilig is. (1 Petrus 1:16).

In Oud Testamentische tijden werden de mensen alleen gered als hun daden perfect waren, ze behoefde hun zonden in hun hart niet weg te doen, omdat het onmogelijk was voor de mens, als mens zelf van hun zonde af te komen in hun eigen kracht.

Als je je zonden zelf zou kunnen weg doen, had Jezus niet zelf in het vlees behoeven te komen. Omdat je echter van het probleem van de zonde niet gered kan worden door je eigen mogelijkheid en kracht, werd Jezus gekruisigd en gaf Hij eenieder die het gelooft, de Heilige Geest als een gift en leidt hem tot redding.

Op deze manier kan je ieder soort kwaad verwijderen met behulp van de Heilige Geest en deel zijn van de goddelijke natuur van wege de Heilige Geest, als Hij in je hart komt, je vrij maakt van zonde, ongerechtigheid en oordeel.

Daarom moet je niet tevreden zijn met alleen Jezus te aanvaarden, maar in plaats daarvan veelvuldig bidden, het kwade verwerpen, en wandelen in het licht van de Heilige Geest, totdat je in staat bent deel te hebben aan de goddelijke natuur.

De enige weg om in de hemel te komen is geestelijk geloof te hebben samen met daden, zoals we vinden in Matteüs 7:21: *"Niet een ieder, die tot Mij zegt: Here, Here, zal het Koninkrijk der hemelen binnengaan, maar wie doet de wil mijns Vaders, die in de hemelen is."* Je moet er alles aan doen tot je de mate van Vaders geloof bereikt omdat de hemelse verblijfplaats vast staat naar de mate van geloof van een mens.

Ik hoop dat je deel zal hebben aan een goddelijke natuur en het Nieuwe Jeruzalem zal bereiken waar de troon van God zich bevindt.

2. De hemel heeft geleden door geweld

God laat ons oogsten wat we zaaien en beloond ons naar wat we doen omdat Hij gerechtigheid is. Dus zelfs in de hemel wordt iedereen beloond met een verblijfplaats overeenkomstig de mate van zijn geloof en er worden verschillende beloningen gegeven aan ieder persoon overeenkomstig de mate van dienen en onderwerpen aan het Koninkrijk van God. God die zelfs Zijn enige Zoon opofferde zonder voorbehoud om ons de hemel en eeuwig leven te geven, wacht vurig op Zijn kinderen om binnen te gaan en eeuwig met Hem te leven in de beste verblijfplaats in de hemel, het Nieuwe Jeruzalem.

In de geschiedenis van de wereld heeft een sterk land oorlog gevoerd tegen een relatief zwakker land en zijn grenzen uitgebreid. Om een ander lands grondgebied in bezit te nemen, moet het ene land het andere land binnen vallen en het in een oorlog verslaan.

Hetzelfde is het als je een kind van God bent, met hemels burgerschap, moet je naar de hemel gaan met de vurige hoop, omdat je het heel erg goed weet. Sommigen kunnen zich er over verbazen hoe we ons naar de hemel durven uitstrekken, dat het koninkrijk van de almachtige God is. Daarom moeten we eerst begrijpen wat de geestelijke bedoeling is van "hemels lijden met geweld," en hoe het eigenlijk in te nemen door geweld.

Sinds de dagen van Johannes de Doper

Jezus zegt in Matteüs 11:12, *"Sinds de dagen van Johannes de Doper tot nu toe breekt het Koninkrijk der hemelen zich baan met geweld en geweldenaars grijpen ernaar."* De dagen voor Johannes de Doper verwijzen naar de dagen van de wet, toen de mensen gered werden door hun daden.

Het Oude Testament is de schaduw van het Nieuwe Testament, profeten lieten de mensen weten over Jehovah en profeteerde over de Messias. Sinds de dagen van Johannes de Doper, begint een nieuw tijdperk van het Nieuwe Testament, namelijk de Nieuwe Belofte werd geopend met het afsluiten van de profetieën van het Oude Testament.

Onze Redder Jezus verschijnt op het podium van de geschiedenis van de mensheid, niet als een schaduw maar als de Ik ben die Ik ben. Johannes de Doper begon te getuigen over Jezus die op deze manier zou komen. Van toen af aan is de tijd van genade begonnen, waarin iedereen redding kan ontvangen door Jezus als zijn Redder aan te nemen en dan de Heilige Geest ontvangt.

Iedereen die Jezus Christus aanneemt en gelooft in Zijn naam ontvangt het recht om een kind van God te worden, en de hemel binnen te gaan. God heeft de hemel echter verdeeld in verschillende verblijfplaatsen, en laat ieder van Zijn kinderen bezit nemen van de plaats overeenkomstig zijn of haar mate van geloof, omdat dat rechtvaardig is en een ieder beloond naar zijn of haar daden. Verder kunnen alleen zij, die geheel heilig hebben geleefd volgens het Woord, en hun bediening helemaal volbracht hebben, het Nieuwe Jeruzalem binnen gaan, daar waar de troon van God is.

Daarom moet je een krachtig iemand zijn om beslag te leggen op een betere verblijfplaats in de hemel want je zal een andere verblijfplaats binnen gaan overeenkomstig de mate van je geloof, zelfs door de ingang van de hemel gaan op zich is mogelijk door geloof.

Vanaf de dagen van Johannes de Doper tot de Tweede Komst van onze Here in de lucht zullen de voortgang naar de hemel hier van afhangen. Jezus zegt ons in Johannes 14:6, *"Jezus zeide tot hem: Ik ben de weg en de waarheid en het leven; niemand komt tot de Vader dan door Mij."*

De Here zegt ons dat er niemand tot de Vader komt behalve door Hem, omdat Hij de weg is die naar de hemel leidt, de waarheid zelf, en het leven. Daarom kwam Hij naar deze wereld om te getuigen van God, zodat wij God duidelijk begrijpen, en Hij leerde ons door Zichzelf als voorbeeld, hoe we in de hemel kunnen komen.

De Hemel is verdeeld in verschillende verblijfplaatsen

De Hemel is Gods koninkrijk waar Zijn geredde kinderen eeuwig zullen leven. Anders dan deze wereld, is het het koninkrijk van vrede zonder verandering of onrecht. Het is vol van vreugde en blijdschap zonder ziekte, zorgen, pijn, en dood omdat de vijand Satan en de duivel en zonde daar niet zijn.

Zelfs als we ons proberen voor te stellen hoe de hemel er uitziet, zal je toch behoorlijk verbaasd zijn als je de ware schoonheid en glans van de hemel ziet. Hoe geweldig mooi, God de Almachtige en Schepper van het heelal, de hemel gemaakt heeft waar Zijn kinderen eeuwig zullen leven! Als je de Bijbel zorgvuldig bestudeert, zul je ontdekken dat de hemel verdeeld is in vele verblijfplaatsen.

Jezus zegt in Johannes 14:2, *"In het huis mijns Vaders zijn vele woningen – anders zou Ik het u gezegd hebben – want Ik ga heen om u plaats te bereiden."* Nehemia noemt ook verschillende "hemels": *"Gij toch zijt alleen de HERE, Gij hebt de hemel, de hemel der hemelen en al zijn heer gemaakt, de aarde en al wat daarop is, de zeeën en al wat daarin is; ja, Gij geeft hun allen het leven, en het heer des hemels buigt zich voor U neder"* (Nehemia 9:6).

Vroeger dachten de mensen dat er maar één hemel was, maar heden ten dage met de ontwikkeling van de wetenschap, weten wij dat er veel meer ruimten zijn dan de ruimten die wij met ons blote oog kunnen zien. Tot onze verbazing, heeft God dit feit al in de Bijbel opgenomen.

Bijvoorbeeld, Koning Salomo getuigt dat er vele hemelen zijn: *"Zou God dan waarlijk op aarde wonen? Zie, de hemel, zelfs de hemel der hemelen, kan U niet bevatten, hoeveel te min dit huis dat ik gebouwd heb!"* (1 Koningen 8:27) De apostel Paulus getuigt in 2 Korintiërs 12:2-4 dat hij in het Paradijs geleid is in de derde hemel en Openbaringen 21 beschrijft het Nieuwe Jeruzalem waar de troon van God is.

Daarom moet je erkennen dat de hemel niet uit slechts een verblijfplaats bestaat, maar uit vele verblijfplaatsen. Ik zal de hemel beschrijven in verschillende plaatsen overeenkomstig de mate van geloof en zal ze noemen, het Paradijs, het eerste Koninkrijk, het tweede Koninkrijk, het derde Koninkrijk, en het Nieuwe Jeruzalem. Het Paradijs is voor hen met het kleinste geloof, het eerste Koninkrijk is voor hen met een beter geloof dan zij die in het Paradijs zijn, het tweede Koninkrijk is voor hen die een beter geloof hebben dan zij in het eerste Koninkrijk, het derde Koninkrijk is voor diegene met beter geloof dan zij die in het tweede Koninkrijk zijn, in het derde Koninkrijk is de Heilige Stad, het Nieuwe Jeruzalem waar de troon van God is.

Het koninkrijk der hemelen verdraagt geweld voor hen die geloof hebben

In Korea zijn er eilanden zoals Ul-lung en Jeju, landelijke en bergachtige gebieden, kleine en grote steden, en wereld steden. In de hoofdstad Seoul is de officiele verblijfplaats van de President, Cheong Wa Dae.

Net zoals een land verdeeld is in verschillende distrikten vanwege administratieve eenvoud en gemak, is het koninkrijk der hemelen ook verdeeld in verschillende verblijfplaatsen volgens een strakke standaard. Met andere woorden, jou verblijfplaats wordt vastgestelt naar de mate dat je leeft naar het hart van God.

God is verheugd als je leeft met de hoop op de hemel omdat dat het bewijs is dat je geloof hebt, en tegelijker tijd is het een korte weg voor je om de strijd tegen de vijand Satan en de duivel en wordt je geheiligd door snel de daden en verlangens van het vlees weg te doen.

Nadat je Jezus Christus aangenomen hebt, begin je te begrijpen dat het gemakkelijk is om van de daden van het vlees af te komen, maar dat het niet eenvoudig is om van de verlangens van het vlees af te komen, de kenmerken van zonde die in je geworteld zijn.

Dat is waarom zij die echt geloof hebben voortdurend proberen te bidden en te vasten zodat ze heilige kinderen van God worden door de verlangens van het vlees volledig weg te doen.

De hemel kan alleen bereikt worden door geloof en elke verblijfplaats is vastgesteld overeenkomstig naar hetgeen iemand gedaan heeft, want de hemel is waar God regeert met gerechtigheid en liefde. Met andere woorden, de verblijfplaats van iemand met het eerste niveau van geloof is anders dan de verblijfplaats van iemand met het tweede of derde niveau van geloof en zo verder. Hoe hoger het niveau van geloof je hebt, hoe mooier en glorieuser verblijfplaats zal je binnen gaan.

Je moet je uitstrekken naar de hemel

Daarom als je alleen maar klaar bent om het Paradijs binnen te gaan, moet je strijden om verder te gaan naar het eerste Koninkrijk, en de betere verblijfplaatsen in de hemel. Als je voorwaarts gaat naar de hemel, tegen wie strijdt je dan? Het is een voortdurende strijd tegen de duivel om vast te houden aan je geloof in deze wereld en door te gaan naar de poorten van de hemel.

De vijand Satan en de duivel doen er alles aan om mensen tegen God op te zetten zodat ze de hemel niet zullen binnen gaan, laat ze twijfelen zodat ze geen geloof kunnen hebben en ze uiteindelijk naar de dood leiden doordat ze zondigen. Dat is waarom je de duivel moet verslaan. Je zal een betere verblijfplaats slechts binnengaan als je op de Here lijkt door te strijden tegen zonden tot bloedens toe.

Stel er is een bokser. Hij ondergaat allerlei moeilijke trainingen om wereld kampioen te worden. De bokser weet dat door dit soort zware training hij wereld kampioen kan worden en dat hij dan van de eer, rijkdom en voorspoed kan genieten. Hij moet echter door dit soort pijnlijke training gaan en tegen zichzelf vechten tot hij de kampioens titel wint.

Het is hetzelfde als je naar de hemel uitstrekken om het te bereiken. Je zult de strijd strijden om geheiligd te zijn door alle kwaad uit te bannen en de van God gegeven plichten te volbrengen. Je moet een geestelijke oorlog winnen om de hemel in te nemen door veelvuldig te bidden zelfs als de vijand Satan en de duivel je onophoudelijk hinderen in de strijd om vooruit te komen naar het hemelse koninkrijk.

Een ding moet je weten dat is dat het eigenlijk niet moeilijk is om tegen de duivel te vechten. Een ieder die geloof heeft is in staat om de oorlog tegen de vijand Satan en de duivel te winnen, omdat God helpt en hem leidt met hemelse hulp en engelen en de Heilige Geest.

We moeten de hemel innemen door ons er naar uit te strekken en de overwinning te behalen door geloof. Nadat een bokser de kampioens titel behaald heeft, moet hij zich inspannen om de titel te behouden. De strijd om de hemel binnen te gaan is echter vreugdevol en plezierig omdat hoe meer je overwinning behaalt, hoe lichter de zonde last wordt. Als je dus een strijd wint, ben je zo tevreden, en de strijd wordt iedere dag gemakkelijker omdat alles goed gaat en je kan vreugde hebben aan goede gezondheid evenals het goed gaat met je ziel.

Afgezien daarvan, zelfs als een bokser wereld kampioen wordt en eer krijgt, rijkdom, en voorspoed, verdwijnt alles bij zijn dood. Echter de glorie en zegeningen die je ontvangt na de strijd om vooruit te komen naar de hemel blijft voor eeuwig.

Waarom zou je dan je best doen en strijden? Je zou een wijs iemand zijn die de betere hemel bereikt door krachtig voorwaarts te gaan er naar toe, om het eeuwige na te jagen en niet de aardse dingen.

Als je voorwaarts wil gaan naar de hemel door geloof

Toen Jezus de hemel verklaarde, leerde Hij de mensen door

gelijkenissen die aardse dingen kenschetst, zodat de mensen het beter begrijpen. Een ervan is de gelijkenis van het mosterdzaadje.

Nog een gelijkenis hield Hij hun voor en Hij zeide: Het Koninkrijk der hemelen is gelijk aan een mosterdzaadje, dat iemand nam en in zijn akker zaaide. Het is wel het kleinste van alle zaden, maar als het volgroeid is, is het groter dan de tuingewassen en het wordt een boom, zodat de vogelen des hemels in zijn takken kunnen nestelen (Matteüs 13:31-32).

Als je een stuk papier raakt met een balpen blijft er maar een kleine streep op over. De grote is bijna hetzelfde als dat van een mosterdzaadje. Zelfs dit kleine zaadje zal groeien tot een grote boom, zodat de vogels komen om zich er in te nestellen. Jezus gebruikte deze gelijkenis om de groei van geloof te laten zien; zelfs al heb je maar weinig geloof, toch kan je opgroeien tot groot geloof.

Jezus vertelt ons in Matteüs 17:20, *"Vanwege uw klein geloof. Want voorwaar, Ik zeg u, indien gij een geloof hebt als een mosterdzaad, zult gij tot deze berg zeggen: Verplaats u vanhier daarheen en hij zal zich verplaatsen en niets zal u onmogelijk zijn."* als antwoord op de vraag van Zijn discipelen op, *"ons geloof vergroten"* antwoordt Jezus in Lukas 17:6, *"Indien gij een geloof hadt als een mosterdzaad, gij zoudt tot deze moerbeiboom zeggen: Word ontworteld en in de zee geplant, en hij zou u gehoorzamen."*

Je kan je verbazen hoe een boom of een berg zich kan verplaatsen door te bevelen met het geloof zo groot als een mosterdzaadje. Toch zal zelfs de kleinste letter of de laatste pennestreek op geen enkele manier verdwijnen uit het woord van God.

Wat is dan de geestelijke bedoeling van deze versen? Je hebt geloof ontvangen zo groot als een mosterdzaadje als je Jezus aanneemt en de Heilige Geest ontvangt. Dit kleine geloof zal uitspruiten en groeien als je het in je hart plant. Als het opgroeit tot groot geloof, kan je eenvoudig weg een berg verplaatsen door een bevel en krachtige werken doen zoals de blinden laten zien, de doven doen horen, de stomme doen spreken, en de doden opwekken.

Het is niet goed van je om te denken dat je helemaal geen geloof hebt omdat je niet in staat bent om Gods kracht te laten zien of omdat je nog steeds problemen hebt in je familie of zaken. Je wandelt op de weg van eeuwig leven door de gemeente te bezoeken, te lofprijzen, en te bidden, omdat je geloof hebt zo klein als een mosterdzaadje. Je ervaart eenvoudig de krachtige werken van God nog niet omdat de mate van je geloof nog klein is.

Dus je geloof dat zo klein is als een mosterdzaadje moet nog groeien om groot geloof te worden om een berg te verplaatsen. Net zoals je het zaad voor druiven plant en verzorgt als het opkomt en bloesem geeft, en fruit geeft evenzo groeit je geloof op een soort gelijk proces.

Je moet geestelijk geloof in bezit nemen

Het is hetzelfde als je uitstrekken naar het hemelse koninkrijk. Je kan het Nieuwe Jeruzalem niet binnen gaan door alleen maar te zeggen, "Ja, ik geloof." Je moet het innemen stap voor stap, te beginnen bij het Paradijs tot je het Nieuwe Jeruzalem bereikt. Om het Nieuwe Jeruzalem te bereiken, moet duidelijk weten hoe er te komen. Als je de weg niet kent, kan je het niet in bezit nemen of je komt tot stilstand ondanks je inspanningen.

De Israelieten die uit Egypte kwamen mopperden en klaagden tegen Mozes omdat ze niet genoeg geloof hadden om de Rode Zee te splijten. Toen moest Mozes, die zo'n groot geloof had om zelfs een berg te verplaatsen, de Rode Zee in tweeën splijten. Toch was het geloof van de Israelieten tot stilstand gekomen zelfs toen ze getuigen geweest waren van het splijten van de Rode Zee.

In plaats daarvan maakte ze een beeld van een gouden kalf en bogen daarvoor toen Mozes aan het vasten en bidden was op de berg Sinai om de Tien Geboden te ontvangen (Exodus 32). Toen werd God boos en zei tegen Mozes, *"Nu dan, laat Mij begaan, dat mijn toorn tegen hen ontbrande en Ik hen vernietige, maar u zal Ik tot een groot volk maken"* (vers 10). De Israelieten hadden nog steeds geen geestelijk geloof om God te gehoorzamen zelfs toen ze zoveel wonderen en tekenen gezien hadden door Mozes verricht.

Uiteindelijk kon de eerste generatie van de Israelieten van de Exodus het land Kanaän niet binnen gaan behalve Jozua en Kaleb. Hoe was de tweede generatie van de Exodus met Jozua en Kaleb? Zodra de voeten van de priesters die de Ark van God droegen, het water van de Jordaan raakten onder het leiderschap van Jozua, stopte het water te stromen en al de Israelieten konden oversteken.

Bovendien, in opdracht van Gods bevel, trokken ze gedurende zeven dagen rond de stad Jericho en gaven een luide schreeuw, en toen vielen de muren van Jericho in. Ze konden het wonderbare werk van Gods kracht ervaren, niet omdat ze lichamelijke kracht hadden, maar omdat ze de leiding van Jozua gehoorzaamden, die zo'n groot geloof had om zelfs een berg te verzetten. Bovendien kregen de Israelieten in die tijd geestelijk geloof.

Hoe kon Jozua zo'n sterk en groot geloof bezitten? Jozua kon de ervaring en geloof van Mozes, waarmee hij veertig jaar samen in de wildernis geweest was, erven. Net zoals Elisa een dubbel portie erfde van Elia's geest, door hem te volgen tot het einde, Jozua als een opvolger van Mozes, die door God erkent was, werd een man van groot geloof door Mozes te dienen en te volgen terwijl hij hem volgde. Als gevolg liet hij een krachtig werk zien om zelfs de zon en de maan te laten stilstaan (Jozua 10:12-13).

Het is hetzelfde met de Israelieten die Jozua volgden. De eerste generatie van de Exodus, die 20 jaar of ouder ware, hadden gedurende veertig jaren geleden in de woestijn en waren er gestorven. Hun afstammelingen echter die Jozua volgden konden Kanaän binnen gaan omdat ze geestelijk geloof gekregen hadden door verschillende ontberingen en beproevingen.

Je moet geestelijk geloof duidelijk begrijpen. Sommige mensen zeggen dat ze eens zo'n goed geloof hadden, toen ze trouwe dienaren van hun kerk waren. Nu echter, zeggen ze dat ze niet langer trouw zijn omdat hun geloof op de een of andere manier vervaagt is. Hun aanspraak is echter niet geldig omdat geestelijk geloof nooit verandert. Hun geloof uit het verleden is verandert omdat het geen geestelijk geloof maar geloof als kennis was. Als het echt geestelijk geloof geweest was zou het niet verandert of vervaagt zijn zelfs niet na lange tijd.

Stel er is een witte zakdoek. Als ik hem aan je laat zien, vraag ik, "Geloof je dat deze zakdoek wit is?" Je zal zeker "ja" zeggen. Nogeens, stel dat er tien jaren voorbij zijn gegaan en, de zelfde zakdoek omhoog houdende vraag ik je "Dit is een witte zakdoek. Geloof je dat?"

Hoe zou je antwoorden? Niemand zou skeptisch zijn wat betreft de kleur of zeggen dat het een zwart zakdoek is, zelfs na verloop van een lange tijd. Dezelfde zakdoek waarvan ik tien, twintig jaar geleden geloofde dat hij wit was, zal ik vandaag nog steeds geloven dat hij wit is.

Hier is nog een gelijkenis. Als je op een pelgrimsreis naar het Heilige Land gaat, zal je zien dat ze mosterdzaad verkopen gewikkeld in een enveloppe. Op een dag, kocht een zekere man mosterdzaad en zaaide het op het veld maar het ontsproot niet, het levens kracht in het zaad was dood omdat het al heellang niet geplant was.

Op dezelfde manier, zelfs als je Jezus Christus aangenomen hebt, de Heilige Geest ontvangen hebt, en geloof hebt zo klein als een mosterdzaadje kan de Heilige Geest in je vervagen als je geen geloof zaait in het veld van je hart gedurende een lange tijd. Dat is waarom 1 Tessalonicenzen 5:19 ons waarschuwt *"Dooft de Geest niet uit."* Je geloof, ook al is het nu zo klein als een mosterdzaadje, kan geleidelijk groeien als je het plant in het veld van je hart, en je geloof uitwerkt in daden. Echter als je niet door het woord van God leeft, gedurende een lange tijd, sinds je voor het eerst de Heilige Geest ontving, kan het vuur van de Geest uit gaan.

Beslag leggen op de hemel door geestelijk geloof

Daarom moet je naar Gods woord leven als je Jezus Christus hebt aangenomen en de Heilige Geest ontvangen hebt. In gehoorzaamheid aan Gods Woord moet je de zonde weg doen en bidden, lofprijzen, gezelschap zoeken met broeders en zusters in de Heer, het evangelie verspreiden, en elkander lief hebben.

Je geloof zal groeien als je je geloof op deze manier onderhoudt. Bijvoorbeeld, als je gezelschap hebt met broeders in het geloof, is je geloof in staat te groeien, omdat je God de glorie kan geven door getuigenissen te delen en door gesprekken te hebben in waarheid met elkaar.

Je zal zien dat iemands geloof beïnvloed wordt door met wie hij omgaat. Als ouders goed geloof hebben, zullen hun kinderen waarschijnlijk ook goed geloof hebben. Als je vriend goed geloof heeft, groeit jou geloof ook omdat jou geloof lijkt op dat van je vriend.

Daar tegenover, omdat de vijand Satan en de duivel je geloof proberen weg te nemen, moet je je niet alleen de hele tijd wapenen met het woord van God, maar ook voortdurend bidden om de geestelijke strijd te winnen door altijd vreugdevol te zijn en onder alle omstandigheden te danken met Gods kracht en gezag.

Dan zal je geloof dat zo klein is als een mosterdzaadje groeien tot een grote boom vol bladeren en bloesem, en het zal uiteindelijk veel vrucht dragen. Je zal in staat zijn God te verheerlijken door overvloedig de negen vruchten van de Heilige Geest voort te brengen, de vrucht van geestelijke liefde en de vrucht van het licht.

Je weet hoeveel inspanning en geduld een boer moet hebben vanaf het moment van het zaad planten tot het oogsten van het gewas. Op dezelfde manier kunnen we de hemel niet in bezit nemen door alleen maar de kerk te bezoeken. We moeten ons ook inspannen en geestelijk worstelen om het ons eigen te maken.

Als je het evangelie aan mensen brengt, kan je mensen tegenkomen die zeggen dat ze eerst veel geld willen verdienen, en dan naar de kerk zullen gaan als ze wat ouder zijn. Wat dwaas! Je weet niet eens wat er morgen zal gebeuren of wanneer onze Heer terug zal komen.

Bovendien kan je geloof niet in een dag bereiken en geloof groeit niet in een korte tijd. Natuurlijk kan je geloof als kennis hebben zoveel je wilt. Echter kan je het door God gegeven geestelijk geloof alleen hebben als je Gods woord beseft en ijverig door leeft.

Een boer zaait niet zomaar ergens zaad. Hij ontgint een stuk dor land en maakt het eerst vruchtbaar. Dan zaait hij zaad op dat stuk land en verzorgt het, door het water te geven, en kunstmest en zo. Dan alleen kunnen de planten goed groeien en kan hij een overvloedige oogst hebben. Evenzo, als je het geloof zo klein als een mosterdzaadje hebt, moet je geloof zaaien en onderhouden zodat het groeit tot een grote boom waar vele vogels komen en rusten.

Aan de ene kant staat "de vogels" in de gelijkenis van de Zaaier in Matteus 13:1-9 voor de vijand duivel die het zaad van

Gods Woord op eet dat langs de weg valt.

Aan de andere kant, staat vogels in Matteüs 13:31-32 voor mensen: *"Nog een gelijkenis hield Hij hun voor en Hij zeide: Het Koninkrijk der hemelen is gelijk aan een mosterdzaadje, dat iemand nam en in zijn akker zaaide. Het is wel het kleinste van alle zaden, maar als het volgroeid is, is het groter dan de tuingewassen en het wordt een boom, zodat de vogelen des hemels in zijn takken kunnen nestelen."*

Net zoals vele vogels rusten en neerstrijken in een grote boom, als je geloof opgroeit tot volle grote, zijn vele mensen in staat geestelijk in jou te rusten omdat jij in staat bent om je geloof te delen en ze te sterken met Gods genade.

Dus hoe meer je geheiligd wordt, hoe meer geestelijke liefde en deugt je krijgt. Als gevolg zal je vele mensen omarmen en dit is een kortere weg om je krachtig naar de hemel te bewegen.

Jezus zegt in Matteüs 5:5, *"Zalig de zachtmoedigen, want zij zullen de aarde beërven."* Deze passage leert je dat hoe meer je geloof groeit en hoe meer je zachtmoedig wordt, hoe groter de plaats in de hemel is die je zal beërven.

Verschillende glorie in de hemel overeenkomstig de mate van geloof

De Apostel Paulus geeft commentaar op onze wedergeboren lichamen in

1 Korintiërs 15:41 *"De glans der zon is anders dan die der maan en der sterren, want de ene ster verschilt van de andere in glans."* Iedereen zal een verschillende mate van glorie ontvangen omdat God eenieder beloond naar wat hij gedaan

heeft.

Hier verwijst ”de glorie van de zon” naar de glorie die zij zullen bezitten, die zich volledig geheiligd hebben en getrouw zijn geweest in geheel Gods huis. ”De glorie van de maan” wijst naar de glorie van mensen die tekort hebben aan de luister van de zon, en de glorie van de sterren wijst naar mensen die een zwakker geloof hebben dan degenen met de glorie van de maan.

De uitdrukking ”de ene ster verschilt van de andere in glans,” betekent dat iedere ster verschillend is in mate van glans, ieder van ons zal een verschillende beloning krijgen en een hemelse plaats na de opstanding, zelfs als we dezelfde verblijfplaats binnen gaan.

Op deze manier zegt de Bijbel ons dat ieder van ons een verschillende glorie zal hebben als we de hemel binnen gaan na onze opstanding. Het brengt ons er toe om te beseffen dat onze hemelse verblijfplaats en onze beloning verschillend zal zijn overeenkomstig hoeveel geloof we hebben om zonden weg te doen en hoe getrouw we zijn aan het koninkrijk van God terwijl we in deze wereld leven.

Echter mensen die slecht en lui zijn om hun zonden weg te doen en getrouw zijn aan hun plichten zullen niet in staat zijn om de hemel binnen te gaan maar in plaats daarvan buiten geworpen worden in de duisternis (Matteüs 25). Hieruit volgt dat je krachtig voorwaarts moet gaan naar de prachtige hemel met geloof.

Hoe voorwaarts te gaan naar de hemel

De mensen in deze wereld besteden hun hele leven om

rijkdom te vergaren welke ze niet eeuwig kunnen bezitten. Sommige mensen werken hard om een huis te kopen door hun broeksriem aan te halen, terwijl anderen hard studeren en te weinig slapen zodat ze een goede baan kunnen krijgen. Als mensen hun best doen om hier in deze wereld een beter leven te hebben, dat maar van korte duur is, hoeveel te meer inspanning zouden we moeten doen voor het eeuwige leven in de hemel? Laten we eens nauwkeuriger bekijken hoe we vooruit komen naar de hemel.

Allereerst moet je Gods Woord gehoorzamen. Hij verlangt van je dat je je redding uitwerkt met vrezen en beven (Filippenzen 2:12). De vijand Satan en de duivel willen je geloof wegrukken als je niet waakzaam bent. Daarom moet je aandacht aan Gods Woord besteden dat *"zoeter is dan honing, dan honing van de honingraad"* (Psalm 19:10) en er in verblijven. Je zal niet gered worden als je roept: "Here, Here" maar als je handelt in overeenstemming met de wil van God en met hulp van de Heilige Geest.

Ten tweede moet je de wapenrusting Gods aan doen. Om sterk in de Heer te zijn in Zijn machtige kracht en je positie in te nemen tegen het plan van de duivel, moet je de gehele wapenrusting Gods aandoen. Je strijd is niet tegen vlees en bloed, maar tegen de heersers, tegen de autoriteiten, tegen de krachten van deze duistere wereld en geestelijke machten van het kwaad in de hemelse ruimten. Daarom kan je alleen je plaats behouden als je de gehele wapenrusting Gods aandoet, als de dag van de boze komt en blijft staan nadat je alles gedaan hebt (Efeziërs 6:10-13).

Daarom moet je stevig staan omgord met de gordel waarheid

om je middel, met het pantser der gerechtigheid, en met je voeten geschoeid met de bereidvaardig van het evangelie des vredes. Bovendien, neem het schild des geloofs, waarmee je alle brandende pijlen van de boze kan doven. Neem de helm des heils en het zwaard des Geestes, wat het woord van God is. En bidt ten allen tijde in de Geest, met allerlei gebeden en verzoeken. Met dit in je gedachten, wees waakzaam en blijf steeds bidden (Efeziërs 6:14-18). Je verblijfplaats in de hemel zal bepaald worden door hoeveel je van de wapenrusting Gods hebt aangedaan en hoeveel je de vijand, satan en de duivel verslagen hebt.

Ten derde, moet je altijd geestelijke liefde hebben. Met geloof ben je in staat om de hemel binnen te gaan, en met hoop voor de hemel, ben je in staat om in waarheid te verblijven. Met de kracht van liefde, ben je ook in staat om geheiligd te worden en getrouw te zijn in al je plichten.

Bovendien, kan je het Nieuwe Jeruzalem binnen gaan, de mooiste plaats in de hemel, wanneer je de volmaakte liefde volbrengt. Je volbrengt de volmaakte liefde door in het Nieuwe Jeruzalem te verblijven, waar God is, want Hij is liefde.

Zoals de apostel Paulus ons zegt in 1 Korintiërs 13:13, *"Zo blijven dan: Geloof, hoop en liefde, deze drie, maar de meeste van deze is de liefde."* Je moet je uitstrekken naar de hemel met geestelijke liefde. Bovendien, moet je weten dat de verblijfplaats in de hemel bepaald wordt overeenkomstig hoeveel liefde je voortgebracht hebt.

3. Verschillende verblijfplaatsen en kronen

Mensen in de drie-dimentionale wereld kunnen niet weten over de hemel, wat een deel is van de vier-dimentionale wereld. Echter, als een mens van geloof, wordt je opgewonden en vol van vreugde, alleen al bij het horen van het woord "hemel," omdat het hemelse koninkrijk je thuis is, waarin je voor eeuwig zult leven. Wanneer je in detail leert over de hemel, dan zal het niet alleen goed gaan met je ziel, maar je geloof zal ook sneller groeien omdat je vol van de hoop bent van het hemelse koninkrijk.

In de hemel, zijn er vele verblijfplaatsen, die God bereidt heeft voor Zijn kinderen (Deuternomium 10:14; 1 Koningen 8:27; Nehemia 9:6; Psalm 148:4; Johannes 14:2). Een ieder van jullie zal een andere verblijfplaats bezitten overeenkomstig de mate van je eigen geloof en omdat God rechtvaardig is, laat Hij je oogsten wat je gezaaid hebt, (Galaten 6:7) en beloond je overeenkomstig naar wat je gedaan hebt (Matteüs 16:27; Openbaringen 2:23).

Zoals ik al vermeld heb, is het koninkrijk der hemelen verdeeld in verschillende plaatsen zoals het Paradijs, het Eerste Koninkrijk, het Tweede Koninkrijk en het Derde Koninkrijk, waarin het Nieuwe Jeruzalem is. Gods troon is in het Nieuwe Jeruzalem, net zoals de officiële woonplaats van de president van Korea, Cheong Wa Dae, is in de hoofdstad Seoul, en de officiële woonplaats van de president van Amerika, het Witte Huis is, in de hoofdstad Washington, D.C..

De Bijbel vertelt ons ook over de verschillende soorten kronen, welke gegeven zullen worden als een beloning aan de kinderen van God. Te midden van vele roepingen om zielen voor de Here te winnen, en Zijn heiligdom te bouwen zijn de grootste beloningen waard.

Er zijn verschillende manieren om zielen naar de Here te brengen. Je kan deel nemen aan evangelisatie, en je inspannen door verschillende soorten offers te brengen, of door je werken in geloof voor het koninkrijk van God, met je verschillende talenten, indirect te evangeliseren. Dit indirect winnen van zielen voor de Here is net zo belangrijk voor de uitbreiding van Gods koninkrijk, net zoals ieder deel van je lichaam onmisbaar voor je is.

Niettemin, rechtstreekse deelname in evangelisatie en het bouwen van het heilighdom, waarin mensen samenkomen om te aanbidden, verdienen de grootste beloningen, omdat zij beantwoorden aan het lessen van Jezus' dorst en terug betalen voor Zijn bloed.

Er zijn verschillende normen waardoor je een kroon in de hemel kan verdienen, en de graad van hun kostbaarheid verschilt van kroon tot kroon. Door de kroon van elk persoon zal je in staat zijn om de mate van zijn of haar heiliging, beloning, en hemelse verblijfplaats te herkennen, net zoals de mensen in de tijd van de monarchie in staat waren om iemands sociale status te zien aan de hand van zijn of haar kleding.

Laat ons dieper kijken naar de relaties van de mate van geloof, verblijfplaatsen in de hemel en de beloning van kronen.

Het Paradijs voor de mensen met het eerste niveau van geloof

Het Paradijs is de laagste plaats in de hemel, en toch is het een onvoorstelbare plaats van vreugde, geluk, schoonheid en vrede, in vergelijking tot deze wereld. Bovendien, welk een gelukzalig plaats zou het zijn vanwege het feit dat er helemaal geen zonde is! Het Paradijs is een betere plaats dan de Hof van Eden, waar God Adam en Eva plaatste nadat Hij hen geschapen had.

Het Paradijs is een mooie plaats waar de Rivier des Levens, welke voortkomt uit de Troon van God, stroomt via Het Eerste, en het Tweede Koninrkijk naar het Derde Koninrijk. Aan beide zijden van de Rivier staat de Boom des Levens, die twaalf maal vrucht draagt, iedere maand zijn vrucht gevende (Openbaringen 22:2).

Het Paradijs is voor hen die Jezus Christus hebben aangenomen, maar geen geloofsdaden hadden. Dat zijn mensen op het eerste niveau van geloof die nauwelijks redding en de Heilige Geest ontvangen hebben, het Paradijs. Geen kronen en beloningen zijn aan hen gegeven, omdat ze geen daden van geloof hebben getoond.

We zien in Lucas 23:43 dat Jezus aan het kruis tot de misdadiger zei aan de ene zijde van Hem, *"Voorwaar, Ik zeg u, heden zult gij met Mij in het paradijs zijn."* Dat wil niet noodzakelijk zeggen dat Jezus alleen maar in het Paradijs blijft; Jezus is overal in de hemel, omdat Hij de Heer van de hemel is. Je leest ook in de Bijbel dat Jezus, na Zijn dood, ook naar het dodenrijk ging en niet naar het Paradijs.

Efeziërs 4:9 vraagt, *"Wat betekent dit: Hij is opgevaren,*

anders dan dat Hij ook nedergedaald is naar de lagere, aardse gewesten?" Ook in 1 Petrus 3:18-19 vinden we: *"Want ook Christus is eenmaal om de zonden gestorven als rechtvaardige voor onrechtvaardigen, opdat Hij u tot God zou brengen: Hij, die gedood is naar het vlees, maar levend gemaakt naar de geest."* Met andere woorden Jezus ging naar het dodenrijk en predikte het evangelie en stond de derde dag op.

Daarom zegt Jezus, *"Heden zult gij met Mij in het Paradijs zijn."* Dat betekent dat Jezus het feit voorzag in geloof dat de misdadiger gered zou worden en eindigen in het Paradijs. De misdadiger, nauwelijks gered ontving schandelijke redding en ging naar het Paradijs omdat hij alleen Jezus aan nam net voor zijn dood, en maakte geen inspanning om te strijden tegen zijn zonden of zijn plicht voor het Koninkrijk voor God te vervullen.

Het Eerste Koninkrijk der hemelen

Wat voor een plaats is het Eerste Koninkrijk der hemelen? Net zoals er een groot verschil is in het leven tussen het Paradijs en deze wereld, is het Eerste Koninkrijk van de hemel onvergelijkbaar een gelukkigere en meer vreugdevolle plaats dan het Paradijs.

Wanneer het geluk van degene die naar het Eerste Koninkrijk zijn gegaan, vergeleken wordt met het geluk van een goudvis in een viskom, het geluk van degene die naar het Tweede Koninkrijk gegaan zijn kan vergeleken worden met het geluk van een walvis in reusachtige Grote Oceaan. Net zoals een goudvis in een viskom zich het meest comfortabel en gelukkig voelt in een viskom, degene die naar het Eerste Koninkrijk zijn gegaan voelen zich meer tevreden daar met hun wezen en voelen ware gelukzaligheid.

Nu weet je dat er verschillen zijn in de mate van geluk te midden van iedere hemelse verblijfplaats. Kan jij je voorstellen wat een glorieus leven die persoon zal genieten in het Nieuwe Jeruzalem, daar waar de troon van God is? Het zal schitterend, mooi en adembenemend zijn, meer dan wat wij ons kunnen voorstellen. Daarom zou je geloof moeten toenemen, ijverig hopende voor het Nieuwe Jeruzalem zonder genoegen te nemen met het bereiken van het Paradijs of het Eerste Koninkrijk.

Als je een kind van God wordt, door Jezus Christus aan te nemen als je Redder, met de hulp van de Heilige Geest, kan je snel het tweede niveau van geloof bereiken, waar je probeert om te leven door het Woord van God. Op dit niveau, span je je in om Zijn Woord te onderhouden, zoveel als je ervan leert, maar bent nog niet volmaakt om erdoor te leven.

Zo is het ook met een baby, die nog geen een jaar oud is, en die tevergeefs probeert te staan, ondanks herhaaldelijk te vallen. Na veel oefenen, kan hij uiteindelijk staan, onzeker lopen, en zal spoedig proberen om zelfs te rennen. Hoe schattig en liefelijk zou dit voor de moeder zijn als haar baby zo op deze wijze verder groeit?

Zo is het ook met het stadium van geloof. Net zoals de baby probeert te staan, wandelen en lopen, omdat hij levend is, geloof, omdat het ook leven in zich heeft, ontwikkelt zich voorwaarts om het tweede niveau van geloof te bereiken, en dan het derde niveau van geloof. Dus, God geeft het Eerste Koninkrijk aan degene op het tweede niveau van geloof, omdat God ook van hen houdt.

De onvergankelijke kroon

Je zal een kroon ontvangen in het Eerste Koninkrijk van de hemel. Er zijn verschillende soorten kronen in de hemel, net zoals de hemel verdeeld is in vele verblijfplaatsen: een onvergankelijke kroon, een kroon van glorie, een kroon des levens, een gouden kroon, een kroon der gerechtigheid. Te midden van deze kronen, zal aan degene die het Eerste Koninkrijk binnengaan, een onvergankelijke kroon gegeven worden.

2 Timoteüs 2:5-6 zegt, *"En is iemand een kampvechter, dan ontvangt hij de krans alleen, als hij volgens de regels van de kamp heeft gestreden. De landman, die de zware arbeid verricht, moet het eerst van de vruchten genieten."* Wanneer wij beloning ontvangen voor onze arbeid in deze wereld, zullen wij ook beloningen ontvangen, wanneer we op de smalle weg wandelen om de hemel te bereiken.

Een atleet ontvangt alleen een gouden medaille of een lauwerkrans wanneer hij gelopen heeft overeenkomstig de regels en wint. Evenzo, zal jij in staat zijn om een kroon te ontvangen, als je wedijvert overeenkomstig Gods woord, wanneer je krachtig voortbeweegt naar de hemel.

Jezus zei, *"Niet een ieder, die tot Mij zegt: Here, Here, zal het Koninkrijk der hemelen binnengaan, maar wie doet de wil mijns Vaders, die in de hemelen is"* (Matteüs 7:21). Zelfs wanneer iemand beweert in God te geloven, als hij de geestelijke wet, de wet van God, negeert, kan hem geen enkele kroon gegeven worden, omdat hij enkel geloof heeft als kennis en is hij net als een atleet die niet gewedijverd heeft overeenkomstig de regels.

Hoe dan ook, zelfs als je geloof zwak is, zal je een overgankelijke kroon ontvangen als beloning, zolang je maar probeert om te wedijveren in de wedstrijd overeenkomstig Gods regels. Je zal een overgankelijke kroon ontvangen omdat je beschouwd kan worden als iemand die deelnam en gewedijverd heeft overeenkomstig de regels.

De wedstrijd van degene met geloof is een geestelijke strijd tegen de vijand duivel en zonde. De echte beloning voor iemand die de wedstrijd wint door de vijand, duivel te overwinnen is een onvergankelijke kroon.

Veronderstel dat je naar de ochtend samenkomst gaat op zondag en in de namiddag enkele vrienden ontmoet. In dat geval kan je niet eens een onvergankrlijke kroon ontvangen omdat je de strijd tegen vijand Satan en de duivel reeds verloren hebt.

1 Korintiërs 9:25 verklaart dat, *"En al wie aan een wedstrijd deelneemt, beheerst zich in alles; zij om een vergankelijke erekrans te verkrijgen, wij om een onvergankelijke."*

Ieder die deelneemt aan de wedstrijd volgt een strikte training en neemt deel volgens de regels, om de hemel te bereiken, moeten wij ook in strikte training zijn en leven door de wil van God.

Als we zien dat God zelfs een kroon voorbereidt die niet vergaat voor eeuwig voor hen die proberen te leven door Zijn wet in deze wereld, hun inspanningen in gedachten houdend, weten we hoe overvloedig in liefde onze God is!

Bovendien in tegenstelling tot het Paradijs, worden de beloningen voorbereid voor hen die het eerste Koninkrijk bereiken. Juiste beloningen en glorie zal gegeven worden aan hen die deze plaats binnen komen omdat zij in de naam des Here prestaties gelevert hebben voor het koninkrijk van God.

Het tweede koninkrijk

Het tweede koninkrijk van de hemel is een niveau hoger dan dat van het eerste koninkrijk. Mensen op het derde niveau van geloof, die door het woord van God leven, kunnen het tweede Koninkrijk binnen gaan. Rond de Koreaanse hoofdstad Seoul, zijn satelliet steden, en rond deze steden zijn buitenwijken.

Op dezelfde manier is in de hemel het Nieuwe Jeruzalem in het midden van het derde koninkrijk geplaatst, en rond het derde koninkrijk is het tweede, het eerste en het Paradijs. Natuurlijk wil dat niet zeggen dat elke verblijfplaats in de hemel verspreid is zoals de steden in deze wereld.

Met de beperkte menselijke kennis, kunnen we niet precies begrijpen hoe mooi en geheimzinnig de hemel er uit ziet. Je moet proberen zo veel mogelijk te begrijpen, je kan het misschien niet helemaal grijpen of er een plaatje van te maken met je eigen gedachten en verbeelding. Je kan de hemel begrijpen voor zover je geloof groeit, omdat de hemel met niets in deze wereld vergeleken kan worden.

Koning Salomo, die zich verheugde in een grote rijkdom, voorspoed, en macht, treurde op zijn oude dag, *"IJdelheid der ijdelheden, zegt Prediker, ijdelheid der ijdelheden! Alles is ijdelheid! Welk voordeel heeft de mens van al zijn zwoegen, waarmee hij zich aftobt onder de zon?"* (Prediker 1:2-3)

In Jakobus 4:14 worden we er aan herinnert, *"Gij, die niet (eens) weet, hoe morgen uw leven zijn zal! Want gij zijt een*

damp, die voor een korte tijd verschijnt en daarna verdwijnt."
Iemands grote rijkdom en voorspoed in deze wereld duurt maar
voor een poosje en vervaagt spoedig.

In vergelijking met het eeuwig leven, is het leven dat we nu
leven als een mistvlaag die even verschijnt en dan vervaagt. Maar
de kroon die God geeft is een eeuwige kroon, één die nooit
vergaat, en het is zo'n kostbare en waarvolle beloning, die
iemands eeuwige bron van trots zal zijn.

Hoe zinloos zal iemands leven dan zijn, als hij geen glorie kan
geven aan God, terwijl hij zijn geloof in Hem belijd! Wanneer
iemand echter op het derde niveau van geloof is, omdat hij alles
in oprechtheid doet, zal hij vaak zijn buren horen zeggen,
"Nadat ik jou zag, moest ik eigenlijk beginnen naar de kerk te
gaan!"

Op deze wijze geeft hij glorie aan God en daarom beloont
God hem met een kroon van glorie.

Een kroon van glorie

In 1 Petrus 5:2-4 vinden we Gods opdracht aan ons:

*Hoedt de kudde Gods, die bij u is, niet gedwongen,
maar uit vrije beweging, naar de wil van God, niet uit
schandelijke winzucht, maar uit bereidwilligheid, niet
als heerschappij voerend over hetgeen u ten deel
gevallen is, maar als voorbeelden der kudde. En
wanneer de opperherder verschijnt, zult gij de
onverwelkelijke krans der heerlijkheid verwerven.*

Wanneer je het derde niveau van geloof binnengaat, draag je de geur van Christus uit, omdat je spreken en je gedrag genoeg veranderd om het licht en het zout der wereld te worden als je de zonde verwerpt door je zonden tot bloedens toe te weerstaan. Wanneer een persoon die gemakkelijk boos wordt en eerst over anderen sprak, zachtmoedig wordt en goed gaat spreken over anderen, zullen zijn buren zeggen, "Hij is zoveel veranderd sinds hij een Christen is geworden." Op deze manier wordt God verheerlijkt vanwege hem.

Daarom zal de onverwelkelijke kroon van glorie gegeven worden aan degene die een goed voorbeeld worden voor de kudde, omdat hij Hem verheerlijkt door ijverig zijn zonden te verwerpen en getrouw te zijn aan zijn God gegeven plicht in deze wereld. Wat wij gedaan hebben in de naam van de Here en wat we gedaan hebben om onze plicht te vervullen terwijl we onze zonde verwerpen, zal opgehoopt worden in de hemel als een beloning.

Roem van deze wereld zal wegrotten, maar al de glorie die je aan God gegeven hebt, zal nooit vergaan en het zal tot je wederkeren als een kroon van glorie die nooit zal vergaan.

Soms, vraag je jezelf misschien wel af, "Die persoon zou volmaakt moeten zijn in elk aspect, lijken op de houding van de Here, omdat hij zo getrouw is in Gods werk En toch, waarom is er nog kwaad in hem?"

In zo'n geval, is hij nog niet volledig geheiligd, door te strijden tegen zijn zonden, maar hij geeft glorie aan God door zijn best te doen om zijn plicht te vervullen. Daarom zal hij een kroon van glorie ontvangen die nooit zal vergaan.

Waarom wordt het dan een kroon van glorie genoemd? De

meeste mensen ontvangen ten minste een of twee keer in hun leven een prijs. Des te groter de prijs die je ontvangt, des te gelukkiger en des te opschepperiger je wordt. Niettemin als je na enige tijd terugkijkt, kom je erachter dat de glorie van deze wereld waardeloos is. Dat komt omdat het certificaat van verdienste, alleen maar een versleten stuk papier wordt, de trofe wordt bedekt met stof en de herinnering vervaagt.

Daar tegen over zal de glorie die je in de hemel ontvangt nooit veranderen. Dat is waarom Jezus ons zegt: *"Maar verzamelt u schatten in de hemel, waar noch mot noch roest ze ontoonbaar maakt en waar geen dieven inbreken of stelen"* (Matteüs 6:20).

Als "de kroon van glorie" vergeleken wordt met de kronen van de wereld zal het ons een glorie en glans laten zien die voor eeuwig is. Als we zien dat de kroon in de hemel voor eeuwig is zonder te vergaan, kan je je voorstellen hoe eeuwig durend alles daar zal zijn.

Hoe zal iemand in de lagere plaats van de hemel – Paradijs of eerste koninkrijk – zich voelen als iemand met een kroon van glorie hem bezoekt? In de hemel aanbidden mensen van een lagere verblijfplaatsen vanuit de bodem van hun hart een persoon in een hogere positie, ze buigen voor hem zelfs zonder de ogen op te slaa, zoals je je neerbuigt voor de koning.

Desondanks haten mensen die persoon niet of zijn jaloers op hem omdat er geen kwaad in de hemel is. Daarentegen zien de mensen met respect en liefde naar hem op. In de hemel voel je je geheel niet onrustig of trots, of je je buigt met respect of dat je respect ontvangt van iemand anders omdat je in een hogere verblijfplaats woont. Mensen tonen eenvoudig hun respect of verwelkomen anderen met liefde, elkaar behandelende als iets kostbaars.

Het derde koninkrijk

Het derde koninkrijk is voor hen die geheel volgens Gods woord leven en het geloof van het martelaarschap hebben, die beseffen dat hun leven niets waard is omdat ze God het meest liefhebben. Mensen op het vierde niveau van geloof zijn bereidt om te sterven voor de Here.

Vele Christenen zijn gedood tijdens de laatste dagen van het Chosun Dynasty in Korea. Gedurende die periode waren er grote vervolgingen en verdrukking van de Christenen. De regering beloofde echter beloningen aan hen die verslag deden over Christenen. Desondanks waren de zendelingen van de Verenigde Staten en Europa niet bang voor de dood, maar verspreidde het evangelie nog vuriger. Veel mensen werden gedood voordat het evangelie tot bloei kwam zoals we het heden ten dage zien.

Daarom als je een zendeling wil zijn in een ander land, adviseer ik je om het geloof van een martelaar te hebben. Evenwel kan de ene ontberingen lijden, terwijl hij werkt als zendeling in een vreemd land, hij zal met vreugde en dankbaarheid kunnen werken omdat hij weet dat zijn lijden en pijn rijkelijk beloond zullen worden in de hemel.

Sommige denken misschien, "Nu, ik leef in een land waar geen vervolging is omdat er vrijheid van geloof is. Maar ik voel verschrikkelijk dat ik niet kan sterven voor het koninkrijk van God zelfs al heb ik sterk geloof om te sterven als een martelaar."

Dat is echter niet waarover het gaat. Je hoeft heden ten dage niet een martelaren dood te sterven om het evangelie te verspreiden zoals de eerste kerken.

Natuurlijk als het nodig is zullen er martelaren zijn. Toch, als je meer werk voor God kan doen in geloof om je leven op te offeren, zou Hij niet meer verheugt zijn met ja ook als je de martelaren dood niet sterft?

Des te meer, God die je hart doorzoekt, weet wat voor soort geloof je zal tonen in levens bedreigende situaties voor het evangelie; Hij weet de diepten van je hart. Het zou kostbaarder voor je zijn om te leven als een levende martelaar, zoals een oud gezegde zegt: "Het is moeilijker om te leven dan om te sterven."

In ons dagelijkse leven komen we vele zaken van het leven en dood tegen die van ons het geloof van een martelaar eist. Bijvoorbeeld, dag en nacht vasten en bidden is onmogelijk zonder een sterk besluit en geloof omdat de één vast en bidt om Gods antwoord te ontvangen met het risico zijn leven te verliezen. Wat voor soort mensen kunnen dan het Derde Koninkrijk van de hemel binnengaan? Zij die zich geheel opgeofferd hebben.

In de dagen van de eerste gemeente, toen er vele mensen waren die in staat waren om voor Jezus Christus te sterven, zullen velen zich gekwalificeerd hebben voor het Derde Koninkrijk. Echter, heden ten dage, kunnen slechts een zeer klein aantal mensen die zich vooral onderscheiden door hun zonden te verwerpen voor God, het Derde Koninkrijk binnen gaan omdat de slechtheid van de mens zo groot is op de aarde.

Zij met het geloof van de vaders, kunnen het Derde koninkrijk binnengaan omdat ze al hun zonden verworpen hebben door allerlei beproevingen te overwinnen, waardoor ze geheel geheiligd en getrouw zijn tot op het punt van de dood. Dus, God beschouwt hen als kostbaar en laat engelen en hemelse menigten hen beschermen, en bedekt ze met de wolk van glorie.

De kroon des levens

Wat voor soort kroon zullen de mensen in het Derde Koninkrijk ontvangen? Ze zullen beloond worden met de kroon des levens, zoals Jezus belooft in Openbaringen 2:10, *"Wees getrouw tot de dood en Ik zal u geven de kroon des levens."*

Hier betekent "getrouw zijn" niet zomaar dat je getrouw bent voor je plicht in je gemeente. Het is buitengewoon belangrijk om elke vorm van kwaad te verwerpen door te worstelen tegen je zonden tot bloedens toe, zonder een compromie te sluiten met de wereld. Wanneer je een rein en heilig hart krijgt door tot de dood toe te worstelen tegen de zonde, zal je de kroon des levens ontvangen.

Ook, zal de kroon des levens gegeven worden aan je als je je leven aflegt voor je buren en vrienden en je volhard in je beproevingen, nadat je de test doorstaan hebt (Johannes 15:13; Jakobus 1:12).

Bijvoorbeeld, als mensen beproevingen tegen komen, verdragen velen met tegenzin, zonder een dankbaar hart, ze worden boos zonder geduld, of klagen bij God.

Daar en tegen, als iemand, welk soort beproevingen overwint met vreugde, mag hij beschouwd worden als geheel geheiligd te zijn. Iemand die veel van God houdt, kan getrouw zijn tot de dood en iedere beproeving overwinnen met vreugde.

Bovendien, zijn er grote verschillen in de bekwaamheden van mensen levens afhankelijk of ze op het eerste, het tweede, het derde of het vierde niveau van geloof zijn. Het kwade kan zelfs een persoon met het geloof van het vierde niveau niets aandoen. Zelfs als een bepaalde ziekte hem aanvalt, weet hij dat onmiddellijk.

Dus, legt hij zijn hand op het zieke deel van zijn lichaam en dan gaat het snel weg. Bovendien, als een persoon op het vijfde niveau van geloof is, kan geen enkel ziekte hem treffen, omdat het licht van de glorie hem altijd omgeeft.

Gods hoofddoel om mensen voort te brengen op aarde is om echte kinderen voor te brengen en te verwerven, die het Derde Koninkrijk en daar boven kunnen binnengaan. Elke verblijfplaats in de hemel is mooi en fijn om te leven, maar de hemel in zijn ware gedaante is het Derde Koninkrijk en daar boven waar alleen Gods heilige en perfecte kinderen kunnen binnengaan en leven. Het is een gebied dat apart gezet is voor de echte kinderen van God, die geleefd hebben overeenkomstig de wil van God. Daar kunnen ze God zien van aangezicht tot aangezicht.

Bovendien, omdat de God van liefde wil dat iedereen in het Derde Koninkrijk van de hemel of daarboven komt, helpt Hij je om geheiligd te worden met de hulp van de Heilige Geest, door Zijn genade en kracht te geven als je vurig bidt en het woord des Levens hoort.

Spreuken 17:3 zegt ons, *"De smeltkroes is voor het zilver en de oven voor het goud, maar de toetser der harten is de HERE."* God reinigt ons door ons Zijn ware kinderen te maken.

Ik hoop dat je snel gereinigd zal worden door je zonden te

verwerpen en er tegen te worstelen tot bloedens toe, en het volmaakte geloof bezit dat God verlangt ons om te bezitten.

Het Nieuwe Jeruzalem

Hoe meer je over de hemel weet, hoe geheimzinniger je het vindt. Het Nieuwe Jeruzalem is de mooiste plaats in de hemel en Gods troon is daar. Sommigen kunnen het verkeerd begrijpen en denken dat al de geredde zielen in het Nieuwe Jeruzalem zullen leven of dat de ingang van de hemel het Nieuwe Jeruzalem is.

Dat is echter niet het geval. In Openbaringen 21:16-17 staan de afmetingen van de stad van het Nieuwe Jeruzalem opgetekend: breedte, lengte en hoogte is elk ongeveer 2,200 kilometer lang. Zijn omtrek is ongeveer 9,000 km. Dat is een gebied dat iets kleiner is dan de Verboden Stad van China.

De hemel zou overbevolkt zijn met al de geredde zielen, als het Nieuwe Jeruzalem alles was wat er in de hemel is. Echter, het Koninkrijk der hemelen is onvoorstelbaar groot en het Nieuwe Jeruzalem is er slechts een deel van.

Wie, is dan bevoegd om het Nieuwe Jeruzalem binnen te gaan?

"Zalig zij, die hun gewaden wassen, opdat zij recht mogen hebben op het geboomte des levens en door de poorten ingaan in de stad" (Openbaringen 22:14).

Hier verwijst "gewaden" naar je hart en je daden, en "de gewassen gewaden" betekent dat je jezelf voorbereid hebt als een bruid voor Jezus Christus, met een goed gedrag, terwijl je doorgaat met je hart te reinigen.

"Het recht hebben op de boom des levens" wijst erop dat je gered zal zijn door geloof en naar de hemel gaat. "door de poorten ingaan in de stad" betekent dat je de paarlen poorten doorgaat in het Nieuwe Jeruzalem, nadat de poorten van elk Koninkrijk in de hemel bent voorbij gegaan, overeenkomst de groei van je geloof. Dat is tot de mate dat je geheiligd bent en in staat bent om dichter tot de Heilige Stad te komen waar Gods troon is.

Vandaar, dat je alleen in staat bent om het Nieuwe Jeruzalem binnen te gaan als je op het vijfde niveau van geloof bent, waar je God behaagt door geheel geheiligd te worden en getrouw bent aan al je plichten. God- welgevallig geloof is het soort dat geloofwaardig genoeg is om Gods hart te bewegen of om Hem te laten vragen, "Wat kan Ik voor je doen?" zelfs voordat je Hem om iets vraagt. Het is het perfecte geestelijke geloof, het geloof van Jezus Christus dat zich op elke manier gedraagt naar het hart van God.

Jezus was, in de oorspronkelijke natuur God, maar Hij beschouwde zich niet gelijk aan God, als iets om te grijpen. Hij maakte Zichzelf tot niets, en nam de gestalte van een dienstknecht aan. Hij vernederde Zichzelf en werd gehoorzaam tot de dood (Filippenzen 2:6-8).

Daarom verhoogde God Hem tot de hoogste plaats en gaf Hem de naam die boven iedere naam is (Filippenzen 2:9), de glorie van het zitten aan de rechterhand van God en de autoriteit om de Koning der koningen en de Here der heerscharen te zijn.

Evenzo, om het Nieuwe Jeruzalem binnen te gaan, moet je

gehoorzaam zijn tot het punt van de dood, zoals Jezus, als dat de wil van God is. Sommige van jullie zullen zich afvragen, "Het lijkt erop dat gehoorzaam zijn tot de dood, boven mijn vermogen gaat. Ben ik in staat om het vijfde niveau van geloof te bereiken?"

Zeker, zulke bekentenissen komen van je zwakke geloof. Nadat je alles geleerd hebt over het Nieuwe Jeruzalem, zal niemand van jullie nog zo'n bekentenis maken, omdat je meer hoop gekregen hebt op zo'n prachtige plaats in de eeuwigheid.

Wanneer ik in het kort de kenmerken en glorie van het Nieuwe Jeruzalem beschrijf, vergroot het je verbeelding en vreugde, het geluk en de betoverende taferelen van de Heilige Stad.

De schoonheid van het Nieuwe Jeruzalem

Zoals een bruid zichzelf voorbereid als de mooiste en sierlijkste voor haar ontmoeting met de bruidegom, bereid en decoreert God het Nieuwe Jeruzalem op de mooiste manier.
De Bijbel beschrijft dat in Openbaringen 21:10-11:

En hij voerde mij weg in de geest op een grote en hoge berg en toonde mij de heilige stad, Jeruzalem, nederdalende uit de hemel, van God; en zij had de heerlijkheid Gods, en haar glans geleek op een zeer kostbaar gesteente, als de kristalheldere diamant.

Bovendien, is de muur gemaakt van diamant en de muur van de stad had twaalf fundament. De twaalf poorten zijn gemaakt van twaalf paarls, iedere poort van een parel en de grote straat van de stad was van zuiver goud, zo helder als glas (Openbaring 21:11-21).

Waarom heeft God tot in detail beschreven de straat en de muur buiten andere geweldige en mooie bouwwerken van de stad? In deze wereld, beschouwen mensen echt goud als het kostbaarste en willen het bezitten. Mensen verkiezen goud omdat het niet alleen kostbaar is maar ook nooit zijn waarde verliest, als de tijd voortgaat.

Echter in het Nieuwe Jeruzalem, is zelfs de straat waar de mensen op wandelen gemaakt van goud, en de muur van de stad is gemaakt van verschillende edelstenen. Kan je je voorstellen hoe mooi andere kenmerken binnen de stadsmuren zullen zijn? Dat is waarom God de weg en de muur van stad op deze manier beschreven heeft.

Ook, heeft de stad geen zon of lampen nodig om te schijnen, omdat het licht van God, zijn licht geeft en er nooit nacht zal zijn. Er is een Rivier van het Levend Water, zo helder als kristal, dat vanuit de troon van God stroomt en van het Lam naar het midden van de grote straat in de stad.

Aan beide zijden van de Rivier, zijn gouden en zilveren zandstranden en de boom des Levens draagt twaalf maanden vrucht, iedere maand zij vrucht gevende. Mensen wandelen door de tuinen die God voorzien heeft van verschillende bomen en bloemen. De gehele stad is gevuld met geluk en vrede, vanwege het stralende licht en de liefde van onze Here, Jezus Christus, niets van dat alles kan op de juiste wijze beschreven worden met woorden van deze wereld.

Door enkel deze schitterende en prachtige beelden te zien

hier, zal je verrukt zijn: gebouwen die gemaakt zijn uit goud en juwelen en doorzichtige, en heldere straten met een schitterende glans. Het is een wereld die boven je voorstellingvermogen uitgaat en zijn glorie en waardigheid kan niet vergeleken worden.

En de stad heeft de zon en de maan niet van node, dat die haar beschijnen, want de heerlijkheid Gods verlicht haar en haar lamp is het Lam (Openbaringen 21:23).

En hij toonde mij een rivier van water des levens, helder als kristal, ontspringende uit de troon van God en van het Lam. Midden op haar straat en aan weerszijden van de rivier staat het geboomte des levens, dat twaalfmaal vrucht draagt, iedere maand zijn vrucht gevende; en de bladeren van het geboomte zijn tot genezing der volkeren (Openbaringen 22:1-2).

Voor wie dan is zo'n prachtige Heilige Stad voorbereid? God heeft het Nieuwe Jeruzalem klaargemaakt, te midden van alle geredde, Zijn ware kinderen die zo heilig en volmaakt zijn als Hijzelf. Daarom spoort God ons aan om volledig geheiligd te zijn, door te zeggen: *"Onthoudt u van alle soort van kwaad"* (1 Tessalonissenzen 5:22). *"Weest heilig, want Ik ben heilig"* (1 Petrus 1:16), en *"Gij dan zult volmaakt zijn, gelijk uw hemelse Vader volmaakt is"* (Matteüs 5:48).

Echter, zelfs als mensen geheel geheiligd zijn, zullen sommigen het Nieuwe Jeruzalem binnengaan terwijl anderen in het Derde Koninkrijk van de hemel blijven steken, afhankelijk van hoeveel hun hart op dat van de Here lijkt en hoeveel ze bereiken in hun daden. Mensen die het Nieuwe Jeruzalem binnengaan, zijn niet alleen geheiligd, maar zij behagen God door Zijn hart te doorgronden en gehoorzaam te zijn tot aan de dood, overeenkomstig Zijn wil.

Stel je voor dat er twee zonen zijn in een gezin. Op een dag, kwam de vader terug van het werken en zei dat hij dorst had. De oudste zoon wist dat zijn vader het liefst frisdrank had, dus bracht hij zijn vader een glas limonade. Bovendien, masseerde hij zijn vader en hielp hem te ontspannen. Daar tegenover, bracht de jongste broer een kop water en ging terug naar zijn kamer om te studeren. Wie van de twee, maakte het hun vader aangenaam en plezierig, door de vader goed te kennen? Dat deed zeker de oudste zoon.

Evenzo, is er een verschil tussen degene die het Nieuwe Jeruzalem binnengaan en degene die het Derde Koninkrijk van de hemel binnengaan, afhankelijk van de mate dat zij God behaagden en hoe getrouw zij waren in alles, om het hart van God te doorgronden.

Jezus onderscheid het geloof van het vijfde niveau als God-welgevallig geloof, om je de wil van God dieper te laten begrijpen. God vertelt ons dat Hij erg verheugd is over mensen die geheiligd zijn door geloof. God zegt dat Hij blij is met degene die ijverig zijn om het evangelie te verspreiden. God zegt dat zij die getrouw zijn in het uitbreiden van Zijn koninkrijk en Zijn gerechtigheid geliefd zijn in Zijn ogen.

De kroon van goud of van gerechtigheid

De mensen van het Nieuwe Jeruzalem, zullen beloond worden met de kroon van goud of de kroon van gerechtigheid. Dit zijn de meest glorieuze kronen in de hemel en ze worden alleen gedragen bij speciale gelegenheden, zoals een groot feest.

Openbaringen 4:4 zegt ons, *"En rondom de troon waren vierentwintig tronen, en op die tronen waren vierentwintig oudsten gezeten, in witte klederen gekleed en met gouden kronen op hun hoofden."* De vierentwintig oudsten zijn bevoegd om rond Gods troon te zitten. Hier, betekent oudste niet, degene die de positie van de oudste hebben in de kerk, maar mensen die erkent zijn als volgelingen naar Gods hart. Zij zijn volledig geheiligd en hebben beide de zichtbare en de onzichtbare heiligdommen in hun hart voortgebracht.

1 Korintiërs 3:16-17, zegt God ons dat Zijn Geest onze harten ziet als een tempel. Daarom, zal Hij iedereen "vernietigen" die het heiligdom schendt. Een onzichtbaar heiligdom bouwen in het hart, betekent om een mens van de geest te worden door je zonden te verwerpen, en een zichtbaar heiligdom te bouwen, betekent om volledig je plicht te vervullen in deze wereld.

Het getal vierentwintig, of vierentwintig oudsten staat voor de mensen die niet alleen door de poorten van redding binnengaan door geloof, zoals de twaalf stammen van Israël, maar zijn ook geheel geheiligd zoals de twaalf apostelen van Jezus. Zoals je erkent bent door Gods kind te zijn, door geloof, wordt je ook één van de mensen van Israël en bovendien zou je in staat zijn het nieuwe Jeruzalem binnen te gaan als je geheiligd en getrouw bent, zoals de twaalf discipelen van Jezus waren. "De vierentwintig oudsten" symboliseren de mensen die geheel geheiligd zijn, volledig getrouw in hun plichten en erkent zijn door God. Hij beloont hen met de kronen van goud, omdat ze geloof hebben dat net zo kostbaar is als zuiver goud.

Bovendien, geeft God de kroon van gerechtigheid aan mensen die niet alleen hun zonden hebben weggedaan, maar ook hun plichten doen tot Zijn tevredenheid met een God-welgevallig geloof, zoals de apostel Paulus deed. Paulus had te maken met vele moeilijkheden en vervolgingen voor de rechtigheid. Hij deed iedere inspanning en verdroeg alles in geloof om Gods koninkrijk en gerechtigheid te bereiken, of hij nu at of dronk, of wat hij ook deed; Paulus verhoogde God en toonde Zijn kracht overal waar hij ging. Daarom kon hij vrijmoedig belijden, *"Voorts ligt voor mij gereed de krans der rechtvaardigheid, welke te dien dage de Here, de rechtvaardige rechter, mij zal geven, doch niet alleen mij, maar ook allen, die zijn verschijning hebben liefgehad"* (2 Timoteüs 4:8).

We hebben de hemel bestudeerd, hoe je er naar toe kan gaan, en de verschillende verblijfplaatsen en kronen die gegeven zullen worden overeenkomstig de mate van ieders persoonlijke geloof.

Ik bid dat je een wijs christen mag worden die niet naar vergankelijke, maar naar eeuwige dingen verlangt, en in geloof verder gaat naar de hemel en zal genieten van de eeuwigdurende glorie en gelukzaligheid in het Nieuwe Jeruzalem, in de naam van onze Heer Jezus Christus!

De auteur:
Dr. Jaerock Lee

Dr. Jaerock Lee werd geboren in Muan, Provincie Jeonnam, Republiek van Korea, in 1943. In zijn twintiger jaren, leed Dr. Lee aan verschillende ongeneeslijke ziektes gedurende zeven jaar en wachtte op zijn dood zonder enige hoop op herstel. Op een dag in de lente van 1974, echter, werd hij naar een kerk geleid door zijn zuster en toen hij neerknielde om te bidden, genas de levende God hem onmiddellijk van al zijn ziektes.

Vanaf die tijd, ontmoette Dr. Lee de levende God door deze wonderlijke ervaring, hij heeft God lief met zijn hele hart en in oprechtheid, en in 1978 werd hij geroepen om een dienstknecht van God te zijn. Hij bad vurig zodat hij duidelijk de wil van God kon begrijpen en deze volledig te vervullen en alle woorden van God te gehoorzamen. In 1982, richtte hij de Manmin Kerk op in Seoul, Zuid-Korea, en ontelbare werken van God, inclusief wonderlijke wonderen van genezing en tekenen, hebben plaats gevonden in zijn kerk.

In 1986, werd Dr. Lee aangesteld als een voorganger in de jaarlijkse vergadering van Jezus' Sungkyul Gemeente van Korea, en 4 jaar later in 1990, werden zijn boodschappen uitgezonden in Australië, Rusland, de Filippijnen en nog meer landen door het Verre Oosten Televisie Bedrijf, het Televisie Bedrijf Azië, en het Washington Christelijke Radio Systeem.

Drie jaar later in 1993, werd de Manmin Centrale kerk uitgekozen tot een van de "werelds top 50 kerken" door het *Christian World* magazine (US) en hij ontving een Ere doctoraat van Godgeleerdheid van het Christian Faith College, Florida, USA, en in 1996 een Dr. in de Bediening van Kingsway Theologische Seminarium, Iowa, USA.

Sinds 1993, heeft Dr. Lee de leiding genomen in de wereld zending door vele overzeese campagnes in Tanzania, Argentinië, L.A., Oeganda, Japan,

Pakistan, Kenia, de Filippijnen, Honduras, India, Rusland, Duitsland, Peru, Democratisch Republiek van Kongo, en Israël, en in 2002 werd hij een "wereldwijde voorganger" genoemd door de grootste Christelijke kranten in Korea voor zijn werk in de verschillende overzeese campagnes.

Vanaf juni 2013, is Manmin Centrale Kerk een gemeente met meer dan 120,000 leden en 10,000 binnenlandse en buitenlandse aftakkingen van de kerk over de hele wereld, en heeft meer dan 129 zendelingen uitgezonden naar 23 landen, inclusief de Verenigde Staten, Rusland, Duitsland, Canada, Japan, China, Frankrijk, India, Kenia, en veel meer.

Tot de datum van deze publicatie, heeft Dr. Lee 87 boeken geschreven, inclusief bestsellers als Het Eeuwige Leven Smaken voor De Dood, Mijn Leven Mijn Geloof I & II, De Boodschap van Het Kruis, De Mate van Geloof, De Hemel I & II, De Hel, en De Kracht van God, en zijn werken zijn vertaald in meer dan 76 talen.

Zijn christelijke columns verschijnen in *The Hankook Ilbo, The Chosun Ilbo, The JoongAng Daily, The Dong-A Ilbo, The Munhwa Ilbo, The Seoul Shinmun, The Kyunghyang Shinmun, The Korea Economic Daily, The Korea Herald, The Shisa News,* en *The Christian Press.*

Dr. Lee is tegenwoordig oprichter en president van een aantal zendingsorganisaties en verenigingen: evenals voorzitter, De Verenigde Heiligheid Kerk of Jezus Christus; President, Manmin Wereld Zending; Blijvend President, Van de Wereld Christelijke Opwekkingsvereniging; Oprichter en bestuursvoorzitter, Wereld Christelijke Netwerk (GCN); Oprichter en Bestuursvoorzitter, De Wereld Christen Doktors Netwerk (WCDN); en Oprichter en Bestuursvoorzitter, Manmin Internationale Seminarium (MIS).

De Hemel I & II

Een gedetailleerde weergave van de prachtige leefomgeving waar de hemelburgers van zullen genieten en een mooie beschrijving van de verschillende niveaus van hemelse koninkrijken.

De Boodschap van Het Kruis

Een krachtige boodschap voor alle mensen om degene wakker te maken die geestelijk slapen! In dit boek kan je de reden vinden waarom Jezus de enige Redder is en de ware liefde van God.

De Hel

Een ernstige boodschap voor de gehele mensheid van God, die wenst dat niet een ziel valt in de diepten van de hel! U zult ontdekken de nooit-eerder-geopenbaarde weergave van de wrede realiteit van het Onder Graf en de Hel.

Maak Israël wakker

Waarom heeft God Zijn ogen over Israel bewaard vanaf de grondlegging der wereld tot op vandaag? Welke voorziening heeft Hij voorbereid voor Israel in deze laatste dagen, die op de Messias wacht?

Mijn Leven, Mijn Geloof I & II

Een zeer welriekende geestelijke geur onttrokken uit het leven dat bloeide met een onmetelijke liefde voor God, te midden van de donkere golven, koud juk en de diepste wanhoop.